DÉJÀ VU

DÉJÀ VU

vivaluz
editora

Copyright © 2018 Vivaluz Editora

Capa, projeto gráfico e diagramação | Fernando Campos

Preparação | Giácomo Leone

Revisão | Patricia Murari

Coordenação Editorial | Alexandre Marques

DADOS INTERNACIONAIS DE
CATALOGAÇÃO NA PUBLICAÇÃO (CIP)

Sandra Carneiro
   Déjà vu, um convite para o despertar, :2018 / Sandra Carneiro ;
Pelo espírito Lucius — Atibaia : Vivaluz Editora 2018.

   ISBN 978-85-89202-52-7

   1. Espiritismo   2. Psicografia   3. Romance espírita
   I Carneiro, Sandra

CDD: 133.9

Índices para catálogo sistemático:
1.Romance espírita : Espiritismo 133.9

1ª. Edição – Outubro 2018
VIVALUZ EDITORA ESPÍRITA LTDA
Telefone: (11) 4412-1209
vivaluz@vivaluz.com.br

Romance do espírito Lucius

Psicografia de Sandra Carneiro

AGRADECIMENTOS

Agradecemos aos elevados espíritos abnegados que vêm à Terra para despertar o ser humano para a sua real natureza e os seus objetivos superiores.

Agradecemos a Allan Kardec por ter aceito a missão de codificar os ensinos do Espírito da Verdade, proporcionando-nos o acesso aos conhecimentos do mundo espiritual.

Agradecemos aos nossos mentores e orientadores espirituais por, pacientemente, nos ajudarem a crescer.

Agradecemos a todos os núcleos espíritas que se dedicam com seriedade aos tratamentos de cura do corpo e da alma. Em especial ao Centro Espírita Perseverança e seus devotados trabalhadores, silenciosos e anônimos, que dia após dia oferecem seu melhor para auxiliar a todos que os procuram.

O TRABALHO DO ESPÍRITO LUCIUS NO BRASIL

O primeiro livro do espírito Lucius publicado no Brasil foi *Cidade do além*, psicografado por Heigorina Cunha, com o apoio do espírito André Luiz e do médium Chico Xavier. Lucius a levou, em desdobramento, à colônia espiritual Nosso Lar, e ao retornar ela registrou em desenhos as construções e estruturas dessa cidade localizada no mundo espiritual. Esses desenhos foram utilizados como base para o filme Nosso Lar.

Em seguida, Lucius atuou fortemente para disseminar os princípios espíritas através dos romances, tendo publicado inúmeros livros em parceria com a médium Zíbia Gasparetto.

A partir de 1999, começou a trabalhar também com outros médiuns. Atuou com o espírito Hermes e com a médium Lucimara Breve nas obras *Sempre há uma chance* e *Retorno ao princípio*. Com o médium André Luiz Ruiz escreveu diversas obras, entre elas *O amor jamais te esquece*, *Despedindo-se da Terra*, *Esculpindo o próprio destino* e *Herdeiros do novo mundo*.

Desde 2001 atua em parceria com a médium Sandra Carneiro, com quem escreveu os romances *Cinzas do passado*, *Renascer da esperança*, *Exilados por amor*, *Jornada dos anjos*, *Salomé* e *Todas as flores que eu ganhei*. Lucius segue firme em seu compromisso de divulgar a Doutrina Espírita, trabalhando com um grande grupo de espíritos empenhados no progresso da humanidade a serviço de Jesus.

PREFÁCIO

"A alma vem de Deus; é, em nós, o princípio da inteligência e da vida. Essência misteriosa, escapa à análise, como tudo quanto dimana do Absoluto. Criada por amor, criada para amar, tão mesquinha que pode ser encerrada numa forma acanhada e frágil, tão grande que, com um impulso do seu pensamento, abrange o Infinito, a alma é uma partícula da essência divina projetada no mundo material".

Leon Denis (Do livro: A questão do ser, do destino e da dor).

Há um ditado popular que apregoa: *todos os caminhos levam a Roma.*

Podemos dizer que, pela lei do progresso, infalível, é que todas as circunstâncias nos convidam ao crescimento e nos levam ao aperfeiçoamento. Quanto mais resistimos, maior o sofrimento e mais prolongamos a dor. A velocidade com que caminhamos, depende de nós, de entrarmos em acordo, com o nosso livre-arbítrio, com a vontade divina e aceitarmos as leis eternas, parando de lutar contra a verdadeira realidade do universo. Assim se opera a evolução ao longo dos milênios, e assim prosseguirá.

Este singelo romance oferece poderosos instrumentos, que, se colocados em prática, podem transformar vidas. Desejo ao prezado leitor, acima de tudo, que, usando os conceitos aqui propostos, possa transportá-los para sua própria vida, suas próprias experiências, obtendo a Vitória sobre os seus desafios pessoais.

Não nos cansamos de dizer, pois como ainda precisamos repetir para fixar, falaremos novamente: todos os ensinos de que necessitamos para o nosso progresso estão contidos nas lições trazidas por Jesus, a alma mais perfeita que já viveu na Terra, nosso governador planetário, que, sob a orientação de Deus, dirige os nossos destinos.

Ao Mestre dos Mestres nossa profunda gratidão, e a Ele pedimos perdão por ainda não termos sido capazes de compreender e aplicar Seus ensinos em nossas vidas.

LUCIUS

INTRODUÇÃO

Era noite alta num céu enegrecido, sem luar; um céu casmurro que permitia apenas um tênue vislumbre de um cintilar débil de uma ou outra estrela insistente em surgir por entre as nuvens pesadas que encobriam a imensidão do infinito a perder de vista.

Os quatro amigos haviam insistido em seguir viagem, mesmo com o prenúncio da grande tempestade que não tardaria a chegar e, agora, vez por outra, entreolhavam-se em silêncio cúmplice. Nenhum deles ousava manifestar o receio que sentia por estarem às portas do renque de árvores mais aterrador daquele tão tenebroso bosque. Os relâmpagos chicoteavam o céu em acessos cada vez mais frenéticos, e o estrondo ensurdecedor dos trovões infundia medo n'alma do mais destemido dos guerreiros. E, então, quando um dos raios atingiu uma árvore, próximo ao quartето errante, Irene não se conteve de terror.

– Meu Deus! Que cenário tenebroso! Nem começou a chover ainda. Deveríamos ter escutado os avisos de sua mãe e adiado nossa partida – observou a jovem esposa, agarrando-se ao braço do marido, buscando proteção e consolo.

Ele não lhe respondeu, colocou a cabeça para fora da carruagem e ordenou, bravio:

— Mais depressa, cocheiro! Depressa!

Depois pousou suas mãos sobre as da esposa e falou gentilmente:

— Vamos chegar antes que a tempestade nos alcance. Já estamos próximos...

— Mas... e o corredor?...

— Ah, esse maldito corredor... Não sei o que a assusta mais. Se a tempestade ou o corredor das árvores.

— Ambos, meu venerável esposo. Ambos. — Ela fez uma pausa, deu um ligeiro sorriso e por fim concordou: — Mas acho que tem razão... O corredor me apavora mais...

A jovem esposa calou-se, fitando o casal de amigos que seguiam com eles, acomodados no banco oposto da carruagem. Irene suspirou, buscando compreensão no olhar dos companheiros de viagem, mas encontrou apenas uma silenciosa reprovação. O casal, firme, fingia ignorar os trovões e os raios, convictos de que seguiam sob proteção divina; assim sendo, nenhum mal lhes sobreviria.

A tempestade parecia perseguir a carruagem que se deslocava depressa pela estrada pedregosa. Vibravam os cascalhos sob o passar violento das rodas de ferro. Irene, que não conhecia aquela estrada, sentia a ansiedade engoli-la. Tremia mais do que todo o famoso corredor assombrado, as árvores do bosque macabro tremulavam ante a ação intempestiva da forte ventania. Sem aviso, adentraram o apavorante terreno, e as enormes árvores começaram a surgir, ameaçadoras pela janela do veículo.

Como Irene continuava com aquele terror no olhar, a amiga lhe sugeriu:

— Faça uma oração rogando a proteção divina. Sei que não é muito religiosa, mas lhe faria muito bem. Posso lhe assegurar...

Nem bem a mulher terminou de falar, a carruagem deu um forte tranco, parando súbito, de supetão.

O marido de Irene novamente colocou a cabeça para fora e ralhou com o cocheiro, impaciente:

– O que houve agora, inferno? Não podemos parar! Senão a tempestade vai nos alcançar, diabos!

– Os cavalos não querem prosseguir, milorde – o cocheiro tentava explicar o inexplicável. – Não consigo fazê-los andar. Vou descer para verificar se há algo obstruindo a passagem.

– Pois faça isso depressa! E prossigamos sem demora!

Irene tremia dos pés à cabeça, olhando as árvores fantasmagóricas.

– Por favor, Irene! Acalme-se.

A jovem, tomada pelo imenso pavor, não conseguia dizer nada. Sentia como se aqueles galhos fossem braços que logo entrariam na carruagem e os esmagariam a todos...

O cocheiro surgiu à janela, expressivo...

– Não há nada impedindo a passagem, milorde. Mas, certamente, algo ou alguma coisa está assustando os animais...

Irene ficou lívida. Lorde Henrique, irritado, saltou da carruagem e subiu à boleia, tomando as rédeas do cocheiro em uma das mãos e com a outra empunhando o chicote. Começou, então, a castigar fortemente os cavalos.

– Vamos! Andem, suas bestas! Depressa! Mexam-se, malditos!

Ele os chicoteava cada vez mais e com maior intensidade. De repente, sem avançarem um único passo, os cavalos relincharam e soergueram-se no ar, chacoalhando a carruagem ao extremo.

– Animais estúpidos...

Tão logo os equinos pousaram as patas sobre o solo, lorde Henrique e os dois cocheiros observaram estarrecidos um vulto aparentemente feminino recém-saído de entre as árvores, vestido de branco, flutuando devagar em direção a eles. Lorde Henrique não conseguia dizer uma única palavra, petrificado. O silêncio mortal do lado de fora da carruagem contagiou Irene, que se encolheu ainda mais no banco e, cerrando os olhos fortemente, balbuciou amedrontada:

— É ele! Tenho certeza!

— Ele quem, criatura? – indagou a amiga, impaciente.

— O fantasma de Dark Hedges.

PRIMEIRA PARTE

"E conhecereis a verdade, e ela vos libertará".

JESUS

CAPÍTULO 1

O branco cobria a paisagem ao longo da Avenue des Champs-Élysées, uma das regiões mais badaladas de toda a Paris. Com suas árvores de castanheiros-da-índia enfileiradas, a neve proporcionava àquela região da metrópole um ar bucólico e fascinante. Em todos os cantos, turistas aproveitavam o céu limpo que surgira, depois de vários dias encoberto pelo mau tempo, e fotografavam os famosos monumentos franceses. Embora o frio fosse intenso, o cenário era de beleza ímpar. O céu azul, sem nuvens, deixava à vista um sol fraco, mas que cobria tudo com seu calor. A neve aos poucos derretia, fazendo revelar os galhos secos das árvores.

Karen estava encostada na cadeira, observando a movimentação intensa. Adorava o inverno. Viu quando Lucas chegou, encostou a moto diante do Café e Restaurante Fouquet's e a cumprimentou:

— Karen! Está maluca? Aqui fora com este frio!

Ela o recebeu com um largo sorriso e, bem ao jeito brasileiro, distribuiu três beijinhos nas faces do amigo.

— Esqueceu que sou alemã, meu amigo tropical.

— E eu sou brasileiro. Vamos já para dentro, por favor!

Sem resistir, ela recolheu sua mochila, pegou o café ainda quente que estava tomando e entrou logo atrás do amigo. Depois de se acomodarem, ele pediu ao garçom:

– Um chocolate quente, sim? – Em seguida, virou-se para a amiga e perguntou, ansioso:

– E Dhara? Falou com ela?

– Já está a caminho. Ela teve uma reunião na companhia agora pela manhã, mas já está terminando. Ela já chega.

– Vida de Relações Públicas é bem agitada... Não imaginei que ela fosse chegar aonde chegou tão depressa. Claro que você deu um belo empurrãozinho...

Karen balançou a cabeça sem compreender a expressão empregada por Lucas. E ela nem precisou pedir explicações, pois ele foi logo esclarecendo:

– Você deu um empurrão e tanto em sua carreira, dando as melhores referências para a sua empresa. Vocês trabalham para um dos grupos farmacêuticos mais poderosos de todo o mundo. Sabia que só no ano passado o número de patentes de medicamentos de vocês cresceu cerca de vinte por cento?

– Claro que sei. E algumas das patentes fui eu mesma quem recomendou. Quanto a Dhara, é muito competente e profissional. Não fiz nada por ela, tão somente a indiquei. Todo o resto é mérito dela mesma.

O garçom trouxe o pedido de Lucas, e, após afastar-se, o brasileiro sorveu dois goles de seu chocolate; olhou ao redor o grande número de turistas no interior do restaurante-café e comentou:

– Você adora mesmo este lugar, Karen. Sempre o mesmo ponto de encontro.

– E há melhor lugar em Paris? Adoro a vista deste lugar.

Ela me encanta! A propósito, amo cada detalhe arquitetônico desta cidade magnífica.

– Vai ver que em outra vida você foi arquiteta.

Karen sorriu, bebericou o último gole de seu café, e respondeu.

– Não existem outras vidas, Lucas. Você é tão inteligente... precisa reciclar suas ideias de uma vez. Não há provas científicas da existência de outras vidas, nem do espírito, alma, nem de todas essas... essas...

Antes mesmo que ela terminasse, Lucas fitou-a com olhar penetrante e reprovador, dizendo:

– Essas coisas que eu insisto em defender.

Lucas terminou seu chocolate quente, pousou a xícara sobre a mesa e, sem tirar os olhos da amiga, ergueu a mão, chamando a atendente. Quando ela se aproximou, ele pediu com gentileza:

– Mais um chocolate, *s'il vous plait*. – Depois, tornou a fitar a amiga e repreendeu-a com humor.

– Senhora sabe-tudo, nunca ouviu aquela célebre frase: "Há mais coisas no céu e terra, Horácio, do que foram sonhadas na sua filosofia"[1]?

– Isso é pura poesia, não é ciência, meu caro. – Era Dhara quem chegava, já interpondo-se na conversa dos amigos.

Lucas ergueu-se para recebê-la e afastou-se um pouco para que ela se acomodasse à mesa com eles.

– O que vai querer, amiga?

– Daqui a pouco, eu peço. Como você está, Lucas?

O amigo fitou as duas ex-colegas de república estudantil e falou acabrunhado:

---

1 Citação de Willian Shakespeare, na peça Hamlet.

— Insatisfeito. O Brasil está um lixo! Em uma situação deplorável.

Karen esboçou um ligeiro sorriso e falou, irônica:

— Mas não são tão religiosos os brasileiros? De que adianta, então? Veja o resultado. Misticismo, crendices, enfraquecem a alma, Lucas. Não a enobrecem.

— Já conversamos tantas vezes sobre isso, Karen. E você está sempre me provocando, chateando. Por que faz isso? Se está tão segura de suas crenças materialistas, por que se incomoda tanto com a religiosidade alheia? Com a fé?

Karen sentiu um forte desconforto com aquela pergunta; no entanto, sem mover um músculo sequer, respondeu-lhe depressa:

— Sim, já falamos muitas vezes sobre o assunto, porque não me conformo de ver você, um homem tão inteligente, culto, um professor brilhante, um filósofo, um pensador com tantos títulos de mestrado, doutorado, e, ainda assim, com o passar dos anos e seu crescimento profissional, continua acreditando na existência de Deus e do espírito, do mesmo jeito de quando nos conhecemos. Essa sua religiosidade me irrita! Imaginei que, com o amadurecimento fosse mudando a sua visão de mundo, e que você fosse entrando em contato com a realidade e abrisse mão de vez desse pensamento infantil, pueril.

— Pensamento infantil, pueril?! Você não conhece nada do Espiritismo. Nunca quis ler sobre o assunto, mesmo quando seu pai morreu, e você sofreu tanto...

Karen ficou séria à lembrança do pai. Ela detestava falar daquele assunto, e Lucas sabia muito bem disso.

— Está certo. Você me deu o troco. Tudo bem. Eu toquei em seu ponto vulnerável, e você me devolveu.

– Não foi isso, não; eu...

– Muito bem, agora já chega – interveio Dhara. – Faz cinco anos desde o nosso último encontro. Temos muitos assuntos para conversar. Por favor, não vamos voltar àqueles que sempre foram nossa divergência. – E, tocando com carinho o braço de Lucas, ela indagou por fim:

– Como está a universidade com essa confusão toda no Brasil? E suas pesquisas? E a Luiza, como está? Já resolveram se vão ou não adotar uma criança? Você me disse que essa era a intenção de vocês quando descobriram os problemas de infertilidade dela.

– Estamos no início do processo. Na verdade, ela teve um baque muito grande quando descobriu que não poderia ter filhos. Foi muito difícil para ela, sabe...

Karen ouvia a conversa, sem falar nada. Seu pensamento vagou depois da interrupção de Dhara, e ela relembrou os momentos difíceis pelos quais passou quando o pai adoeceu e morreu. A polêmica com a mãe, que queria adotar apenas tratamentos naturais e homeopáticos; ao contrário dela, que só acreditava em resultados concretos das pesquisas alopáticas e nada mais. Voltou de seus devaneios ao escutar seu nome sendo chamado.

– E você, Karen? Ainda firme na decisão de não ter mais filhos? Karen?

– Ah, desculpe. Sim, ao menos por enquanto. O Johan quer, mas eu não tenho tempo nem para dar a devida atenção a Nina... Já falei para ele que sou casada com dois homens: ele, claro, e meu chefe.

Os amigos prosseguiram em conversa animada e envolvente. Os três viveram em uma república de estudantes na Inglaterra enquanto estudavam em diferentes cursos. Enfrentaram juntos os desafios da graduação. Dhara era de origem indiana, e sua família vivia na Inglaterra, mas, para estudar Jornalismo, precisou enfrentar os pais, os preconceitos da família, e resolveu sair de casa. Karen era alemã e optou por estudar na Inglaterra, em Londres. Lucas era brasileiro e sempre nutrira intenso desejo de estudar fora do país, em qualquer nação europeia. O encontro dos três fora uma experiência única para eles. Karen alugara um minúsculo apartamento com dois colegas alemães que acabaram encontrando um lugar mais aprazível e a deixando só com todas as despesas. Jurou que nunca mais dividiria seu apartamento com seus compatriotas e acabou por encontrar Dhara e Lucas. Para ele, espírita, que acreditava na sincronicidade da vida e nos planos superiores para todos os seres, o encontro dos três fora um reencontro. Mas, para Karen, que nutria uma filosofia de vida materialista, bem como para Dhara, que, para compensar suas perdas emocionais de desaprovação familiar, alimentava extrema ambição de sucesso profissional, aquele havia sido apenas e tão somente um delicioso capricho do destino. Os três haviam mantido a proximidade depois de terminar a universidade e, além de se falarem com frequência, sempre que possível, encontravam-se. E ali estavam uma vez mais.

CAPÍTULO 2

Sem que os três percebessem, o tempo virou, e a neve começou a cair novamente. As janelas do café, que já estavam embaçadas pela diferença de temperatura, ficaram ainda mais opacas. A temperatura na rua despencou, e os termômetros marcavam 7 graus Celsius negativos. Mas, para os três amigos, apesar do frio intenso, a conversa seguia bem animada.

— Então, você continua desenvolvendo seus estudos espíritas, Lucas?

— Sim, Dhara. Você sabe que sou um adepto convicto do Espiritismo.

— E então o que pensa você, e o Espiritismo, sobre as questões sociais que estamos vivendo nestes dias atuais? O ser humano não está evoluindo, Lucas. Para mim, ele está é regredindo – interveio Karen, cética.

— Pode até parecer, Karen. Mas esta situação que vivemos é fruto justamente do materialismo exacerbado. Desta cisão absurda entre espírito e matéria.

— Você parece meu pai falando, Lucas – comentou Dhara, tomando o último gole de seu chá. – Ele sempre menciona essas questões entre espírito e matéria. Mas não consigo aceitar o que diz. Acho que há muitas crenças errôneas nas tradições hindus de meus ancestrais...

— Suas tradições culturais e religiosas trazem uma porção de conceitos interessantes para os ocidentais. Mas compreendo que você sinta tais lacunas para aplicar os conhecimentos milenares de sua cultura religiosa na vida prática de nossos dias. Entretanto, isso não significa que elas não tenham grande valor pragmático.

Dhara fixou seus enormes e expressivos olhos negros em Lucas, lembrando-se do pai, dos seus inúmeros e longos sermões sobre a falta de valores da civilização ocidental e dos perigos de se desligar das tradições védicas dos seus antepassados. A família não era muçulmana, como grande parte da população indiana, mas hinduísta e seguia com rigor os ensinos dos Vedas[2].

— Não acha, Dhara? — Lucas apertou seu antebraço, despertando-a de suas lembranças distantes.

— Sei lá, Lucas! Acho que esses assuntos são muito confusos. Eu só quero ser feliz e viver em paz.

Karen olhou pela janela, observando as árvores da famosa avenida parisiense, entre os flocos de neve que desciam em profusão. Ela estava entediada com aquela conversa. Em dado momento, a porta abriu-se, e cinco amigos entraram conversando e rindo animados e ruidosos. Era um grupo de turistas indianos falando um dialeto pouco comum. De súbito, Dhara ficou séria, pousou a cabeça entre as mãos, sobre a mesa, atordoada, contrariada.

---

2 O veda é uma das escrituras religiosas mais antigas da humanidade. O conjunto destas escrituras é fonte da espiritualidade e do patrimônio cultural da Índia. Para os hindus, os vedas formam a origem dos seus valores filosóficos, culturais e sociais.

– O que foi, amiga? Está se sentindo mal? – perguntou Karen, solícita.

– Nossa! Que sensação estranha essa! Parece um *déjà vu*!

– Quer um pouco d'água?

– Não precisa. Estou bem. Foi uma sensação muito forte, deu até tontura. Assim que ouvi o dialeto desse pessoal, tive uma sensação muito estranha.

– Mas o que sentiu exatamente? – insistiu Karen.

– Foi... bom... – Dhara olhou para Lucas e Karen, meio titubeante. – Foi uma espécie de lembrança longínqua, como se já conhecesse esse idioma e também o antigo lugar onde ele é falado.

– Quase uma lembrança ou foi uma lembrança? – indagou Lucas. – Chegou a ver alguma coisa, algum vestígio?

Temendo o julgamento de Karen, e o seu próprio, Dhara dissimulou:

– Ah, deixa pra lá. Já passou. Está tudo bem. Acho que vou pedir mais um chá, bem quentinho.

Mais uma rodada de bebida quente foi servida, e os três aqueciam-se com elas, quando Lucas falou por fim:

– Olhe, Dhara. Essa coisa de *déjà vu* acontece mesmo. Não precisa ficar se sentindo estranha por conta disso. Há dezenas, milhares de relatos, sobre experiências como essa que você teve agora.

– Lucas, esqueça isso. Não foi o que aconteceu. Tive uma tontura. E foi só.

– Foi você mesma quem disse que teve uma espécie de lembrança e a sensação do *déjà vu*, ou seja, de já ter vivido essa mesma experiência, igualzinho, do mesmo modo, em outro tempo e lugar.

Dhara olhou fixo para Karen, com receio de aprofundar-se na conversa. Ela conhecia bem a amiga de república e a cientista renomada que era, completamente avessa a questões espirituais. Ela se preparava para responder, quando Karen, como que já lhe adivinhando os pensamentos, interveio:

— Lucas, já está mais do que provado que o *déjà vu* não passa de um fenômeno cerebral. Nada além disso. Há inúmeras pesquisas sobre o assunto. É só você procurar se inteirar. É uma espécie de falha do processamento do cérebro. E nada mais.

— Para você, que é materialista, pode ser só isso, mas para quem crê na existência do espírito, de tudo aquilo que existe além do corpo, da matéria, e dos fenômenos associados a essa realidade espiritual, o *déjà vu* vai muito mais além. Pode até haver um tipo de falha cognitiva que acontece no cérebro eventualmente, reproduzindo vagamente a experiência do *déjà vu* de que estou falando, que se trata de uma espécie de *flash* de memória do passado, que emerge do inconsciente do indivíduo por algum motivo, trazendo à memória presente a lembrança do passado, um vestígio do tempo pretérito.

— Meu Deus, Lucas! Como você é insistente. Quer saber de uma coisa? Vou provar para você, de uma vez por todas, que você está errado. Que suas crenças não passam de crendices e esse Espiritismo, que você tanto acredita, não passa de um monte de crenças frágeis e místicas, como outras tantas das demais religiões por aí.

Lucas ficou visivelmente irritado e queria falar, mas Karen não lhe deu a palavra, e continuou.

— Acabei de receber uma verba extra para pesquisar algum assunto de meu interesse; é como um prêmio pelos meus resultados na empresa. Pois bem, eis a minha proposta: vou testar sua fé ao extremo, meu amigo. Quero que se submeta a uma série de pesquisas e estudos, no laboratório onde trabalho. Vou conduzir um estudo sobre o *déjà vu*. E vou provar, cientificamente que você está errado, em definitivo.

— Não tem nada mais importante para pesquisar, Karen? Algo que realmente salve vidas ao invés de matá-las, por exemplo? — provocou Lucas, consciente do tipo de trabalho importante que a cientista desenvolvia para a maior indústria farmacêutica da Alemanha e da Europa.

— Está receoso? Tem medo de que eu o confronte com a realidade, não é mesmo?

Lucas sentiu-se de fato desconfortável. E se ela realmente conseguisse provar que ele estava errado? Ia argumentar, quando ela insistiu desafiando:

— Se você acredita mesmo no que vem pregando há tanto tempo, não terá problema algum em participar desse estudo. Não será somente você, preciso ter uma amostragem boa, um bom grupo de pesquisa, que me traga números consistentes.

Ele encostou-se no banco e suspirou. Sabia que não adiantava argumentar com a convicta Karen.

— Volto ao Brasil em dois dias.

— Vou precisar de algumas semanas para organizar a pesquisa. Não vai ser assim de um dia para outro. Você sabe disso. E não se preocupe com o dinheiro para passagem, hospedagem, e tudo o mais. Será por minha conta, ou melhor, do laboratório. Você poderá, inclusive, trazer Luiza.

Ela o fitava desafiadora, quase irônica. Não havia outra saída para Lucas. Era como se a ciência materialista desafiasse as crenças espíritas de supetão.

— E aí? Vai topar ou vai correr da verdade? De medo?

— Não tenho medo da verdade, doutora. Afinal, eu a busco no Espiritismo, na Filosofia e aonde quer que ela se encontre!

Karen bateu palmas efusiva. E, cáustica, concluiu:

— Muito bem! É isso mesmo! Deixemos que a realidade dos fatos se sobreponha às nossas opiniões.

— Fatos e opiniões! Como distinguir uma coisa da outra? Há tanta informação contraditória por aí! A internet é um universo de tudo o que é conhecimento, e cada um chega às conclusões que deseja...

— Você também vai participar, Dhara.

— Não. De jeito nenhum!

— Já está escalada. Afinal, foi você quem começou tudo isso.

Profundamente incomodada com a situação, Dhara ergueu-se e falou, ríspida:

— Vá em frente, Karen! Você pode me obrigar, já que está acima de mim em posição hierárquica na empresa. Mas saiba que eu não concordo.

— Vai ser ótimo para você, Dhara. Vai entender esse assunto por completo, e ainda vai poder divulgar os resultados, como a melhor relações públicas que eu conheço, para toda a comunidade científica, e para o público de forma geral. Você é perfeita para o estudo. A propósito, vocês dois são.

Karen fez uma longa pausa, pegou os dois amigos, um com cada braço, e, então, comentou, bem animada:

— Nada melhor do que uma RP da indústria farmacêutica e um professor de Filosofia e espírita, para fazer parte do estudo. Não quero discussão. Os dois vão fazer parte do grupo e fim de papo.

Como Dhara e Lucas ficassem sérios e em silêncio, Karen, mais animada ainda, estimulou-os a um brinde com as taças de vinho que agora estavam bebendo:

– Um brinde à ciência, meus amigos! Aos conhecimentos que movem o mundo. Afinal, conhecimento é poder!

CAPÍTULO 3

Caminhando pela plataforma da Estação Paris Nord, Karen puxava a mala de rodinhas, de porte médio. Como cientista e pesquisadora, ela era uma mulher de hábitos pragmáticos, que não gostava de perder tempo em sua vida. Era focada em seus objetivos e os alcançava sem muitos esforços. Desde pequena, desejava estudar os fenômenos científicos; tão logo aprendeu a ler, começou a pesquisar, a estudar tudo o que conseguia encontrar sobre ciência e análises científicas. Era fascinada pelo universo científico e seguir profissionalmente por esse caminho não foi muito difícil para ela.

Escolheu estudar na Inglaterra, porque queria viver longe dos pais. Julgava a mãe muito controladora, tentando interferir em sua vida desde pequena, influenciar suas decisões. Mas Karen era muito decidida. Sabia o que pretendia para si mesma e lançava-se sem reservas à busca de seus objetivos.

O trem encostou, e ela subiu. Acomodou-se no assento próximo da janela e, contemplando a neve que insistia em cair, sorriu. Ela gostava da neve. Tinha doces lembranças de um tempo que nem ela mesma conseguia precisar. E tal fenômeno da intempérie lhe trazia uma sensação boa, mesmo porque viver em um clima frio não a incomodava em nada, ela até apreciava.

O trem partiu e, observando a paisagem que se descortinava à janela, apreciava cada detalhe do que surgia. Até que o trem se embrenhou pelas mais lindas montanhas rumo a Colônia[3]. Pensou no amigo Lucas e como ele sofria no frio europeu. E pensou no desafio que lhe propusera, estando determinada a comprovar que o amigo depositava suas crenças em ilusões. Sorriu satisfeita, sentindo o poder que tinha. Trabalhar em uma multinacional da indústria química alemã, mais precisamente a farmacêutica, proporcionava a ela muitas possibilidades. Ela tinha à sua disposição muita verba para suas pesquisas. Por alguma razão que ela desconhecia, e nem imaginava, sentia-se profundamente motivada a estudar o assunto, para comprovar a falácia das filosofias esotéricas e espiritualistas. A propósito, tudo o que fosse nessa linha, que lembrasse religião, ela abominava.

Encostou-se, confortável, na poltrona e permitiu-se um longo cochilo.

Enquanto dormia, um grupo de espíritos de elevadas intenções e puros de sentimento, comandados por Everton, aproximou-se da moça. Um deles comentou:

– Sua amiga não quer contato nenhum conosco. Mesmo no desprendimento do sono, fica completamente e ferreamente ligada às questões que a entretêm.

Everton tocou com suavidade o ombro de Karen e falou, aproximando-se de seu corpo espiritual, ligeiramente desprendido do corpo denso:

– É chegada a hora de assumir seus compromissos, Karen. Chega de fugir, de lutar contra o que você já sabe. Sei que ain-

---

3 Colônia, (em alemão: Köln) é a maior cidade do estado federal alemão da Renânia do Norte-Vestefália e a quarta cidade mais povoada da Alemanha.

da sente muita mágoa por tudo o que aconteceu, mas precisa se libertar do passado, deixar que ele se dissipe em definitivo, para poder acolher o progresso que pode realizar. É hora de trabalhar por sua evolução, querida amiga, e por nossos irmãos de humanidade.

Karen remexeu-se na poltrona e despertou.

– A resistência é grande, Everton.

– Mas nossa irmã é valente. Ela haverá de ser capaz de enxergar a realidade e quando isso acontecer, teremos uma aliada às nossas tarefas no planeta.

– Você confia mesmo nela.

– Com todo o meu coração...

O trem atravessou uma ponte extensa, por sob a qual um rio congelado deixava entrever pequenas nesgas de água que, contrariando todas as circunstâncias exteriores, projetava-se para fora do gelo, rompendo seu controle.

– A força da realidade suprema supera qualquer criação humana, meu amigo. E Karen está prestes a descobri-la.

A cientista tirou o celular da bolsa e ligou para casa. O marido atendeu; conversavam com o recurso da câmera.

– Oi, Johan! Estou voltando. Acho que no máximo em duas horas estou pegando o táxi para casa. Muito frio por aqui! E por aí?

– Bastante.

– Deixe-me falar com Nina.

– Ela está deitada. Ficou com um pouco de febre. Eu mediquei e a coloquei para dormir.

– Será que é gripe? Mas ela foi vacinada...

– Deve ser uma virose qualquer. Contraída pelo ar.

– E ontem? Ela estava bem?

– Mais ou menos. Acho que... ela está com saudades da mãe...

– É... tenho trabalhado tanto... Se não fosse você, Johan, não sei como seria. Ainda bem que casei com um artista... Assim você consegue ficar mais tempo com ela.

O marido, artista plástico, sorriu do outro lado, meio sem--graça. Ele desejava, na verdade, que Karen estivesse mais presente, mas compreendia perfeitamente a profissão da esposa, e também a respeitava e admirava.

Ele comentou por fim:

– Acho que ela está tossindo. Vou subir para ver como ela está. Estamos lhe esperando. Vou preparar o jantar que você gosta! Venha logo.

– E diga para ela que estou chegando para o jantar.

Desligou o aparelho e o recolocou na bolsa. Sentiu-se perturbada por aquela febre da menina, mas logo afastou qualquer tipo de temor maior. Certamente era uma doença de criança. Mas uma ansiedade incomum insistia em dominar seus pensamentos mais profundos, inquietando seu coração de mãe.

Tão logo o trem encostou, ela desceu. Caminhou com passos firmes e decididos rumo à porta de saída e tomou o primeiro táxi. Em pouco tempo, descia do carro e entrava em casa. Largou a mala na porta e pendurou o casaco. Johan saiu da cozinha e recebeu-a carinhoso. Envolveu-a em um terno abraço e beijou-lhe a boca. Ela deixou-se envolver no aconchegante abraço e depois perguntou:

– Como ela está? Acordou ou continua dormindo?

– Ela deu uma resmungada, enquanto conversávamos, mas depois dormiu novamente. Está dormindo pesado agora.

– E será que a febre baixou? Será que...

– Eu dei uma olhada. A febre baixou, mas ela ainda está com a temperatura mais alta do que o normal. A febre não cedeu completamente. Temos de estar atentos.

– Mas que droga! O que será que ela tem afinal?

– Calma! Não deve ser nada grave.

– Vou subir para vê-la. Você precisa de ajuda para preparar o jantar?

– De jeito nenhum. Vá ver a sua filha, e, se ela estiver disposta, assim que você estiver pronta, podemos jantar imediatamente.

Ele beijou-a novamente na boca e balbuciou:

– Estava com saudades, amor.

– Foram só três dias, querido...

Johan sorriu sem responder e deu a volta no balcão, voltando para a cozinha. Karen subiu, entrou com delicadeza no quarto meio escurecido da filha e ficou observando o rosto angelical de Nina enquanto ela dormia. Aproximou-se da cama sem fazer barulho e sentou-se nela com a leveza de uma pena. Tocou delicadamente o rosto da menina, e assustou-se. Ela estava muito quente. Nina abriu os olhos em um largo sorriso:

– Mamãe! Você chegou! – E agarrou-se ao pescoço de Karen. – Estava com muitas saudades...

– Eu também estava, minha filha.

– Foi tudo bem no seu trabalho, mamãe?

– Foi tudo bem, querida. E por aqui? Como você está?

– Eu não sei direito. Tô meio mal!

– Está doendo em algum lugar? Mostre para a mamãe...

– Não é bem uma dor. É um mal-estar. E uma vontade bem grande de dormir. Uma moleza... Não sei direito, mamãe.

— Tudo bem, querida. Não se preocupe. Sei que o papai é ótimo, mas agora somos dois para cuidar de você. Quer descer para o jantar?

A pequena balançou a cabeça concordando e levantou-se devagar. Ao sentar-se na cama, entretanto, voltou a deitar-se.

— O que foi agora, filha?

— Senti uma leve tontura...

— Vou levá-la no colo.

— Não, mamãe! Eu já sou grande! Não precisa mais me levar no colo...

A menina sentou-se novamente, e, na mesma têmpera da mãe, respirou fundo, e, não obstante ao mal-estar que estava sentindo, a garota de quase seis anos ergueu-se decidida e pegando a mão de Karen, falou solene:

— Vamos agora.

Enquanto desciam as escadas do sobrado lindamente decorado, Karen sentiu as mãos muito quentes da menina, sendo tomada de assalto por uma intensa angústia. Afastava qualquer pensamento negativo e buscava sufocar qualquer preocupação maior, argumentando consigo mesma, com todo o conhecimento científico que reunia.

Depois do jantar, foram apreciar a sobremesa diante da lareira em brasas. Nina parecia ligeiramente mais disposta após a refeição.

— Está se sentindo melhor, Filha?

— Estou, sim. Obrigada, mamãe!

— Se estiver assim amanhã, é melhor nem ir para a escola — comentou Johan.

— Eu vou acordar melhor amanhã, papai. É você quem vai me levar amanhã, mamãe?

— Não, meu amor. É o seu pai. Eu tenho de estar logo cedo no laboratório. Tenho muito trabalho a fazer.

— Só trabalho! Não é, mãe? Precisamos tirar mais férias

— E vamos. Eu prometo. Agora, é melhor ir para a cama se quiser mesmo estar disposta para ir à escola amanhã.

Nina ergueu os braços e falou, imperiosa:

— No colo. Agora!

— Mas você não disse que está melhor? Que já é uma mocinha?

A garota deu um sorriso maroto e permaneceu com os braços esticados. Karen levantou e tomou a menina nos braços, subindo com ela para o quarto. No meio da escada, perguntou:

— Ela ainda está com um pouco de febre, Johan. Quanto tempo faz que você lhe deu o antitérmico?

— Umas cinco horas.

— Vou dar mais uma dose, então.

Karen medicou novamente a filha e colocou-a na cama. Depois desceu com o semblante cansado.

— Ficou preocupada? É uma gripe, uma virose.

O lado racional da mulher e cientista concordou de pronto.

— É claro. Está tudo bem.

Mas o coração de mãe batia de um modo diferente, escondendo a imensa ansiedade que se acumulava nele. Karen ia quase se arrastando para a sala. O marido estava sentado diante da lareira, com uma taça de vinho nas mãos. Num gesto, ofereceu-se para servir a mulher no que ela concordou dizendo:

— Só um pouco. — Sentou-se ao lado dele, pegou a taça e sorveu um longo gole, deixando que o paladar apreciasse cada nota gustativa do delicioso tinto francês.

A casa de dois andares da família estava localizada em uma região afastada do Centro, rodeada de árvores, flores, e pequenos animais silvestres. Era uma casa grande, harmoniosamente decorada, com estilo moderno, elegante e sofisticado. Em todos os cantos, havia obras de arte. Algumas pinturas, mas principalmente esculturas, a maioria produzida por Johan. Algumas delas, de alto valor monetário. O casal, de altíssimo nível intelectual e elevada formação acadêmica, apreciava obras de arte.

Esquecido em um canto da sala, sobre uma pequena mesa, repousava uma espécie de cinzeiro, entalhado em madeira de faia inglesa. Era um objeto que estava na família de Karen havia gerações, e que ela, embora não apreciasse, fazia questão de manter; nunca conseguira jogar fora, mesmo reconhecendo que não gostava daquilo. Ela tinha um apego irracional inexplicável, que a fazia manter o destoante artefato ao alcance da vista. Como se estivesse ali para lembrar-lhe de algo importante...

CAPÍTULO 4

Lucas, ainda em Paris, dobrava lentamente as roupas e colocava-as na mala. Ele remoía o desafio feito por Karen, para provar que aquilo que ele acreditava, que poderia ser uma lembrança de algo já vivido em outra vida, não passava de um fenômeno biológico da mente, como muitos estudos científicos defendiam. Mas, incomodado, ficava a se questionar: por que Karen era tão resistente? Por que era tão difícil para ela considerar a possibilidade da existência da alma? Da vida do espírito para além da matéria? A existência de Deus e de um mundo invisível?

Ele percebia-se ansioso e perturbado, pois certamente a resistência e negação de Karen o afetavam. Mas, afinal, ela era uma cientista, pensava ele. É natural que ponha em questão as proposições teóricas, até poder comprová-las cientificamente. Ele tinha de aceitar esse fato. Já a conhecia havia muito tempo, sabia de seu modo estritamente racional de ser e pensar. Então por que se sentia tão incomodado?

Sentindo ainda grande desconforto, terminou de fazer as malas. O congresso para o qual a universidade em que leciona-va o havia enviado tinha terminado. Ele olhou o relógio. Eram seis da tarde; ainda tinha um pouco de tempo antes da apresentação ao embarque, no aeroporto. Olhou pela janela o lindo cenário que aos poucos ganhava o brilho das luzes noturnas. Realmente, Paris fazia jus ao nome de cidade luz. À medida que se iluminavam os monumentos, castelos, museus, ganhavam fulgores coloridos, tornando o visual de uma beleza inebriante.

Lucas não se conteve e soltou um suspiro de satisfação.

– Paris, como gosto deste lugar! Berço dos iluministas, berço dos pensadores que tanto aprecio. Berço do Espiritismo! – Fez uma breve pausa e depois, sentindo brotar-lhe a emoções da gratidão, continuou em voz alta: – Obrigado, Kardec, por seu esforço levado às últimas consequências, que o extenuou até a morte. Seu legado é de uma preciosidade ainda incompreendida. Obrigado, onde você estiver!

O professor e filósofo resolveu descer para caminhar uma vez mais pela rua que dava no Arco do Triunfo. Ele sentou-se sob o monumento, tirou o celular e fez um último self, com o esplêndido cenário ao fundo. Ficou pensando na história da França, nas lutas, derrotas e conquistas daquele povo, berço de tantos movimentos renovadores para a humanidade. Mas o pensamento teimava em retornar para Karen e sua resistência em acreditar no invisível. Definitivamente, aquilo o incomodava. Não, na realidade, aquilo o irritava.

Agora, aborrecido por perceber sua irritação, levantou-se e voltou a passos firmes para o hotel. Fechou a conta, chamou um táxi e pôs-se a caminho do aeroporto. Já no saguão, depois de efetuar o *check-in* e despachar a bagagem, sentou-se, leu suas mensagens e enviou uma para a esposa, informando que estava prestes a embarcar.

O voo estava lotado, e Lucas não podia relaxar. Tentou dormir, mas um pensamento insistente, jogado para o porão da mente, voltava para as suas reflexões. Já não conseguindo mais lutar contra aquele pensamento insistente, o professor resolveu dar-lhe a devida atenção. Olhava o nada pela janela do avião e pensava.

"Ok, vamos lá. Você está irritado com ela, Lucas. Não dá para fingir o contrário. Mas por quê? O que o incomoda tanto? Bom... para ser sincero, Karen sempre o incomodou. Mas por quê? Ela é cética, tudo bem. E daí?"

Então Lucas experimentou seu coração acelerar. A boca ficou seca.

"Será que também sou cético? Mas como? Acredito no invisível. Já li, já assisti a tantas palestras, já ouvi diversas experiências. Sei que tudo isso é real."

O coração acelerou ainda mais. Ele estava perto da verdade.

"Ou será que, apesar de tudo isso, eu ainda não acredito, de verdade, lá no fundo? Mas por que não? O que me impede? Será que é por isso que não consegui ainda fazer a tão necessária reforma íntima, da qual falo em minhas palestras, mas sei que é tão difícil de ser feita?"

"Então, o que acontece? É falta de fé?"

Durante todo o voo, nos momentos em que não estava cochilando, ele estava remoendo, pensando e repensando, questionando-se e experimentando a mais profunda angústia. Suas crenças eram sólidas, calcadas na lógica, e, ainda assim, ele se sentia ameaçado pelo ceticismo de Karen, que o fazia ter de encarar seu próprio ceticismo.

Quase doze horas depois, o avião pousou e Lucas saía da área de desembarque. Luiza o aguardava com ansiedade. Ao vê-la, Lucas experimentou um profundo alívio.

– Você veio? Não precisava acordar tão cedo só para me pegar...

— Eu quis! Estava com muita saudade... Você demorou a sair.

— Como sempre... Desta vez foi minha bagagem que demorou a chegar.

— Que olheira! Não conseguiu dormir nada?

— Quase nada.

Ela o abraçou com carinho, e Lucas sentiu-se verdadeiramente em casa. Caminharam até o estacionamento onde estava o carro. Quando já estava a caminho de casa, ela indagou:

— E como foi tudo? Como estão as meninas? Vi as fotos que postaram no Café Fouquet's. Estava lindo, com a cidade coberta de gelo...

— A cidade estava linda – Lucas respondeu e calou-se. Luiza fixou nele o olhar rapidamente, pois estava dirigindo, depois comentou:

— O que foi? Além do cansaço, é claro. Foi tudo bem no congresso?

— Tudo certo.

— Então o que tem de errado?

— Nada. Não é nada.

Ela ficou calada por um tempo, depois, convencendo-se de que ele estava preocupado com alguma coisa, insistiu:

— Lucas, eu o conheço bem. O que o está deixando assim?

— Assim como?

— Como se tivesse uma batata quente no cérebro!

Lucas abriu um largo sorriso, tocou a mão da companheira, que segurava o volante e admitiu:

— É a Karen.

— Sempre é a Karen... Ela o continua provocando, e você continua se abalando...

– É, mas, desta vez, ela foi longe demais. E você está envolvida também.

– O que foi desta vez?

– Ela vai conduzir uma pesquisa para provar que *déjà vu* não existe, ao menos no aspecto que engloba as lembranças de vidas passadas, como nós o entendemos. Está determinada a provar que é somente um processo cerebral.

– E você ainda se incomoda?

– Ela quer que eu e você também participemos.

– E qual o problema?

Lucas fitava a esposa com seus grandes olhos castanhos sem saber o que responder.

– E daí, Lucas? O que ela vai conseguir provar? Não podemos ter medo da ciência. Lembre-se do que disse Kardec sobre isso. Se a ciência comprovar que algum postulado espírita está equivocado, devemos ficar com a ciência.

– Se, se a ciência provar...

– Mesmo que ela consiga provar que o *déjà vu* pode ser um mecanismo cerebral, isso não invalida a visão do Espiritismo. Pode ser as duas coisas, não pode? Como nos sonhos?

– Sim, você está certa.

– Então, qual é o problema, de verdade? Ela vai mandar passagens aéreas para irmos à Alemanha?

– Vai. E pagar todas as demais despesas.

– Maravilha! Nunca estive na Alemanha. Vai ser ótimo.

Lucas calou-se por um longo tempo, e Luiza fitou-o séria.

– O que foi, Lucas? O que realmente está incomodando você?

Ele deu um leve sorriso, em que mandava uma mensagem clara para a esposa. Ele não queria mais falar sobre o tema, e era o momento de ela mudar de assunto.

CAPÍTULO 5

Johan despertou escutando o gorjear dos pássaros nas frondosas árvores que se espalhavam pelo entorno da propriedade onde moravam. Esticou o braço e não sentiu a esposa. Olhou ao redor a sua procura, mas ela não estava no quarto. Levantou-se e vestiu-se, descendo as escadas ainda bocejando. Karen estava sentada ao balcão da cozinha, com uma xícara de café nas mãos. Ele se aproximou e esboçou um ligeiro sorriso.

— Bom dia. Já de pé e pronta para sair? Não vai levar Nina à escola?

— Você pode fazer isso? Tenho de chegar cedo ao laboratório.

— Muito trabalho?

— É, bastante. E ainda mais agora que resolvi fazer uma nova pesquisa.

Ele encheu uma xícara de café, que jazia quente na cafeteira, e sentou-se ao lado dela.

— Mais uma?

— Esta é por minha conta.

— Sua iniciativa?

— Isso mesmo.

— E sobre o que vai pesquisar?

— Não é nada muito importante, querido.

— Se não fosse você, certamente não perderia seu tempo com ela.

— Deixe-me amadurecer um pouco, está bem? Depois lhe conto minha ideia. Agora preciso ir. Tudo bem ficar com a incumbência de motorista esta manhã?

— Eu preferiria que você a levasse, assim ficaria um pouco mais de tempo com ela.

Já com a bolsa pendurada no ombro, indo em direção à porta, Karen suspirou fundo e disse, pegando a chave do carro:

— Tem razão. Preciso ficar mais tempo com ela. Vou me organizar para isso. Prometo.

Johan não respondeu. Foi até onde estava a esposa e a beijou na boca.

— Precisa cumprir essa promessa. Falo por vocês duas.

— Eu vou. — Fechou a porta e desceu as escadas depressa. As ideias borbulhavam na mente da competente pesquisadora, que tinha na ciência os fundamentos para suas crenças e decisões. Na ciência convencional, utilitária e subserviente. A ciência materialista.

Já no caminho para o trabalho, pensava, entre tantas coisas, que o marido tinha razão. Precisava passar mais tempo com a filha.

— As crianças crescem depressa demais... — disse para si mesma.

Ela não queria compartilhar com Johan o caráter de sua nova pesquisa. Sabia que o marido era sensível, e bem provável que achasse sua iniciativa fútil. Afinal, gastar tempo e dinheiro para provar aos amigos que não existem outras vidas, nem espírito, nem Deus, nem nada disso que as religiões apregoam com tanta veemência, não parecia tão importante. Mas ela estava determinada.

Chegou cedo ao laboratório e trancou-se em seu escritório, preenchendo toda a papelada necessária para requisitar os recursos de que precisava. E era uma enormidade de documentos que ela precisava apresentar. Tinha de justificar e usou a experiência da amiga, como um trauma, um problema emocional sério, para justificar sua tese.

Na hora do almoço, Johan ligou para Karen.

— Não precisa pegar Nina na escola no fim da tarde.

— Ela não foi?

— Continua indisposta e febril. Vou levá-la ao médico.

— Que bom, Johan! Acho ótimo. Deve ser só uma virose, mas é melhor que o pediatra faça um exame. Com essas epidemias para todo lado, melhor ficarmos atentos.

— Também acho, querida. Consegui um horário no fim da tarde. Pode ser que nos atrasemos para o jantar.

— Tudo bem. Estou mesmo atolada por aqui. Vou chegar um pouco mais tarde também.

Ao contrário do que Karen imaginava, o trabalho se estendeu noite adentro. O vice-presidente da área de pesquisas fez uma reunião extraordinária a fim de solicitar novos estudos para um medicamento bastante lucrativo da empresa, reunindo o grupo de cientistas, biólogos, microbiólogos e químicos responsáveis.

— Vamos ter de dar máxima prioridade para esses estudos. A biotecnologia está se desenvolvendo muito depressa, e precisamos desses estudos para embasar o relançamento deste medicamento.

— Precisamos de um pouco mais de tempo, doutor Herman. Ter tudo pronto em dois meses é praticamente impossível.

— Por que acham que mantemos em nossa folha uma das mais caras equipes de pesquisadores do mercado?

Ninguém ousou esboçar reação, e o executivo continuou, agora fitando Karen:

— Vá reclamar com nossos acionistas, doutora. Eles não estão nem um pouco interessados em nossas limitações. Se não lhes oferecermos o que querem, vão procurar em outro canto. Vocês são os melhores. Precisam dar um jeito. Caso haja necessidade de contratar mais ajudantes, voluntários, mais ratos ou outras cobaias, ou o que quer que seja, têm minha autorização de antemão. Façam o que tem de ser feito, mas acelerem os estudos.

Depois das longas e extenuantes discussões, Herman terminou a reunião ajeitando o nó da gravata e, já estando à porta da sala, reforçou:

— Conto com a colaboração de sua equipe, doutora. E vocês não me desapontem. O bônus de vocês está em jogo com esse projeto — falou e saiu da sala, sem esperar reação a suas palavras.

Os cientistas se entreolharam indignados. E os protestos começaram. Sob tom de voz mais áspero e interjeições proferidas aos montes. Mas como pode? Que absurdo isso! Não aceitarei tal acinte. Todos ficaram revoltados; afinal de contas, o tal bônus era atrelado sempre ao resultado geral de todos os estudos, e não vinculado apenas a um projeto específico.

— Ele pode fazer isso?

— Acho que pode, do contrário não estaria fazendo — conformou-se Karen.

O bônus que recebiam era muito polpudo, maior até mesmo do que o próprio salário anual, recebido ao fim do ano, o décimo-quarto salário, além do já instituído décimo-terceiro. Então, não havia outro jeito. Tinham de atender às demandas. E assim, Karen debruçou-se sobre o projeto, para esboçar como daria conta de entregá-lo no prazo. Já era quase de manhã quando revisou os documentos que ainda precisava providenciar para solicitar seu estudo pessoal. Abriu a pasta que já havia montado, folheou a papelada e murmurou.

— Ah, mas não vou abrir mão deste estudo. Não, mesmo! — Pegou a pasta e levou consigo para casa.

Ao chegar ao lar, entrou, o mais silenciosa que pôde. Foi até o quarto da filha e tocou sua testa. Levemente quente. Depois trocou de roupa e enfiou-se debaixo das cobertas, o frio imperava. Johan remexeu-se e murmurou, sem despertar completamente:

— Até que enfim você chegou. — E abraçou-a, caindo no sono outra vez.

Karen, por sua vez, não conseguia desligar. Estudava mentalmente como faria para cumprir seus prazos e depois de remexer-se várias vezes, levantou e foi direto para o escritório, mas não sem antes preparar um café quente na cozinha. Sentou-se, ligou o computador e seguiu preenchendo os formulários que precisava para dar início à sua pesquisa pessoal, bebericando da xícara tépida.

Como era sábado, a família não tinha uma rotina rígida nos fins de semana. Mas, especialmente naquele dia, Johan tinha compromissos, preparando uma exposição. Foi procurá-la já vestido para sair.

— Bom dia. Já trabalhando...

— Oi, querido. Como foi no médico ontem? Nina ainda estava febril quando cheguei de madrugada.

— O pediatra acha que pode ser uma virose; mesmo assim, pediu uns exames de sangue.

— Detesto quando ela tem de fazer exames. Deveria haver algum modo de tirar o sangue sem furar o braço da criança. Fico muito incomodada com isso.

— Você é mãe, não é?

— E como ela está?

— Estou achando-a meio amuada demais.

Karen desviou completamente a atenção do computador, e fixou o olhar no marido.

— Como assim?

— Não sei, Karen. Acho que precisamos dar uma atenção maior ao seu estado atual. Acompanhar esta fase mais de perto.

— Já sei. Você quer que eu fique mais perto dela este fim de semana. Mas tenho muito trabalho.

Ele se aproximou da esposa, fitou-a nos olhos e disse firme:

— Este fim de semana, tenho de finalizar os preparativos para minha exposição. Assim não vou ter como ficar com ela o tempo todo. Você precisa parar com o trabalho um pouco e dar atenção a ela.

Contrariada, Karen fechou o computador com força maior do que o habitual. Mas logo se refez. Johan estava correto, e uma coisa que não fazia parte de sua natureza era a incoerência. Ela se recompôs, acompanhou o marido até a porta e, ao se despedirem, assegurou-lhe:

— Tudo bem. Vou ficar com ela o tempo todo. Esteja tranquilo hoje.

Subiu então para ver como a filha estava, e encontrou-a no banheiro. Correu em sua direção.

— Tudo bem, filha?

– Tudo, mamãe. Está doendo um pouco aqui. – Mostrou a região do abdômen.

Karen passou a mão sobre a barriguinha da filha e falou:

– Vamos descobrir o que está acontecendo, está bem? Hoje, a mamãe vai ficar o dia todo com você. O que você quer fazer?

A menina deu de ombros.

– Como assim? – Karen agarrou-a e deitou-se com ela na cama, fazendo-lhe cócegas e gracejos. – Temos de bolar alguma coisa.

– Já sei! Cinema e pipoca.

– Pode ser. Não quer andar de bicicleta? Você gosta tanto... Não está tão frio agora nem nevando.

– Hoje não, mamãe. Quero ficar quietinha...

Karen ficou séria e lembrou-se no mesmo instante da preocupação do marido.

– Tudo bem, filha. Vamos fazer o que você quiser.

– Quero brincar de boneca com você.

– Está ótimo. Vou preparar nosso café da manhã, enquanto você separa os brinquedos.

A menina concordou balançando a cabeça e correu para o baú a separar as bonecas e as roupinhas. Ela adorava brincar com a mãe, e esses momentos eram bem raros.

O dia seguiu normal. Karen se dividia entre as brincadeiras com a filha e o preenchimento dos formulários para a aprovação de sua pesquisa. O trabalho não rendia. Ela estava preocupada com Nina. O estado febril se mantinha irredutível, e a menina ficava com a temperatura normal somente quando estava medicada com os antitérmicos. Ao mesmo tempo Karen sabia que viroses eram normais e duravam quase sempre uma semana. Era preciso ter calma – dizia a si mesma. É somente uma virose.

CAPÍTULO 6

Quando Johan chegou, já no fim da tarde, Karen estava dormindo com a filha. Ele aproximou-se devagar, tocou com delicadeza a testa da menina e verificou que o estado febril persistia. Deu um beijo no rosto da esposa e logo a despertou. Assim que o viu, ela sorriu e, fitando a filha, levantou-se bem devagar. Ambos saíram do quarto sem fazer barulho.

– Ela melhorou um pouco?

– Acho que não...

– O que fizeram o dia todo?

– Resolvi ficar por aqui mesmo. Nossa filha tem imaginação e criatividade infindáveis. A quem será que ela puxou?

– É pura genética, minha querida. E não falo somente de mim. Ela tem uma mãe altamente criativa, a seu modo.

– Obrigada pelo "seu modo". – Karen deu um leve tapinha no braço do marido.

Mais tarde, os três jantaram, e Johan ficou com a filha enquanto Karen finalizava a documentação para sua pesquisa. Estava concentrada, quase terminando e salvando o preenchimento dos documentos *on line*, quando deu um tapa no computador, irritada.

DÉJÀ VU

– Droga! Que droga é essa! – E lá saíram uns três ou quatro palavrões em alto e bom som.

Johan se assustou:

– O que foi, Karen? Que palavreado é esse?

– Isso mesmo, mamãe! Que boca suja!

– Ora! Deixem-me em paz, vocês dois.

Johan acomodou a filha no sofá e foi acudir a esposa.

– O que foi, querida?

– Essa porcaria de computador! Que vontade de jogá-lo no lixo! Travou bem no finalzinho. Droga, droga e droga! Mil vezes!

– Deixe-me ver. – Karen afastou-se e Johan ficou alguns minutos manuseando a máquina, tentando amenizar os estragos e as perdas. Por fim, disse: Isso é o melhor que consigo. Não consegui salvar tudo, mas recuperei uma boa parte.

– Deixe-me ver agora. – Karen vasculhou os documentos abertos na tela e suspirou contrariada.

– É... perdi quase a metade de tudo o que fiz ao longo do dia de hoje.

– Mas, afinal, do que se trata? É uma nova pesquisa. Eu vi, mas sobre o quê?

– É sobre essa história de *déjà vu*.

E contou ao marido o que ocorrera no Café Fouquet's, em Paris, e de como se propusera a provar que o que Lucas acreditava simplesmente não existia. Tratava-se apenas de um fenômeno químico do cérebro.

– Mas por que é tão importante provar que ele está errado? – Johan indagou e fixou o olhar na esposa, que continuava atenta à tela do computador, retomando o preenchimento dos formulários. Ela demorou a responder, e ele insistiu: – Do que você tem medo, afinal?

Karen ergueu os olhos negros da tela do notebook e fixou-os no marido.

– Não tenho medo de nada, mas o Lucas me encheu a vida toda com suas crenças e ladainhas. Não vejo efeito concreto daquilo em que ele acredita, em sua própria vida. Para mim, o Espiritismo é tão somente mais uma religião morta, sem força e sem poder de transformação. E vou lhe provar isso.

– Vai fazer uma pesquisa dessas apenas para provar isso a ele? Ou quer provar a você mesma?

Ela baixou os olhos e voltou a olhar o computador.

– Que bobagem! Não tenho dúvida alguma. Sei muito bem no que acredito. – E, mudando de assunto, pediu: – Johan, pode colocar Nina para dormir? Melhor lhe dar o antitérmico novamente. Vou ficar aqui até terminar de fazer tudo de novo. Amanhã quero dar entrada no pedido de aprovação do projeto, sem falta. Vou ficar até terminar.

Ela fixou sua atenção no trabalho, enquanto o marido se dirigia ao sofá.

– Vamos, Nina. Hora de dormir.

– Deixe-me ficar aqui com vocês só mais um pouquinho...

– Não, não. Já está ficando tarde, e você precisa dormir. Deixe-me ver se está com febre ainda.

Ele tocou a testa da menina.

– Parece que não. Mesmo assim, é melhor descansar. A mamãe tem trabalho a fazer.

E fitou a esposa com olhar reprovador.

– Tenho mesmo. Não será uma pesquisa complicada nem tão longa assim. E nem vai custar tanto. Vou fazer e pronto. – Fitou o marido desafiadora.

– Boa noite, mamãe.

– Boa noite, meu amor. Subo daqui a pouco para lhe dar boa-noite na cama.

Voltou a atenção a o que estava fazendo, indiscutivelmente agitada. Não conseguia concentrar-se completamente. As observações de Johan reverberavam como um espiral em sua mente. A preocupação com a filha, também a importunava. Mas toda vez que ela lembrava de Lucas e do como o desafiara, sentia-se motivada a continuar. Ela ia provar que aquela bobagem de *déjà vu*, tal qual o amigo defendia, como um evento espiritual, não existia.

– Afinal, para que serve a ciência, se não para provar a verdade? – Finalizou o diálogo interno e, afastando todos os pensamentos, deu completa atenção aos formulários.

Eram quase três da manhã quando finalmente terminou. Enviou a solicitação totalmente preenchida, com a defesa de sua tese em relação à utilidade e aplicação dos seus resultados.

Tomou uma xícara de chá e resolveu enviar uma mensagem para provocar Lucas. Enviou-lhe pelo celular.

"Acabei de solicitar a verba para a realização de nossa pesquisa. Creio que, dentro de uns dois ou três meses, já estarei pronta para fazer os testes com você. Esteja preparado. Vou enviar-lhe a passagem. Vamos resolver de uma vez por todas essa diferença entre nós".

Antes de deitar-se, passou pelo quarto da filha. Nina estava gemendo baixinho. Karen se assustou, correu para perto da menina e tocou em sua testa. A temperatura estava muito alta. Tomou-a nos braços e disse, delicada:

– Vamos tomar um banho, filha. Para baixar a temperatura. Desculpe, meu amor. Mas vamos ter de fazer isso.

Encheu a banheira com água quase fria e submergiu nela a menina. Nina relutava.

– Não, mamãe. A água está fria...

– Eu sei, querida. Mas precisa ser assim morninha para a febre passar.

Depois de quinze minutos dentro da banheira, a temperatura cedeu um pouco e a mãe recolocou a filha na cama.

Quando apagou a luz, fitando Nina já adormecida, Karen resmungou:

– Mas que droga de virose! Vou levá-la amanhã mesmo para fazer o exame de sangue.

No dia seguinte, assim que a filha acordou, Karen levou-a para fazer os exames. Conseguiu um laboratório de um amigo, que estava funcionando naquele domingo. A febre de Nina estava mais baixa, mas ainda perceptível.

– Não se preocupe, mãe. Deve ser só uma virose – falou a profissional de saúde que realizava o exame. – Vai ficar tudo bem.

– Vai, sim. Eu sei. Quando o resultado fica pronto?

– Amanhã, à tarde, já pode vir buscá-lo.

– Ótimo. Porque daqui já vou direto ao seu pediatra.

– Claro. Eu entendo.

Enquanto dirigia, voltando para casa, os pensamentos de Karen se sobrepunham uns aos outros. Ela estava preocupada com a filha, mas também com os prazos apertados para a realização das novas pesquisas do laboratório.

"Detesto esse modelo pelo qual tudo tem de ser feito correndo, com prazos diminutos; há grandes responsabilidades envolvidas. Mas, enfim, são os tempos modernos. O progresso, o desenvolvimento. Para que ficar questionando? É preciso fazer e pronto", seguia ela.

Observava a paisagem e fitava a filha adormecida pelo espelho retrovisor. Achava que a criança estava mais pálida do que o normal, e sentiu a preocupação com Nina aflorar intensa. Embora tentasse afastar de sua mente medos e angústias, eles insistiam em ficar rondando.

Aproveitou o restante do dia para ficar com a filha. Na segunda-feira, levantou ainda de madrugada e partiu para o trabalho. Assim que chegou ao escritório, imprimiu todos os documentos que havia preenchido para a realização de sua pesquisa e montou um verdadeiro dossiê. Estava finalizando, quando Herman, já às primeiras horas da manhã, chamou-a pelo interfone para que fosse até sua sala.

Ao colocar o fone no gancho, ela não teve dúvidas. Pegou o cronograma e o planejamento que havia montado para a realização do trabalho urgente e o dossiê com sua proposta de pesquisa e subiu até o nono andar.

O vice-presidente da área de pesquisas a aguardava.

– Já tenho o planejamento das demais áreas. Como está o seu?

– Aqui. – Karen entregou seu planejamento.

Ele folheou e analisou, dizendo logo em seguida:

– Vai conseguir cumprir este cronograma?

– Sim, vou.

– Está bastante apertado, Karen.

– Mas estou motivada, doutor Herman. Pois quero algo em troca por todo esse esforço extra, que você compreende que terei.

O executivo permaneceu em silêncio, e ela prosseguiu, depois de uma breve pausa:

– Com a minha prerrogativa de verba exclusiva, quero pesquisar sobre alguns processos cerebrais, sua causa e efeito. Já submeti os documentos ao sistema, e foram aprovados. Agora, preciso apenas de sua concordância.

Ela ofereceu ao superior hierárquico o dossiê. Ele folheou devagar, olhando todas as páginas. A última era a destinada à sua assinatura. Ele ergueu a cabeça e comentou irônico:

— *Déjà vu*? Por que perder tempo com isso?

— Por que detesto mentiras, crendices e besteiras. Como cientista e pesquisadora, posso provar que tudo isso que tanto atribuem a questões espirituais, não passa de um fenômeno do cérebro e nada mais. Essas baboseiras me irritam.

Herman sorriu, puxou a última folha e assinou, devolvendo-a a seu lugar e o dossiê de volta a Karen.

— Cumpra os prazos do que me interessa e pode começar a estruturar suas pesquisas. Pode brincar à vontade. Não vejo nenhum conflito entre seus estudos e os objetivos, as políticas e os valores do laboratório. Pode ir em frente.

Karen esboçou um ligeiro sorriso e já estava saindo quando ele enfatizou:

— Cumpra meus prazos. Queremos ratificar e publicar o mais rápido possível o resultado desta pesquisa. Nosso intuito é fazer com que as pessoas compreendam que os antidepressivos não fazem mal, muito pelo contrário.

— Mas todos sabem que são benéficos.

— Há questionamentos em andamento e processos nos Estados Unidos. Não vamos querer a opinião pública escarafunchando esses fatos. Precisamos dar a eles mais informações de nossa parte. Você me entende?

— É claro. Fique tranquilo que estamos começando a pesquisa e os estudos ainda hoje.

— Muito bem, Karen. A porta de meu escritório está aberta para você quando precisar. Se tiver qualquer necessidade ou imprevisto, avise-me de imediato, para que nada atrapalhe seu cronograma.

Ao sair do escritório do vice-presidente, Karen se sentia desconfortável, sem conseguir precisar exatamente o que a perturbava. Os procedimentos eram rotina para ela. Da função, que exercia havia mais de quinze anos, ela tinha domínio; não havia novidade alguma. Apenas aquele desconforto a incomodava. Ela respirou fundo e atribuiu o sentimento às preocupações com a filha.

Voltou ao seu escritório e afundou a cabeça no trabalho, dedicando-se com afinco ao que ela fazia de melhor, como cientista e pesquisadora. Entregou-se aos dois projetos por inteiro.

Eram quase duas horas da tarde quando o telefone tocou, arrancando Karen de sua concentração completa.

— Oi, Johan — saudou ela ao atender o celular.

— Vai demorar muito ainda?

— Não sei dizer. Meu cronograma está muito apertado e com muito trabalho. Como está Nina?

— Do mesmo jeito. Agora não quer comer; foi um sacrifício fazê-la engolir o almoço.

— Você consegue buscar o exame e levá-la ao pediatra?

Johan fez um longo silêncio, denotando contrariedade, e por fim falou:

— Pensei que pudéssemos ir juntos. Que pena...

— Desculpe, mas preciso me concentrar para que o trabalho ganhe rapidez. Tenho duas pesquisas para conduzir ao mesmo tempo.

— Somente porque você quer, Karen. É uma escolha sua. Não fique dizendo o tempo todo que é o seu trabalho, porque não é. É, sim, o seu desejo.

— Você não está sendo justo. Esse é o meu trabalho, oferecer às pessoas informações, conhecimento para que elas possam sair da ignorância. Qual o problema, afinal?

Johan titubeou um pouco, mas, por fim, não se conteve:

— Nunca interfiro no seu trabalho, mesmo quando você fica dias no laboratório. Não me importo em cuidar de Nina e de tudo por aqui. Mas esse seu estudo sobre o *déjà vu*, me parece mero capricho. Há algo muito pessoal envolvido nessa pesquisa, e só você pode descobrir o que é, se você quiser, é claro.

— Está falando besteira, Johan. Não há nada de pessoal. É somente trabalho, ciência, a essência do que faço.

— Não é só isso, tenho certeza.

— Então o que é? — Karen levantou a voz ao indagar.

— Não sei, mas você deveria aceitar o que estou dizendo e se perguntar por que isso a incomoda tanto.

— Detesto ignorância.

— É mais do que isso, Karen.

— Preciso trabalhar. Você pode ou não levar a Nina? — Sua voz agora soava seca e fria.

— Claro que posso.

— Ótimo. Então, assim que sair do consultório do pediatra, você me liga.

— Não vou incomodar? — indagou ácido, e ela nem respondeu.

— Não tenho hora para chegar em casa hoje. É possível que fique por aqui mesmo a noite toda; portanto, assim que sair da consulta, que marquei no último horário, perto das 19h00, peço que você me ligue por favor. — Karen fez uma longa pausa, aguardando o marido quebrar o silêncio, o que não aconteceu. Ela disse por fim: — Estou preocupada com Nina, de verdade. Traga-me notícias, por favor... — Sob o tom de voz atenuado e mais dócil, Karen já pedia desculpas de sua ausência. Johan as aceitou ao responder mais gentil:

— Fique tranquila, Karen. Assim que sair de lá, eu te ligo.

CAPÍTULO 7

Eram quase cinco da tarde quando Dhara apareceu à porta do escritório de Karen. Com seu semblante denunciador de contrariedade. A cientista estava absorta em suas análises, ao se dar conta da presença da amiga.

– Nossa, Dhara! Que susto! Há quanto tempo está aí parada?

– Cheguei há pouco. – Respondeu, entrando e puxando uma cadeira diante da mesa de Karen. – Estou exausta.

– E o que mais?

Dhara ficou um longo tempo fitando Karen, sem saber ao certo o que lhe responder. Exprimiu um profundo suspiro ao desabafar:

– É que, às vezes, fico irritada com certas atitudes da empresa, dos diretores, com o direcionamento que é dado a alguns problemas. Agora, vou ter de fazer uma coletiva de imprensa para convencer os jornalistas e blogueiros de que o novo medicamento que lançamos no ano passado é realmente eficaz. Mas há estudos, questões obscuras na pesquisa, e fica sempre sob minha responsabilidade dirimir qualquer dúvida. É cansativo.

– Ah, então é isso...

— E o projeto para o relançamento do antidepressivo? Como estão indo as pesquisas, os testes?

— Como sempre. Dentro da amostragem, sempre há os que apresentam bons resultados, e muitos que não respondem bem à droga.

— Como se sente por ter de aprovar remédios que não tem certeza de que darão os resultados esperados?

— Dhara — falou Karen tocando as mãos da amiga. — Se formos esperar ter certeza de tudo para agir, não sairemos nunca do lugar. Apoio-me nos resultados positivos. Afinal, eles foram comprovados, não é mesmo?

Dhara deu um ligeiro sorriso e falou, enquanto se erguia e pegava a bolsa:

— E isso é sempre suficiente para você?

— Acho que não é o nosso sistema de aprovação dos lançamentos de nossos produtos que a estão chateando. Vamos! Fale! O que a está preocupando?

— Você me conhece mesmo... Minha mãe me ligou querendo que eu vá para Londres para encontrar a família. Disse que meu pai não está muito bem e que eu deveria dar mais atenção a eles. Sempre me irrito quando ela liga. Afinal, não foram eles que praticamente me puseram para fora de casa quando resolvi seguir a carreira de relações públicas e não casar com o escolhido deles?

— É uma cultura muito tradicional, Dhara. Você se libertou, mas eles não entendem isso.

— E isso me incomoda, assim mesmo.

— Eu sei.

— Bom, vou deixar você terminar seu trabalho. Os prazos estão apertados...

Dhara ia saindo do laboratório quando Karen a chamou de volta.

— Esqueci uma coisa importante. Consegui aprovar a pesquisa do famigerado *déjà vu*.

— Não acredito que você vai mesmo levar isso adiante, Karen.

— É claro que vou! Pode se organizar. Em dois ou três meses, pode separar algum tempo para participar dos estudos. Eu a aviso com antecedência.

— E o Lucas? Vai trazê-lo, mesmo?

Karen deu uma gargalhada e respondeu:

— E você acha que vou perder a oportunidade de esfregar na cara dele a verdade?

— Tudo bem, só me avise antes. Não vou nem perder meu tempo tentando convencê-la. Vejo que está irredutível...

Enquanto ambas conversavam, numa dimensão espiritual acima da condição das duas, um pequeno grupo observava com atenção. Everton, que liderava os demais, comentou:

— Oremos por nossa irmã; aproxima-se o momento em que ela deverá acordar para as verdades do espírito imortal. E, pelo torpor espiritual em que ela insiste em se manter, esse despertar será doloroso. Oremos.

Envolvidos pelas energias amorosas que os três emanavam, irradiaram-nas na direção de Karen, de maneira intensa e intencional, e assim se mantiveram concentrados.

Não tardou e Johan apareceu na porta do laboratório. Ao escutar a voz do marido, Karen ergueu a cabeça. Ele aproximou-se caminhando devagar, quase titubeante.

— Johan? Pensei que fosse me ligar...

— Achei melhor vir pessoalmente.

– O que foi? Cadê a Nina?

– Deixei-a com a babá.

– Você está me assustando, fale logo. Saiu o resultado? O que o pediatra disse?

Johan olhava para a esposa, esforçando-se para conter as emoções. Olhava para ela estudando qual seria a melhor maneira de falar, tentando escolher as palavras. Mas suas emoções o atropelavam, e sua voz quase não saía. Num grande esforço, ele falou:

– O resultado não foi bom, Karen.

– Por quê? O que foi?

– O dr. Jörg diagnosticou um linfoma.

– O quê? Não, Johan! Não pode ser... Não. Nossa pequena Nina... Como ela está?

– Abatida, cansada. Doente... – Ele não conseguiu mais se controlar e desabou em lágrimas de angústia e dor. Foram alguns segundos apenas.

Karen olhava para o marido em lágrimas e não sabia o que pensar, o que sentir. Era como se o chão do seu escritório tivesse desaparecido, e ela resvalado num profundo abismo e estivesse caindo sem parar. Queria ser racional, pensar apenas, mas o medo a dominou, e ela reagiu com irritação.

– Temos de fazer mais exames, pesquisar mais. Ele pode estar errado.

– Ele já pediu mais exames – respondeu Johan, secando as lágrimas do rosto. – Aqui estão os pedidos. Mas ele me preveniu, Karen. Sabe que ele é um médico experiente e competente. – Baixou a cabeça para esconder o desespero, e depois continuou: – Mesmo assim ele quer ter certeza.

– E o que vamos fazer se for mesmo isso? Ela vai ficar boa? Há alguma chance?

– Sim, há possibilidades. Se confirmado o diagnóstico, poderemos tentar um transplante de medula, com alguém que seja compatível. Você, eu, um parente. É um longo caminho, Karen, e teremos de percorrê-lo passo a passo.

Em completa angústia, antevendo o processo doloroso que se desdobraria à frente da família, ela explodiu em lágrimas.

– Mas que droga! Por que nós? Por que a Nina? Cuidamos dela com tanto cuidado, com tanto carinho. Cuidamos da comida – só alimentos orgânicos – e mesmo assim, não adianta nada?

– Claro que adianta. Dr. Jörg assegurou que a condição excelente do organismo dela vai contribuir para a cura.

– Mas ele deu mais algum detalhe sobre as perspectivas de cura? Qual o seu percentual de chance, Johan?

– Se o diagnóstico for confirmado, as chances, estatisticamente, são de aproximadamente sessenta por cento.

– Sessenta? É pouco! Muito pouco. O que vamos fazer?

Envolvido por Everton e seu pequeno grupo, Johan sentiu brotar esperança em seu coração em forma de serenidade, e sugeriu à esposa:

– Primeiro de tudo, vamos nos acalmar. Vamos fazer os exames conversar com especialistas, e fazer tudo o que estiver ao nosso alcance para salvar a vida de nossa Nina.

Karen, que andava de um lado para outro, tentando controlar a dor que sentia no mais profundo de seu ser, desabou na cadeira, sentindo-se exausta e suspirou desabafando.

– Que sentimento de impotência desesperador...

Everton a envolvia em fluidos de serenidade e calma, buscava influenciar seus pensamentos, mas Karen mantinha seu campo mental vibrando em dissonância absoluta com o amigo e protetor espiritual. Muito pouco ele conseguia transmitir de paz e especialmente de confiança a ela. O desespero crescia em seu coração de mãe, impedindo que captasse as influências benéficas do amigo espiritual.

No trajeto do laboratório para casa, o casal seguiu em silêncio. A mente de ambos, entretanto, era um turbilhão de pensamentos em todas as direções, acelerado, com emoções angustiantes. Ambos sentiam medo pelo que estava por vir. E, embora Johan fosse o mais sensível à influência da espiritualidade amiga que os acompanhava, nenhum dos dois possuía crença alguma na qual pudessem se apoiar naquela hora.

Ao entrar em casa, Karen subiu direto para o quarto da filha. Nina ardia em febre. Natasha, a jovem que tomava conta da menina sempre que o casal precisava, levantou-se assim que viu a mãe de Nina entrar no quarto.

– Acabei de dar um antitérmico outra vez. Alternei os medicamentos, pois faz menos de três horas que tinha dado o último. Ela está sonolenta e sem energia. Está reclamando também de dor de cabeça.

Karen olhou para o marido que acabava de aparecer à porta, indagando sem palavras se aquele seria um novo sintoma ou outro problema, ou o agravamento do mesmo. Karen queria gritar, chorar, esbravejar... Amaldiçoar a ideia de um Deus que permite aquele horror a uma criança indefesa. Esmagada pela dor, pelo medo, pela incerteza absoluta que a dominava naquele momento, ela ajoelhou-se à beira da cama, tomou as mãos da filha entre as suas, e fitou o rostinho doce de Nina. Com muito esforço, conseguiu balbuciar, contendo a custo a emoção:

– Como está se sentindo, querida?

– Está doendo, mamãe.

– Aonde, amor?

– Aqui – colocou a mão na cabeça.

Johan acudiu a esposa, imaginando-a completamente sem estrutura, como ele mesmo se sentia. Sentou-se na cama e falou fitando a menina e a mãe:

– Você vai tomar os remédios e vai melhorar, querida. Eu prometo que tudo vai ficar bem.

Nina deu um ligeiro sorriso, e depois virou-se de lado. Queria dormir.

Na manhã seguinte, Johan e Karen, antes mesmo que o laboratório de análises clínicas abrisse, estavam aguardando para fazer os exames de compatibilidade, também levaram Nina para uma nova bateria de exames.

Foi uma semana inteira fazendo testes, exames de sangue, tomografias e outras avaliações que poderiam trazer mais clareza ao diagnóstico de Nina e apontariam alternativas mais adequadas para o tratamento.

No sábado, Nina estava mais animada e os três tiveram um fim de semana quase normal. Em alguns momentos, Karen quase se esquecia do que estava acontecendo com eles, para logo em seguida, lembrar-se de tudo, sentindo o medo dominar-lhe por completo. A cada dia que passava, ela estava mais apavorada. Everton e sua equipe espiritual atuavam incessantemente sobre a mente de Karen, especialmente enquanto dormia. Mas ela tinha uma resistência enorme e negava qualquer contato com os espíritos amigos.

Na noite de domingo para segunda-feira, Karen rolava na cama sem conseguir conciliar o sono. Depois de quase uma hora tentando, resolveu utilizar o mesmo recurso que usara nas outras noites: uma droga para dormir. De fato, a angústia era tamanha que a vontade de Karen era dormir para sempre. Quando colocou o remédio nas mãos, teve vontade de tomar todo o conteúdo do fraco e fazer aquela situação, aquela dor, desaparecerem de vez. Everton, acompanhando cada movimento seu, viu logo a imagem mental que ela produzia e lançou-lhe a visão doce de Nina, desde que nascera, sussurrando aos seus ouvidos: *ela precisa de você, não pode abandoná-la agora.*

Os olhos de Karen encheram-se de lágrimas, que escorriam pela face. Ela tomou um comprimido e guardou o restante de volta ao frasco. Deitou-se, e buscou o silêncio para sua mente, e sossego para o coração. Não demorou ao medicamento fazer efeito, e ela adormeceu. Em completo torpor, não era possível para Everton conversar com ela. Mesmo assim, ele procurou conscientizá-la:

— Precisa se acalmar, Karen. Sei que a dor é grande, até porque há feridas do passado que se abrem outra vez com essa situação. Você não vai perder Nina; a morte não existe como você a enxerga, e jamais perdemos aqueles a quem amamos. A individualidade que anima o corpo material prossegue viva em uma dimensão diferente. Compreende o que digo?

Ela o olhava como se não o visse. Ele tomou suas mãos entre as dele e pediu:

— Quero que ligue para Lucas amanhã cedo, antes mesmo de pegar os resultados e falar com o médico. Fale com ele, peça ajuda. Você precisa de amigos nesta hora. Ele vai orar por você. Está me compreendendo?

Ele analisou melhor e falou com os dois espíritos que o ajudavam:

– Vou apelar para a hipnose...

E aplicando técnicas simples, mas eficazes, plantou na mente de Karen a ideia de conversar com Lucas. Ao final da operação sutil, falou fitando o corpo espiritual de Karen, sobreposto ao corpo denso:

– Espero que consigamos ativar a ideia amanhã cedo.

CAPÍTULO 8

Enquanto engolia seu café quente, quase queimando a boca, Karen ignorava um pensamento que surgia no fundo de sua mente, insistente: *Ligue para Lucas, precisa falar com ele.*

Ela não deu atenção; na realidade nem se deu conta de que aquela ideia estava ali. Arrumou a filha, e puseram-se os três a caminho do hospital para pegar os resultados dos exames e, imediatamente, passar por uma consulta com o melhor oncologista pediátrico disponível em Colônia. Sem cabeça para dar atenção ao trabalho, Karen não sabia o que fazer com Herman, que ligava para ela a cada dez minutos. Sabia que ele queria acompanhar de perto as etapas de execução da pesquisa validando o novo componente do antidepressivo mais vendido pela companhia, e ela estava ficando sem saber o que dizer. O celular tocou novamente. Era ele mais uma vez.

— Precisa falar para ele o que está acontecendo, Karen.

— Eu vou, assim que tivermos uma ideia mais clara do diagnóstico e, principalmente, do tratamento e suas implicações em nossas vidas.

— Não atendê-lo será pior.

DÉJÀ VU

– Deixei recado com sua secretária, informando que eu estava com problemas particulares sérios, mas parece que foi pior.

– É claro, ele não sabe do que se trata seu sumiço e está preocupado com os prazos...

Fez-se um longo silêncio entre os dois. Nina estava muito pálida, e parecia cansada. Karen olhou para o banco de trás e depois para Johan.

– O que está acontecendo? Por que ela está assim? Está piorando visivelmente...

O marido olhou a filha pelo retrovisor. Queria ter esperança, mas o quadro com que se deparava não o animava.

Aguardavam para ser chamados pelo médico, já com os exames em mãos, quando a ideia de ligar para Lucas saltou na mente de Karen. Dessa vez, ela reagiu rápido. Num impulso, levantou-se e avisou o marido:

– Já volto. Preciso fazer uma ligação.

Não esperou pela resposta de Johan e saiu ligando para o amigo.

Naquele momento, Lucas estava em seu intervalo, na universidade e a atendeu meio contrariado ao ver o número da amiga em seu celular, imaginando que ela já estava vindo com demandas por conta da tal pesquisa.

– Oi, Karen.

Ao ouvir a voz de Lucas, no entanto, Karen desabou em pranto dolorido.

– Lucas... a Nina...

– O que foi, Karen? O que houve com Nina?

– Ela está... está doente... – Ela mal conseguia balbuciar as sílabas entre as lágrimas e o peito opresso.

Lucas sentou-se para dar completa atenção a ela.

– Nina está com câncer...

O professor sentiu como se ele mesmo tivesse sido transpassado por uma espada pontiaguda direto no coração.

– Tem certeza? Já confirmou em todos os exames?

– Estou no hospital agora para falarmos com o oncologista pediátrico. O melhor da região. Mas estou apavorada, Lucas. Estou com muito medo de... de... – Ela não conseguiu terminar, chorando sem parar.

Lucas, por outro lado, ficou mudo. Não sabia o que dizer, como consolar a amiga. Todo o conhecimento que tinha, tudo o que acreditava parecia ter desaparecido de sua mente naquele momento. Então, perguntou:

– Johan está aí com você?

– Está, sim. E Nina também.

– Tente se acalmar. Vou colocar seu nome no caderno de vibrações do núcleo espírita. De todos vocês. Vai dar tudo certo, Karen! Você vai ver.

Karen ficou atônita. O que aquilo significava, colocar o nome no caderno de vibrações? O que era aquilo?

Na realidade, Lucas ficou absolutamente sem saber o que fazer. Suas convicções desapareceram, e ele simplesmente não conseguia reagir de modo adequado. Falou mais algumas palavras, absolutos chavões, que Karen ignorou, e finalizou a ligação o mais rápido que pôde.

– Nós nos falamos mais tarde, Karen. Agora tenho de entrar para a aula. – Era a desculpa perfeita para fugir da situação desconfortável.

– Tudo bem. – Karen desligou sem nem sequer agradecer. Voltou para junto de Johan e Nina, e logo o médico os chamou para o consultório.

Everton e os dois amigos se olharam e o primeiro balançou a cabeça em sinal de desaprovação. Um dos amigos questionou:

– O que foi isso, Everton? Acho que ligar para Lucas piorou a situação.

– Sim. Eu não imaginava que o amigo espírita teria essa fraqueza emocional tão grande. Esperávamos que ele a apoiasse com seus conhecimentos e sua fé...

Mas nem um nem outra haviam sido acionados por Lucas. Ele entrou na sala de aula, olhando a classe lotada, enquanto a sua mente estava com Karen. Sentiu uma profunda angústia, pois sabia que tinha falhado com a amiga, que precisara muito dele naquele momento. Não conseguiu concluir a aula. A cabeça doía e teve de interromper e ir para casa mais cedo.

Karen, por sua vez desligou o celular sentindo-se ainda mais frustrada. O contato com o amigo espírita não a havia ajudado em nada. Entre o turbilhão de pensamentos que se somavam em sua mente, estava a constatação de que Lucas era, na verdade, um fraco que se escondia atrás de uma crença que não o transformara em uma pessoa melhor; ela sentiu certo desprezo pelo amigo naquele momento e maior desprezo ainda pelo Espiritismo, que certamente não passava de mais uma religião a serviço de mentes que queriam enganar e controlar o ser humano.

Assim que o médico os chamou, Karen pegou a filha no colo e entrou no consultório sentindo o coração bater acelerado. Doutor Wilfried, um oncologista experiente, conversou brevemente com o casal, depois analisou os exames e, por fim, efetuou detalhado exame clínico em Nina, que se manteve calma durante toda a consulta.

– O que sente, querida? Conte tudo para mim – pediu o médico, simpático.

– Cansaço – respondeu ela, sorrindo. – Quero brincar, mas fico logo cansada. E sinto calafrios e tontura.

Johan desviou os olhos para não deixar que a filha visse as lágrimas que marejaram seu olhar. Karen, sentindo raiva e mágoa por toda aquela situação, não tirava os olhos do médico.

Ao final, ele pediu que uma enfermeira levasse Nina para fazer mais um exame, enquanto ele conversava com os pais.

– Nina tem Leucemia Linfoide Aguda e, infelizmente, com a presença do cromossomo Filadélfia. Indico iniciarmos o tratamento o mais rápido possível, que será feito com quimioterapia e radioterapia. E já indico para ela um transplante de medula[4], assim que for possível. Se tudo correr bem, em aproximadamente 2 meses podemos fazer o transplante.

– Então seu caso é grave...

– Infelizmente, trata-se de um tipo bem agressivo de leucemia. Temos na Alemanha um banco de doadores, mas, como a compatibilidade é fundamental para minimizar os riscos das reações de rejeição, sugerimos que já se busque um doador compatível entre os familiares ou amigos. É o melhor a ser feito. Ela tem irmãos?

– Não. É filha única. Nós não podemos fazer a doação?

– Os pais não são compatíveis nesses casos. Será preciso procurar um parente próximo. Um primo, ou outros parentes. Vocês têm parentes próximos a quem recorrer?

– Eu apenas um tio, já bastante idoso.

---

4 O transplante de medula óssea é uma estratégia terapêutica muito utilizada no caso de doenças que acometem as células sanguíneas, como linfoma e leucemia, em que a medula óssea está deficiente, ou seja, não consegue desempenhar corretamente a sua função de produção das células do sangue e do sistema imunológico, como hemácias, plaquetas, linfócitos e leucócitos.

— E você, Karen? — investigava o médico, visivelmente compenetrado.

— Minha mãe e minha irmã, moram com dois sobrinhos em Bellycastle, Irlanda do Norte.

— Tem sobrinhos?

— Sim, um menino e uma menina, quase adolescentes.

— Aconselho, então, que peça a eles que façam os exames de compatibilidade.

— Eles teriam de vir até aqui para fazer os testes?

— Não. Vou fazer as solicitações especificando os objetivos dos exames. Eles farão um exame de sangue normal, e o laboratório, a partir de minha solicitação, verificará a compatibilidade.

— E se algum deles for compatível? Quais serão os procedimentos? É perigoso? Quais as chances de dar certo?

— Tenho um material completo que minha assistente vai entregar a vocês na saída, em que há o detalhamento de todos os procedimentos, cuidados que deverão ter com Nina durante os tratamentos, incluindo os procedimentos de transplante e os riscos envolvidos depois do procedimento, no processo de recuperação, que é indiscutivelmente o mais difícil de todo o tratamento. Mesmo assim, é o mais indicado no caso de Nina.

O médico fez uma pausa, depois finalizou:

— Estatisticamente falando, vocês terão de 7% a 10% de chances de seus sobrinhos serem compatíveis.

— E no banco de doadores?

— O percentual diminui ligeiramente, já que na Alemanha temos um bom número de doadores.

— Então, sempre poderemos contar com o banco de doadores?

– Indico primeiro que se procure um parente, para assegurar uma compatibilidade genética maior, mais precisa. Isso contribui demais para não haver rejeição depois do transplante.

– Claro. – Karen baixou a cabeça, pensativa. Não tinha um relacionamento muito bom com a mãe, nem com a irmã e os sobrinhos, mas também não era ruim, apenas uma relação sem proximidade.

– Vamos começar o tratamento imediatamente.

O médico fez uma série de prescrições e entregou-as a Karen.

– Peguem as informações com minha assistente e estudem com atenção. Se estiverem de acordo, marquem o início do tratamento. Estas são minhas indicações para Nina.

– Obrigada, doutor. Vamos ler tudo com calma. E vou contatar minha família o quanto antes, então. Se isso for o melhor para a nossa filha...

Johan esboçou um sorriso. Nina entrou, com um sorvete nas mãos.

– Ela se comportou tão bem, doutor, que ganhou um sorvete.

Nina segurava o prêmio orgulhosa e tomou o sorvete até o fim.

Enquanto retornavam para casa, o celular de Karen tocou. Era Lucas, tentando novo contato com a amiga. Assim que viu seu número, ela desligou o aparelho, visivelmente irritada.

– Quem era?

– Ninguém.

Depois de um breve silêncio, ela virou-se para trás e disse à filha:

– Como você está lambuzada de sorvete... Vai direto para o banho quando chegarmos. – Nina deu um sorriso meigo e balançou a cabeça, concordando. Karen sorriu de volta e informou:

– Vou viajar em alguns dias, filha. Você vai ficar com o papai. Precisamos encontrar uma pessoa que vai ajudar você a ficar boa mais depressa. – Nina estava distraída com as manchas de sorvete em sua manga. Karen virou-se e ajeitou-se no banco.

– Quando pretende viajar?

– Ainda não sei. Vou precisar resolver algumas pendências importantes no laboratório, depois quero acompanhar as primeiras sessões de... – Karen calou-se por algum tempo. Depois que conseguiu se controlar, prosseguiu: – Mas vou ligar assim que chegarmos em casa para falar com minha mãe e explicar o que está acontecendo por alto e, se elas estiverem dispostas a me ver, vou marcar de encontrá-las, vou até lá para explicar direito os procedimentos, depois de entender bem do que se trata. – Karen passou a mão sobre o calhamaço de papel que havia trazido do consultório, ficando a pensar...

CAPÍTULO 9

Mais tarde, Lucas tentou ligar para Karen diversas vezes. Chegou em casa mais cedo, aflito e angustiado. Seu estado de espírito não passou despercebido de Luiza, que, na hora do jantar, indagou:

– O que há, querido? Está tenso...

– Angustiado.

– O que foi?

Lucas compartilhou com a esposa o problema que a amiga alemã estava enfrentando.

– Nossa! Meu Deus! Que situação terrível! Mas ela tem muitos recursos por lá para vencer a doença. Sei pouco sobre o assunto, mas parece que as crianças têm mais probabilidades de conseguir se curar do que os adultos.

Lucas fitou a esposa sério, e perguntou:

– Será? Mas o medo, a dor, a insegurança, são muito grandes...

Luiza ficou pensativa, vasculhando com o olhar os menores detalhes do rosto do marido, que ela amava intensamente. Depois, comentou:

– Está mal desse jeito por Karen, ou alguma coisa dentro de você foi balançada com esse fato?

— Do que está falando agora?

— Não sei. Diga-me você mesmo.

Lucas, que finalizara sua refeição, levantou abruptamente e falou, ríspido.

— Não sei do que você está falando. Fiquei triste por Karen, ciente do que ela está prestes a enfrentar.

— E o que ela vai enfrentar? Você não sabe, não tem ideia.

Lucas ficou desconcertado e resmungou:

— Tenho provas para corrigir. Depois, conversamos sobre isso.

— Tudo bem — respondeu. — Antes de se afundar nas correções, ajude-me com a louça.

Meio a contragosto, Lucas ajudou a esposa a limpar a cozinha e depois foi para o segundo quarto da casa, transformado em *home-office*. Sentou-se no sofá e tentou novamente ligar para Karen. O desejo de falar com ela era como uma chama consumindo a consciência do professor. Ele tentou várias vezes, mas a ligação sempre caía na caixa postal. Ele deixou várias mensagens, pedindo a Karen que lhe retornasse. Em seguida, puxou as provas da mala e colocou-as sobre a mesa. Tentou se concentrar, mas a angústia e o desejo ardente de conversar novamente com Karen o impediam. Sentiu vontade de pesquisar sobre o assunto em seu celular, mas não conseguiu. Voltou para as provas e, lentamente, começou a corrigi-las. Um trabalho que levaria duas horas, tornou-se infindável.

Naquela noite, Lucas deitou-se mais tarde do que o habitual. Tentava dormir, mas o sono não vinha. Pensamentos acelerados afloravam em sua mente, um após outro. O que estava acontecendo consigo? Por que não conseguira oferecer à amiga palavras de fé e confiança que lhe dessem suporte? Por que, no momento que soube do problema que ela estava enfrentando, foi incapaz de ajudá-la?

Já ia alta e profunda a madrugada quando Lucas finalmente fora tomado pelos braços de Morfeu[5]. Mateus, seu protetor espiritual, queria ajudá-lo, mas Lucas estava atordoado demais, quando se desprendeu de seu corpo denso. O amigo espiritual aproximou-se dele e disse:

— Lucas, meu irmão! Não será possível conversarmos neste estado em que se encontra.

Colocou-se ao lado de Lucas e, em uma oração em que emanava amor, estendeu seus braços sobre o amigo enquanto orava:

— Jesus, amigo querido que cuida de todos nós, peço pelo meu amigo e irmão Lucas, intercedo por ele, para que seja capaz de enfrentar seus medos e vencê-los, convertendo angústia e ansiedade em confiança e, assim, sendo capaz de, fazendo uso de seus conhecimentos em relação às questões espirituais, ajudar Karen e sua família.

Em seguida, aproximou-se da esposa, que o fitou e indagou, também desprendida pelo sono, do corpo denso:

— O que está acontecendo com ele? Por que ficou tão transtornado com a situação de Karen? Compreendo que tenha ficado triste, mas parece mesmo que ficou assustado.

— Ele ficou apavorado, Luiza.

— Mas por quê?

— Nosso irmão colocou-se em seu lugar, e não encontrou recursos em si para ajudá-la.

---

5 Cair nos braços de Morfeu é uma expressão popular que pode ser interpretada como o desejo por adormecer num sono profundo. Esta expressão se originou a partir da figura mitológica do deus grego Morfeu, conhecido por ser a personificação dos sonhos.

— Como isso é possível? Lucas é espírita há tanto tempo... Tem tantos conhecimentos, é um palestrante respeitado...

— Pois é, minha irmã. Ter conhecimentos é uma coisa, ter sabedoria é outra. Saber intelectualmente, ter a informação não basta. É preciso que ela se converta em verdadeiro conhecimento pela experiência. Não basta saber, é preciso sentir com todas as fibras. Lucas ainda não desenvolveu esse tipo de sabedoria, e isso contribui para que esteja tão abalado. Não encontra a certeza em si, nos conhecimentos que tem, não sente confiança em Deus, como deveria, e neste momento, está em conflito, mas ainda não percebeu. Você precisará ajudá-lo, conscientizando-o do que se passa consigo. Ele precisa reconhecer seus reais sentimentos e emoções, para que só então, admitindo para si mesmo a verdade, possa lidar com a realidade interior. Neste momento, tudo é como que uma avalanche de pensamentos e sentimentos confusos em nosso irmão. Ele vai precisar de sua ajuda, Luiza.

A esposa balançou a cabeça concordando e fitando o marido, cujo corpo sutil debatia-se em visível aflição, e disse:

— Que Jesus me ajude a ser útil.

— Estaremos em ligação constante para intuí-la, possibilitando que a experiência de Karen, possa transformar igualmente a vida de nosso irmão Lucas.

Na manhã seguinte, Karen foi a primeira a chegar ao laboratório. Queria deixar tudo organizado, antecipar necessidades para quando tivesse de se ausentar. Dhara foi a primeira a aparecer.

— Bom dia, Karen, como está?

Quando Karen ergueu os olhos do computador, a amiga viu que estavam vermelhos e inchados.

– Nada bem, minha amiga.

Dhara acomodou-se na cadeira diante da cientista e ficou esperando que ela continuasse.

– Nina tem... está... gravemente doente. Vou ter de me ausentar alguns dias para cuidar dela e resolver umas outras questões pessoais. Antes disso, porém, vou deixar tudo programado e em ordem, para que as pesquisas saiam no prazo correto.

– O que há com Nina? É grave?

Karen não respondeu. Não queria repetir mais nenhuma vez a doença da filha. Cada vez que falava em voz alta, era como se aquela realidade se concretizasse ainda mais. Mas desabou em choro angustiado.

– É grave, sim. Muito!

Não foi preciso dizer mais nada, Dhara compreendeu e ficou em silêncio, até que Karen se acalmasse. A cientista, então, prosseguiu:

– Ela vai começar o tratamento e quero acompanhá-la por alguns dias, ver como ela vai reagir. Em seguida, vou fazer uma viagem rápida até a Irlanda do Norte. Preciso que meus sobrinhos façam uns exames, para identificar uma possível compatibilidade com Nina... Para uma doação de medula...

A grande custo, Dhara conteve a emoção, percebendo que era seríssima a situação. Sem palavras para confortar o coração de Karen, disse apenas:

– Conte comigo para o que precisar. Qualquer coisa.

– Obrigada, Dhara. A gente vai se falando.

A movimentação começava no laboratório, com as pessoas chegando e tomando seus postos de trabalho. Dhara ergueu-se e abraçou a amiga, dizendo:

– Conte comigo.

Depois, afastou-se devagar, penalizada, sentindo a dor de Karen. Ao sair do escritório, a indiana suspirou fundo: *Nada de se envolver com a dor dela*, e respirou fundo novamente, enquanto caminhava para o seu escritório, no mesmo andar, onde Karen trabalhava.

Entrou, fechou a porta, sentou-se em sua cadeira e ficou pensativa.

– Que coisa horrível! – Falou.

Pegou um porta-retratos da família, que estava em sua gaveta e fitou a figura sorridente do pai. Sabia que ele não estava bem, e uma forte angústia atravessou seu coração.

– Chega, preciso afastar esse sentimentalismo. Tenho trabalho a fazer e preciso me concentrar nele.

Recolocou o porta-retratos de volta à gaveta, e abriu o computador, indo direto para as redes sociais. Queria distrair seus pensamentos para ver se esquecia um pouco daquele problema que Karen acabara de compartilhar com ela.

A cientista, por sua vez, tentou concentrar-se o máximo que pôde, deixando orientações e tomando providências para que seu trabalho não parasse, mesmo em sua ausência.

Era quase o meio do dia quando Johan ligou.

– Como está Nina?

– Estou indo para o hospital com ela.

– Por quê? O que foi que aconteceu?

– Ela não está bem. Está com muita febre e começou a vomitar. Liguei para o doutor Wilfried, e ele me aconselhou iniciarmos o tratamento o mais rápido possível e reforçou a necessidade do transplante para fortalecer o organismo de Nina, já que com a quimioterapia e a radioterapia, suas células-tronco serão praticamente destruídas.

Um desconfortável e interminável silêncio se estabeleceu. Karen sentia o coração bater descompassado. Sentia um imenso vazio dominar sua alma. De súbito, tudo que era importante para ela perdeu o sentido. Olhava pelo vidro que separava seu escritório do amplo salão onde os cientistas trabalhavam, e pensava que nada mais parecia importar. Para que tudo aquilo? Qual era o sentido de sua vida? Para que nascer e viver, e então passar por aquilo? Por que Nina, ainda tão jovem tinha de enfrentar uma doença maldita como aquela?

Em sua angústia, odiou a ideia de um Deus, que, para ela, definitivamente, não existia. Balbuciou, entre lágrimas, que não conseguia conter:

– Quer que eu vá com você?

– Seria melhor agilizar seu trabalho, para ter condições de ficar ao lado dela e depois, fazer sua viagem com essa preocupação a menos.

– Minha vontade é mandar tudo isso para o inferno!

– Calma, Karen. Não faça nada que não possa voltar atrás e principalmente, que se arrependa mais tarde.

A cientista calou-se por alguns minutos, depois perguntou.

– Você consegue fazer isso?

– Sim. Faça o que tem de fazer e venha o quanto antes. Espero que ao final do dia estejamos em casa, mas a vou posicionando conforme as coisas forem acontecendo.

Karen desligou o celular e ficou olhando para o vazio, com o olhar perdido. O aparelho tocou novamente, e ela, certa de que era Johan, atendeu sem conferir a procedência da chamada.

– Oi, Karen! É Lucas.

A voz do amigo do outro lado da linha trouxe Karen de volta para a realidade, e ela respondeu, sem nenhum entusiasmo.

DÉJÀ VU

– Oi, Lucas.

– Como você está?

– O que você acha? Péssima. Nina está começando o tratamento hoje; tivemos de agilizar, pois ela está péssima... Eu vou ter de viajar para a Irlanda do Norte, ela vai precisar fazer um transplante de medula; como nem eu nem Johan temos a compatibilidade adequada, vou ver minha família, na esperança que um deles possa nos ajudar.

– Não há doadores compatíveis disponíveis?

– Há uma fila grande. Você sabe.

– Aqui no Brasil eu sei que ainda há poucos doadores em relação a necessidade, e pouca campanha se faz sobre o assunto. Se houvesse uma ampla conscientização e maior número de doadores, muitas vidas poderiam ser salvas[6]. Pensei que na Alemanha as coisas já estivessem melhor...

– Existe uma mobilização considerável, sim, mas não deixa de haver uma demora; há outras pessoas na fila do transplante. E o médico quer que eu vá agilizando, para que, no momento que for necessária a doação, tudo esteja pronto. Claro que a implantação não será para agora; há um longo tratamento a

---

6 A Lei nº 11.930, de 22 de abril de 2009, instituiu a Semana de Mobilização Nacional para Doação de Medula Óssea. O objetivo é esclarecer e conscientizar as pessoas sobre a importância da doação de medula e como isso pode salvar vidas. O Registro Nacional de Doadores Voluntários de Medula Óssea (REDOME) participa ativamente da semana, com divulgações na imprensa e contato com os doadores já cadastrados. Para ser doador de medula óssea, é preciso ter entre 18 e 55 anos e estar em bom estado geral de saúde. A doação é simples, equivalente à de sangue. Hoje, o Brasil possui mais de quatro milhões de inscritos no cadastro nacional de doadores de medula óssea, de acordo com dados do REDOME. Mesmo parecendo considerável, o número ainda é insuficiente, principalmente ao se levar em consideração a grande variedade genética do povo brasileiro.

ser realizado antes, mas com as células disponíveis, quando for necessário, as chances aumentam...

Lucas sentiu um nó na garganta e um aperto no peito. *"As chances" de Nina viver*, pensou ele. Ficou mudo. Não conseguia articular as palavras. Desejou não ter ligado para Karen, e queria desligar ali mesmo, mas não podia.

– Liguei só para saber. Se precisar de algo estou por aqui. Vamos continuar vibrando por vocês.

– Olhe aqui, Lucas! Não quero suas vibrações, está bem? Não acredito em nada disso. Eu preciso de apoio, que me digam algo que alivie a minha dor, me dê esperança, me ajude a ter forças. Suas palavras não me ajudam em nada. E quer saber de uma coisa? Não precisa ficar ligando, está bem? Agradeço sua atenção, mas no momento eu preciso de respostas, de soluções. – Ela fez uma breve pausa, depois finalizou perguntando: – Você pode me dizer por que estou passando por isso? Por que Nina, uma criança inocente, está passando por isso? Essa é a resposta que eu preciso.

Lucas balbuciou apenas:

– Sinto muito, Karen. Preciso entrar em aula. Depois nos falamos. – E desligou sem esperar pela resposta da amiga.

CAPÍTULO 10

Dhara ficou trancada em sua sala por todo o restante do dia. Não queria se deparar com Karen novamente. Não sabia o que dizer à amiga, e sua dor a desconfortava. Pensou nos prazos estreitos que tinha para o relançamento do novo remédio, sobre o qual Karen preparava os estudos. Queria ter muito material, informações, resultados de pesquisas, para poder trabalhar e preparar a estratégia de divulgação daquele medicamento, que era um dos carros-chefes da empresa. Como o efeito dos antidepressivos vinham sendo questionados por alguns ativistas, era preciso acalmar-lhes os ânimos o mais rápido possível.

Ela estava preocupada com as consequências daquele problema de Karen sobre a qualidade de seu trabalho. Tinham bem pouco tempo, e ela se ausentaria. Sentiu raiva da cientista. Sentiu culpa por sentir raiva e, por fim, pensou alto, antes de focar sua atenção em outras coisas:

– Espero que ela seja profissional e saiba honrar seus compromissos com essa empresa...

Abriu o computador e atualizou alguns dados em seu cronograma de lançamento, e, numa mensagem indireta, enviou um e-mail para Karen, anexando o cronograma. Depois, tentou concentrar-se nas ações preparatórias para o evento de relançamento. Mas invariavelmente lembrava de Karen e dos princípios sobre o carma, que ela aprendera na infância. Deveria estar apoiando a amiga, em vez de olhar somente para o trabalho. E se fosse com ela?

Um conflito angustiante consumia os pensamentos de Dhara. Era ambiciosa demais para deixar de lado seus objetivos profissionais, em atenção a um problema pessoal da amiga. Afinal, para conseguir o que queria, ela tivera de abrir mão de tudo. Da família, de sua religião, de tudo. Nem quis se casar, para não perder tempo e energia. Tinha um foco e era determinada em mantê-lo, a fim de conquistar seus objetivos.

Depois de antecipar ações, tomar decisões e delegar atividades, Karen despediu-se de sua equipe, assegurando a todos que estaria conectada o tempo todo. E que não ficaria ausente por muito tempo, três ou quatro dias seria tempo suficiente para resolver o que precisava.

Antes de entrar no elevador, sentiu vontade da despedir-se de Dhara. Passou pela sala da relações públicas da empresa. A porta estava fechada. Foi até ela e estava prestes a bater, quando escutou a voz da amiga:

– Pois é, Lucas, também não sei o que dizer para ela. Karen está acabada. Também, com um problemão desses, quem não estaria?

Karen ouvia sem conseguir respirar.

– É sério, sim. As chances de sobrevida, nesses casos, são pequenas... Eu não tenho muito o que fazer, mas você deveria apoiá-la. Afinal, tem tantos conhecimentos...

Karen nem quis esperar pelo elevador, e desceu pelas escadas. Entrou no carro, e, apoiando-se na direção, chorou por quase meia hora, até não ter mais lágrimas. A dor que sentia era imensa, como se alguém tivesse rasgado seu peito com uma faca. Não, era ainda pior do que isso. Para uma ferida aberta, a solução seria mais fácil...

Cinco amigos espirituais formavam um círculo ao seu redor. Liderados por Everton, emanavam energias revigorantes, e transmitiam pensamentos de fé e esperança. Everton disse:

– Tenha calma, Karen, tudo vai se resolver. O que agora parece um caos, veio para colocar ordem em sua vida, do ponto de vista mais amplo. Todo desafio é uma oportunidade para o crescimento. Acalme-se, minha irmã. É hora de despertar do torpor da indiferença.

A equipe atuava intensamente, e Karen foi se acalmando aos poucos. Ao mesmo tempo em que lhe faltavam forças, algo dentro dela gritava para que confiasse, ainda que aquela voz estivesse completamente abafada para a consciência de Karen, ela foi serenando e conseguiu dirigir até sua casa.

Quando chegou, estava mais calma. Encontrou Johan e Nina jantando. Assim que entrou, largou tudo e correu ao encontro da filha.

– Como você está, querida?

– Melhor, mamãe. Queria ir com você. Estou com saudade da vovó Irene.

Karen juntou-se aos dois.

– Também queria muito que você viesse comigo, meu anjo, mas acho que não vai ser possível... – Ela olhou para o marido, pedindo socorro.

– A mamãe vai acompanhar você no tratamento, antes de viajar. E você precisa ficar forte para terminá-lo direitinho. Não dá para viajar agora. A mamãe vai nesta missão de trazer ajuda para você. É só por isso que ela vai viajar agora. Não é trabalho nem é férias. É uma missão de ajuda.

Nina balançou a cabeça concordando e falou:

— Então, quando encontrar a vovó, fale para ela que estou sentindo sua falta.

— Eu vou falar, querida. Quem sabe, não trago a vovó comigo?

Nina sorriu.

Depois que a filha adormeceu, Johan atualizou a esposa sobre os procedimentos e medicamentos, e os próximos passos do tratamento. Ela pegou o calhamaço de papéis que o médico lhe dera e falou, resoluta:

— Deixe tudo isso comigo. Vou ler e analisar cada detalhe.

— Conseguiu resolver tudo no laboratório?

— Consegui, mas não estou nem aí, Johan.

— Como não? Você ama seu trabalho...

— Mas sinto como se de repente tudo perdesse o sentido. A minha vida perdeu a cor, está tudo cinza. Estou tão profundamente triste, angustiada, impotente e...

— Apavorada?

— É. E você, como está lidando com tudo isso?

Johan abraçou Karen, beijou-lhe a testa e disse:

— Eu quero ter esperança. Enquanto ela estava em tratamento, pesquisei algumas possibilidades de terapias alternativas. Falei com uma das enfermeiras, e ela me disse que conhece um centro de terapias assim e me deu o endereço. Vou até lá amanhã, se tiver uma folga.

— Não perca seu tempo com isso. São baboseiras, crendices sem comprovação científica. Nem pensar que vamos colocar nossa filha nas mãos de pessoas que fazem esse tipo de tratamento.

— Mas você nem sabe quais são.

— Acha que não fiz minhas pesquisas? E nada disso me convenceu.

Johan deu um ligeiro sorriso, depois respondeu tocando de leve a cabeça da esposa:

— É que precisa buscar a verdade não com isso. — Tocou sua cabeça. — Mas com isso. — E tocou-lhe o coração. — Nem tudo é racional, Karen.

— Daqui a pouco, vai querer levá-la a alguma religião. Ora, por favor! Você sabe o que eu penso disso...

— Eu sei, e não estou falando em religião, embora alguma fé só nos ajudaria nesta hora...

— Eu tenho fé na ciência. Vamos fazer tudo o que o doutor Wilfried nos orientar. Ele é um ótimo médico e confio muito nele.

Nos dias que se seguiram, Karen acompanhou a filha ao hospital, para o tratamento. Sentia profunda angústia cada vez que entrava no lugar. Ver todas aquelas crianças com problemas iguais ou piores do que sua filha, não aliviava em nada sua dor, ao contrário, só aumentava.

Na manhã em que ia viajar ao encontro da família na Irlanda do Norte, Karen despediu-se do marido bem cedo.

— O táxi chegou. Mantenha-me informada sobre tudo, por favor.

— Fique tranquila. Vamos nos falando ao longo do dia. Você também não me deixe sem notícias. A expectativa é grande. Desejo muito que um deles seja compatível...

DÉJÀ VU

— Eu também. Assim que tiver qualquer novidade, eu o aviso.

Karen despediu-se do marido e saiu.

A caminho do aeroporto, o celular tocou. Era Lucas. Ela não o atendeu e seguiu pensativa. Tinha dormido mal aquela noite, com sono agitado, pesadelos estranhos. Pessoas desconhecidas, de um tempo no passado que ela não identificava. Durante todo o trajeto até o aeroporto, ela foi tentando lembrar-se dos detalhes do sonho, mas eles estavam esmaecidos, quase apagados.

Acomodou-se no avião e durante as oito horas de voo entre Colônia e Belfast, a capital da Irlanda do Norte, tentou dormir. Assim que se acomodou na poltrona, fechou a janela e ingeriu um sedativo. Cochilou algumas vezes, mas sem conseguir dormir profundamente, apesar do imenso cansaço que sentia.

Everton, que com sua equipe acompanhava sua protegida de perto, trabalhava ativamente, aplicando-lhe passes magnéticos. Aquela seria a primeira vez que Karen visitava a mãe e a irmã na Irlanda do Norte. Desde que as duas partiram, o contato tornou-se esporádico.

Quando o avião aterrissou, Karen despertou e, como os demais passageiros, começou a preparar-se para o desembarque. Triste, abatida e cansada, Karen sentiu uma agitação interior crescente, um desassossego a dominar-lhe, uma ansiedade quase incontrolável. Enquanto caminhava pelo corredor que levava à saída da aeronave, pensava: *Certamente estou com medo do resultado dos exames. E dos desdobramentos desse tratamento, e de toda a situação.*

Ela tentava convencer a si mesma. Mas o fato é que aquela seria a primeira vez que ela colocava os pés nas terras em que vivera em outra vida.

98

Do outro lado do Atlântico, Lucas tentava, em vão, conversar com a amiga. Desligou o celular depois da última tentativa, e ficou sentado olhando o aparelho pensativo.

Sentia-se profundamente angustiado e abatido. O que estava acontecendo com Karen o afetara de modo intenso. Mas ele não compreendia ao certo suas emoções e seus sentimentos. Estaria sofrendo por Nina? Por Karen? A verdade é que ele estava sentindo-se aflito por elas, mas havia algo maior, mais intenso sob os fatos que a amiga enfrentava, que transformavam o seu interior, aparentemente bem resolvido, em um mar revolto.

Naquele dia, ele saiu mais cedo da faculdade novamente. Como tivesse tarefa na casa espírita à noite, queria descansar antes de iniciar uma nova atividade. Voltou para casa arrastando-se.

Assim que o viu entrando, Luiza fitou-o sorrindo e indagou:

– Lucas, o que você tem? Está abatido. Percebo que não tem dormido bem a noite. O que o está afligindo? Diga-me para que eu possa ajudá-lo.

Ele sorriu, acomodou a mochila com o material da faculdade e as provas dos alunos e falou, procurando disfarçar a sua ansiedade.

– Fique tranquila. Está tudo bem.

– Então por que está chegando cedo novamente? Foram vários dias assim na semana passada. Não, Lucas, alguma coisa está acontecendo com você. O que é?

– Estou um pouco cansado e preocupado com Karen.

– Conseguiu falar com ela?

DÉJÀ VU

– Uma única vez e mesmo assim, muito rapidamente. Acho que ela não atende minhas ligações.

– E por que ela faria isso? Vocês são tão amigos... Sempre falando sobre tudo. Por que ela o evitaria justamente num momento como este, em que ela precisa de apoio, de forças...

Lucas fechou ainda mais o semblante. As palavras da esposa pareciam alfinetadas a feri-lo, expondo a ele próprio tudo o que ele queria deixar longe de sua consciência. Ele respondeu, na defensiva:

– Eu não sei. É uma situação delicada... muito delicada. A menina pode morrer, Luiza.

A mulher o fitou nos olhos e falou com suavidade.

– Mas Lucas, querido, nada que nos acontece é para o mal. Deus está no controle de tudo, e você sabe, a morte não existe.

– Mas Karen não acredita em nada disso!

– Por isso, ela precisa de você neste momento. Para ajudá-la a compreender, aceitar e lidar da melhor forma possível com o desafio que está enfrentando.

– Ela é muito cética, não acredita em nada.

– Lucas, é ela que não acredita ou é você?

O professor fitou a esposa e ergueu-se respondendo:

– Que pergunta! Ora essa! Vou tomar um banho e me preparar para as atividades de hoje a noite.

Luiza observou o marido se retirar da sala e ficou pensativa, tentando compreender o que se passava com ele.

Durante as tarefas nas quais participava na casa espírita, Lucas estava agitado. Pediu mais uma vez vibrações para a amiga e para Nina, mas sentia-se como que sentado em uma cadeira de espinhos. Não conseguia se concentrar nos estudos, mui-

100

to menos em sua tarefa como responsável pelas atividades de orientação e socorro aos espíritos desencarnados. Algo queria emergir da sua consciência diante daquela experiência dolorosa pela qual Karen passava, mas ele relutava em enxergar. Ao término das tarefas de desobsessão e orientações espirituais, Lucas voltou para casa ainda mais ansioso. Nada parecia aliviar sua angústia. Ele perdera completamente a paz interior.

SEGUNDA PARTE

"Existe, na base do edifício do 'eu', uma espécie de cripta, onde se amontoa uma imensa reserva de conhecimentos e recordações. O longo passado do ser deixou aí seu rastro indelével que poderá, ele só, dizer-nos o segredo das origens e da evolução, o mistério profundo da natureza humana".

LEON DENIS

CAPÍTULO 11

Ao desembarcar no Aeroporto Internacional de Belfast, o Aeroporto Internacional George Bast, chegando à Irlanda do Norte, Karen foi abordada pelo motorista que a mãe enviara para buscá-la. Após colocar a moderna valise no porta-malas, George perguntou:

— E o restante da bagagem, senhora Karen?

— Apenas isso. É uma viagem rápida, George. Não pretendo nem posso permanecer muito tempo em seu lindo país, infelizmente — esclareceu ela, com um ligeiro sorriso.

O motorista a observava pelo espelho retrovisor, enquanto a filha de sua patroa acomodava-se no banco de trás. Ele deu a partida e seguiu em direção à linda cidade de Bellycastle, no condado de Antrim, ao norte da Ilha da Irlanda cujo território, assim como a Península Ibérica, dividida por Espanha e Portugal, se divide entre a Irlanda, também conhecida como República da Irlanda ou Eire, e a Irlanda do Norte.

— Qual caminho deseja seguir, senhora?

— Pelo mais curto, George. E pelo mais rápido. Pé na tábua, meu velho George! — A última coisa com a qual ela estava preocupada naquele momento era com o trajeto. Sentia-se em pleno desassossego, ansiosa por encontrar-se logo com a mãe, avó de Nina.

— Estou perguntando porque podemos passar por The Dark Hedges. A senhora já conhece?

— Já ouvi falar, sim. Mas nunca passei por lá. Nunca estive lá. Não conheço o local, apenas por ouvir falar. Fica em nosso caminho?

— Se a senhora não conhece, vale muito a pena conhecê-lo. É uma experiência encantadora. Apenas nos desviaremos um pouco de nosso trajeto. Gastaremos com esse desvio no máximo quinze minutos aproximadamente. A senhora vai conhecer o lugar agora ao entardecer, ao pôr do sol, o que, em minha opinião, é o melhor horário para se contemplar o corredor das árvores. Ele fica ainda mais bonito, sob o efeito do crepúsculo vespertino.

Karen não deu muita atenção ao motorista, e, sem querer delongar a conversa, foi longo respondendo:

— Por mim, tudo bem. Você tem certeza absoluta de que não vamos demorar mais do que cerca de quinze minutos?

— Sim, senhora. Já verifiquei o trânsito pelo aplicativo, está tudo livre hoje. Sem tráfego intenso — assegurou-lhe George, enquanto encaixava o celular no pequeno suporte fixado no painel do sedã de luxo.

Karen ajeitou-se melhor no banco de couro marrom e ficou a admirar a linda paisagem que se descortinava ao passar do automóvel, pensando em Nina e no seu objetivo crucial com aquela viagem. Estava muito ansiosa. Chegara definitivamente a hora da verdade. De uma vez por todas, ali se daria, em terras estrangeiras, a prova de amor definitiva de sua família. Ali, em outro país, e não em sua amada

Alemanha, sua pátria, sua pátria-mãe. E agora? Será que a mãe, a irmã ou os sobrinhos concordariam em fazer o teste de compatibilidade? E mais, em caso positivo, concordariam em fazer a doação de parte de seu corpo para sua filha sobreviver ao câncer. Ela estava receosa. Mais que receio. Estava tomada por verdadeiro pavor. Afastara-se muito da pequena família que restara após sua união com Johan. Temia, então, que esse afastamento por muito tempo rompera certos laços, certos vínculos, e pudesse interferir em vossa decisão. Chegara, pois, a hora da verdade.

A natureza, sem pressa, morosa e bucólica, seguia o seu ritmo normal. Entardecia ao ocaso do sol quando o luxuoso sedã aproximou-se do ponto inicial de um dos nichos turísticos mais conhecidos da Irlanda do Norte. George virou-se para a sua passageira e avisou:

– Aqui se inicia o famoso corredor das árvores: The Dark Hedges.

Karen, que estava completamente distraída a divagar, teve sua atenção de súbito voltada para as enormes árvores, espécies de faias[7], plantadas de forma enfileirada, dos dois lados da estrada, formando um enorme e belíssimo caminho, um corredor natural de árvores cujas copas, em virtude de seu porte, bloqueiam a luz solar. A beleza desse túnel fascinou Karen no mesmo instante em que ela se viu por ele envolvida. Enquanto o carro adentrava o extenso caminho a perder de vista, ela começou a passar por uma estranha sensação.

---

7 Árvore que cresce em florestas tanto na América do Norte quanto na Europa. Suas folhas finas e papiráceas (semelhantes ao papel) tornam-se cor de ouro no outono. Os galhos são finos e apresentam nas extremidades brotos em forma de lança.

DÉJÀ VU

Everton e sua equipe espiritual, seguiam ao seu lado e trabalhavam ativamente magnetizando a parte do corpo espiritual, em que ficam armazenadas nossas lembranças de outras vidas, com o objetivo de lhe despertar as memórias de uma de suas encarnações anteriores.

Ela, então, passa a sentir súbita tontura, sendo tomada de assalto por certo estado de vertigem e... ao fitar as verdejantes campinas tingidas pelo amarelado opaco do sol que jazia no horizonte distante ... começam a surgir em sua mente imagens nítidas e claras, como se fossem lembranças: Um homem alto, jovem, com seus trinta e poucos anos e, ao seu lado, uma mulher contemplando orgulhosa o trabalho de muitos lavradores a plantar pequenas mudas de faias ao longo de toda aquela estrada. De repente, Karen soube com toda a nitidez aonde aquela estrada a levaria, ao suntuoso solar que surgiria ao final daquele caminho. Ela sabia inclusive o nome do imenso solar: Grace Hill. Assim que visualizou o solar em sua mente, surgiu-lhe o charmoso hall de entrada; as espaçosas salas do andar de baixo, a sala de estar, a sala de jantar, a biblioteca, o gabinete; a escadaria que levava aos quartos no andar de cima. Momentos depois, surgiu-lhe os lindos jardins que adornavam as cercanias da propriedade. Ela reconhecia cada detalhe do solar, como se já o conhecesse havia muito tempo.

As cenas invadiam sua mente e desapareciam. A sensação que tinha era a de que já estivera naquele lugar antes, e as imagens brotavam completamente carregadas de emoção. Junto com o casal, ela via crianças correndo, traquinas, perturbando os homens que trabalhavam com afinco no plantio das árvores, como se tivessem urgência em findar a semeadura. O casal parecia apaixonado. Sim! Com efeito! Estavam apaixonados! E ela, então, vez por outra, ralhava com as crianças, mas um tanto complacente, a sorrir com suavidade, mãe e esposa feliz que era.

O coração de Karen disparou. O que seria aquilo? Que imagens eram aquelas? E essa sensação de já ter passado por aquela estrada muitas vezes antes, de que tudo ao seu redor era absolutamente familiar? O que estava acontecendo? Respirou profundamente tentando recobrar o controle mental. Pensou de imediato consigo mesma de que aquilo era um *déjà vu*. Uma falha em seu cérebro que a fazia ter aquela sensação de já ter estado ali antes. Mas... e as imagens a que assistia? E os detalhes do solar?

– Por favor, George! Diga-me. Aonde esta estrada segue? Onde termina este corredor de árvores?

George olhou Karen pelo retrovisor ao responder. Ela torcia por que ele desse outra resposta, diferente da que ela já esperava. Como ela poderia saber aonde a estrada levaria? Nunca estivera naquele lugar antes. E não sabia nada sobre aquele ponto turístico da Irlanda do Norte.

– Dark Hedges termina em Grace Hill, o solar que perten-
ceu à família Stuart e hoje é sede de um belo campo de golfe. Gostaria de parar lá um pouco? É um lugar muito bonito.

– Não, não – respondeu Karen apavorada, ligeiramente com a voz alta. – Estou com pressa. Agradeço sua gentileza, meu caro. Mas preciso resolver logo o que me trouxe até aqui e voltar o mais depressa possível. Infelizmente, esta não é uma viagem de entretenimento, entende?

Encostou-se no banco e respirou fundo novamente, tentando se acalmar. O motorista de imediato percebeu a perturbação de sua passageira. A sensação pela qual passava não cessara. A cada trecho da estrada, novas imagens afluíam da memória profunda da cientista, e as lembranças emergiam sucessivamente. Doces emoções. Karen sentia saudade daquelas pessoas, como se as conhecesse muito de perto.

— Não se preocupe, senhora. Vamos passar pelo portão, mas não entraremos. Se a senhora está com pressa, mas insisto ser uma pena. Grace Hill é um lugar lindo; tão mágico quanto esta estrada.

— E por que acha esta estrada mágica?

— Não somente eu, senhora. Muitos turistas do mundo inteiro acham-na magnífica e encantada; misteriosa na verdade.

— Misteriosa?

— Sim. Toda a história envolvendo o caminho das árvores, a família Stuart e o fantasma que assombra o lugar...

— Fantasma? — indagou Karen, incrédula.

— Sim, senhora.

— As pessoas vêm aqui acreditando nessas bobagens?

George a fitou sério, e sorriu.

— É... E muitas delas já viram a aparição a flutuar por Dark Hedges.

Karen sentiu um calafrio a percorrer-lhe o corpo e emudeceu desconcertada pelas próprias emoções. George fez questão de reforçar.

— Eu mesmo já vi...

Karen fitou o motorista descrente e manteve-se calada. Depois de mais alguns minutos, o carro atingiu o final da estrada e o solar apontou ao longe. Ao ver o topo do telhado Karen gelou reconhecendo sua arquitetura. No entanto, argumentou de imediato em pensamento consigo mesma que aquilo tinha alguma explicação lógica e plausível.

Sem parar, George virou à direita, tomando a estrada que os levaria a Bellycastle. Grace Hill foi ficando para trás. Karen não conseguiu se conter e virou-se algumas vezes, insistindo em ver o solar que se distanciava mais e mais.

– Em quanto tempo chegaremos, George?

– Em quinze minutos, senhora.

– É perto... Muito perto...

Karen seguiu o restante do trajeto em silêncio. Everton e sua equipe prosseguiam estimulando energeticamente a região de memórias no perispírito ou invólucro fluídico de Karen, fazendo com que as lembranças adormecidas se reavivassem com intensidade. E, por mais esforço que a cientista fizesse para conter aquela avalanche de emoções, não conseguia cessá-la. Não sabia como fazer. E seguiu visivelmente alterada até o endereço de sua mãe.

Quando o carro estacionou diante de uma linda casa ornamentada de flores por todos os lados, o olhar de Karen estava perdido. Ela lutava inconscientemente, negava fortemente a realidade interior que brotava, e estava exausta por isso. A mãe apareceu à porta e desceu sorrindo:

– Karen! Que bom que você chegou!

Trazida de volta de seus devaneios, ela respondeu:

– Oh, Mãe! Que bom vê-la também!

Irene abraçou a filha, sem cerimônias.

– Estou feliz que tenha vindo, filha! E quero lhe garantir que estou totalmente disposta a fazer o que for necessário para ajudar. – Já ciente do problema da neta, ela emendou: – Imagino que eu, sua irmã e as crianças tenhamos de fazer um teste de compatibilidade. Estamos nos organizando para ir a Belfast; é lá que faremos os exames.

Karen fitava a mãe e sorria. Não precisou dizer nada. Irene antecipou-se evitando o constrangimento da filha. Karen havia se distanciado dela em decorrência das escolhas que fizera com relação ao tratamento do marido, optando por uma linha alternativa, que, no final, não resolveram. Ele foi vencido pela doença. Irene não guardava ressentimentos, ela amava e compreendia a filha.

— Venha! Vamos entrando. George levará a sua bagagem até seu quarto.

— Não precisa! É tão pequena...

— Não importa. Ele vai levá-la para você. Vamos, entre; você deve estar exausta.

Por mais que o encontro com a mãe tirasse a atenção de Karen da experiência que acabara de vivenciar, ao menor silêncio, as imagens voltavam à sua mente, como uma verdadeira obsessão.

Irene notou que a filha estava trêmula e com as mãos geladas. Segurou-as com força e falou:

— Vai dar tudo certo, filha. Você vai ver.

— Como pode saber, mãe?... — Karen mal conseguiu terminar a frase e desabou em angustiante choro. Irene a abraçou e não disse nada, apenas acolheu-a com enorme carinho e, contendo as próprias lágrimas, envolveu-a em intenso amor.

Irene acompanhou a filha e a fez sentar-se em uma confortável poltrona, próximo à janela, de onde se podia ver o jardim todo colorido por sua profusão de flores e plantas. Era uma visão agradável e encantadora. Borboletas sobrevoavam as flores mais coloridas, buscando o seu néctar, e eram flores em abundância. A mãe preparou um chá e ofereceu à filha, que, já se sentindo bem acolhida e confortável, observava absorta o belo jardim inspirador; e, assim, Karen foi, aos poucos, se acalmando.

— Obrigada. Já estou me sentindo melhor.

Irene sorriu e propôs o assunto que a trouxe até sua presença, após tanto tempo:

– Quer me contar agora o que está acontecendo ou prefere descansar um pouco?

– Não tenho muito tempo, mãe. Na realidade, Nina não tem...

As lágrimas voltaram-lhe aos olhos, mas ela esforçou-se por manter o controle e prosseguiu:

– Ela vai precisar fazer um transplante de medula. E o pior é que, em seu caso, o tratamento com químio e radioterapia é muito agressivo. Ela precisa do transplante para renovar suas células de defesa. Sei que você não gosta muito da medicina convencional, que prefere as terapias alternativas...

– Nada disso, Karen. Eu acho que, se é necessário o transplante, vamos fazer isso! Farei tudo o que eu puder por minha neta. Acho que as terapias alternativas podem contribuir, atuar como adjuvante no tratamento. Só não escondo minha opinião de que algumas soluções convencionais atendem mais aos interesses da poderosa indústria farmacêutica do que... – Irene calou-se, lembrando que sua filha era uma cientista do segmento farmacêutico.

– Pode falar francamente, mãe. Eu sei que você acredita nessa baboseira de teoria da conspiração da indústria. Eu sei disso!

– Deixemos esse assunto pra lá, já nos desentendemos o suficiente por conta disso...

– Claro! Você deixou meu pai...

Agora era Irene quem tinha os olhos marejados. Ela, no entanto, ignorou a filha e reforçou suas intenções.

– Eu quero ajudar a Nina em tudo o que eu puder. Sua irmã também, e Pedro e Lara igualmente. Do que você precisa?

DÉJÀ VU

Irene fixou seus olhos azuis intensos e amorosos em Karen que sentiu novo desconforto e novas lembranças afluíram-lhe à mente. Ela tentava se concentrar para poder explicar em detalhes à mãe o processo, mas fez isso com muita dificuldade, o que Irene notou.

— Podemos ir amanhã cedo para Belfast ou prefere ir hoje mesmo?

Karen encostou-se à poltrona e desabafou:

— Eu queria ir hoje, mas estou me sentindo exausta demais. Marquei os exames para amanhã depois do almoço, então acho que podemos ir amanhã.

— E o que mais, filha? O que mais a está perturbando? Há algo mais, não há?

— Não sei... Acho que é o medo que tenho de perder minha filha. Não há nada que me preocupe mais neste momento.

Irene tocou o ombro da filha com delicadeza e garantiu:

— Eu sei o que você está sentindo. Mas precisa acreditar que vai dar tudo certo.

— Não deu com meu pai, mas você achava que ia dar tudo certo.

— Achava e fiz tudo o que eu pude para que a experiência dele e minha, em situação tão crítica, fosse a menos dolorosa possível. Eu me esforcei muito. Mas a vontade de Deus é soberana.

— Deus! O tirano todo-poderoso!

— Não, filha! Deus, o ser que é puro amor. — Karen fez menção de contra-argumentar, como era de seu hábito, mas Irene não permitiu, e continuou: — Os recursos agora são outros. A medicina evoluiu, não é verdade? Você é testemunha disso. Acredita ou não acredita no progresso da indústria, nos novos recursos disponíveis? Apesar de terem se passado apenas dez anos desde que seu pai nos deixou, acompanho as notícias, sei que há muitas novas possibilidades de tratamento. Com os recursos materiais necessários, que você tem em abundância, vai encontrar o melhor meio de ajudar Nina.

– Quero acreditar nisso, mas está difícil...

– Eu sei.

Letícia, a irmã mais nova de Karen chegou e juntou-se às duas. Conversaram apenas amenidades. Mais tarde, prepararam o jantar, e, quando Pedro e Lara chegaram, os cinco jantaram todos juntos. Após a refeição, permaneceram à mesa a conversar. Karen sentia um crescente mal-estar em razão das imagens insistentes afluindo das profundezas de seu perispírito e tornando-se vivas em sua mente. Cada vez mais intensas e nítidas. Então, alegando cansaço, ela desculpou-se de retirar-se do local.

– Estou exausta. Preciso dormir. Podemos continuar a conversa amanhã?

– Claro, Karen! Esteja à vontade. Boa noite.

A recém-chegada, então, retirou-se. Já no quarto, ligou para casa e, assegurando-se de que o estado de saúde da filha mantinha-se estável, procurou dormir. Entretanto, foi uma longa noite, e agitada. Ela sonhou com um passado distante, quando vivera ali mesmo, na Irlanda do Norte. E as emoções vividas voltaram à consciência, trazendo-lhe velhas feridas.

CAPÍTULO 12

Na manhã seguinte, Karen não conseguiu levantar-se da cama, ardendo de febre. Por insistência da mãe, ela mediu a temperatura.

– Está com quase 40 graus! Vou chamar um médico.

– Não preciso de um médico qualquer, mãe. Preciso de um psiquiatra.

Irene sentou-se na beira da cama da filha e indagou:

– Como assim, filha?

– Estou ficando louca, é isso o que está acontecendo comigo. Desde o momento que entrei na maldita estrada de Dark Hedges, não consigo parar de ver imagens antigas, pessoas e lugares que me parecem familiares. Sonhei com isso a noite inteira. Quem afinal, é Grace Lynd? Por que não paro de sonhar com ela, com Grace Hill e com as malditas faias de Dark Hedges?

– *Déjà vu*...

– O que disse?

– *Déjà vu*. É a experiência que você está tendo. Também as tive quando visitei Grace Hill...

– Não pode ser...

– Por que não?

— *Déjà vu* é uma falha no funcionamento do cérebro e não essa coisa de lembranças de vidas passadas...

— Está enganada, minha filha. Pode até haver algum tipo de *déjà vu* que decorra de uma falha bioquímica, mas existe outro, quando lembranças do passado afluem de nossa memória profunda por alguma razão.

— Não é possível.

— Sim, Karen. É possível. Eu vivi essa experiência. Se você permitir, sei de alguém que poderá ajudá-la.

Karen manteve-se atenta. Queria livrar-se daquelas sensações angustiantes, das lembranças que agora dominavam sua mente mesmo quando acordada, e rendeu-se:

— Quem é?

— Um psiquiatra aqui da cidade mesmo me ajudou muito quando passei por isso. Ele é também psicanalista, adota a linha de psicoterapia Junguiana e dedica-se a estudar esses fenômenos.

— E como ele faz isso?

— Ajudando-nos a lembrar de tudo o que quer vir à tona, de modo organizado. A tornar consciente aquilo que está em nosso inconsciente. Isso traz paz, mesmo quando as lembranças nos fazem sofrer. Se o dique, a barreira do esquecimento foi rompida, deve haver um motivo.

Karen deu um suspiro profundo.

— Não consigo acreditar em nada disso. Parecem-me fantasias..., mas sinto que não tenho escolha...

— Vamos fazer o seguinte, Karen: eu e sua irmã vamos a Belfast com as crianças para fazer os testes. Você não precisa nos acompanhar; fique aqui. Vou ver se ele pode atendê-la em caráter de urgência aqui em casa, ainda hoje. Ele vai cuidar de você e, ao final do dia, quem sabe estará se sentindo melhor?

Afinal, precisa de toda a sua força física e lucidez para apoiar sua filha. O que custa tentar, Karen?

– É contra tudo o que eu acredito... Vai ver que, por isso, nem funcione.

– Não tem nada a ver com suas crenças, filha. Tem mais a ver com sua necessidade...

– Como assim?

– Deixe-me chamá-lo. Converse com ele e, se não gostar ou não se sentir bem, encerre a consulta. Mas, ao menos, tente.

– Você, Letícia e as crianças vão sem mim?

– Sim. Sua presença conosco é desnecessária. Não está tudo confirmado para a realização dos exames?

– Sim, tudo agendado e pago. Nenhuma pendência. Somente a ansiedade pelos resultados.

– Então me diga o que fazer, e tomarei as providências. Será melhor para você ficar e descansar. Além do mais, com essa febre e esse seu estado abatido, fica até perigoso entrar em um laboratório de exames patológicos.

Karen não respondeu, balançou a cabeça e encostou-se na cabeceira da cama. Irene não esperou um segundo sequer. Saiu do quarto no mesmo instante e logo em seguida voltou confirmando.

– Ele virá em uma hora; está livre hoje. A propósito, ele me disse que, por alguma razão que ele já não mais questiona nem procura saber por quê, ontem desmarcou todos os compromissos que tinha para hoje e deixou o dia livre. Era a sua consulta que precisava ocorrer, Karen. Tudo o que está acontecendo é algo importante para você.

– Espero que esteja certa, mãe. Sinceramente, espero.

Nem bem Irene saiu, um homem com seus sessenta e poucos anos, cabelos ligeiramente grisalhos bateu à porta do quarto de Karen e foi abrindo-a devagar.

— Com licença. Olá, Karen! Sou Liam, o médico indicado por sua mãe.

— Entre, doutor. Sente-se. Desculpe-me desse meu estado. Estou com uma febre muito alta e um terrível mal-estar.

O médico fez um minucioso exame clínico em Karen. Averiguou sua pressão, auscultou o coração, o pulmão, checou outros órgãos com cuidado, buscando afastar hipóteses fisiológicas para o seu estado. Ao final dos exames, ele fitou-a e declarou:

— Aparentemente, pela minha experiência, seu organismo está bem. É claro que, se, afastadas outras hipóteses, essa febre persistir, você vai precisar de exames mais profundos. Mas sua mãe me disse que está você sendo assolada por lembranças que não sabe de onde vêm.

— Sim, doutor. Essas imagens que aparecem sem cessar em minha mente estão me perturbando demais.

— E por quê? O que você sente quando as vê?

— As emoções são confusas; elas me invadem e me dominam, e não consigo me controlar ou equilibrar.

— Então, quero que você confie em mim, Karen. Deite-se e fique o mais confortável que puder. Vamos ver se são mesmo lembranças ou outra coisa. Vou ajudá-la a descobrir. Tudo bem?

Everton e sua equipe espiritual estavam preparados para, com a ajuda de dr. Liam, desvendar a Karen sua vida passada, lembrando-a de suas responsabilidades e seus compromissos para a encarnação em que se encontrava. Atuavam magnetizando o corpo sutil de Karen, ajudando-a a se tranquilizar cada vez mais. Everton sussurrava em seus ouvidos da alma: *Pode con-*

*fiar nele, Karen! Trata-se de um psiquiatra sério e verdadeiro em seus pro-
pósitos. Confie e entregue-se.*

— Quero que se deixe conduzir pela minha voz — prosseguiu dr. Liam, e, com seu afeto e magnetismo, foi envolvendo
Karen em suave torpor. Ela, apesar de suas desconfianças, não
conseguiu resistir e indagou, sonolenta:

— O que você vai fazer comigo, doutor?

— Vou apenas conduzi-la com muita tranquilidade. Quem
vai fazer, se for o caso, é você mesma; se forem mesmo lembranças suas, você saberá. Precisa se entregar agora, confiar...
relaxar...

Karen fechou os olhos e, de modo irresistível, entregou-
-se suavemente, demonstrando que estava pronta. O experiente
psiquiatra iniciou as magnetizações e, ao mesmo tempo, foi conduzindo a moça com sua voz firme, tranquila e cadenciada. A
respiração de Karen foi se acalmando, e, à medida que ele falava, Karen sentiu-se quase que sugada ou engolida por suas lembranças, e viu-se de imediato em outro tempo, em outra época.

CAPÍTULO 13

Uma linda jovem se aproximava carregando um jarro de água. Ela exibia um sorriso franco e amigo. Vestia-se com elegância e simplicidade, mas o chapéu, típico da época, denotava que fazia parte da comunidade moraviana[8] e pertencia a uma família de posses.

— Boa tarde, senhorita. Quer ajuda com a água? — O jovem loiro de seus quase trinta anos e olhos de um azul intenso ofereceu solícito.

— Agradeço. Estou levando água limpa para o meu pai.

— Mas o jarro é pesado.

— Um pouco. Meu pai não costuma me pedir favores assim... braçais. Só que hoje ele disse que queria água diretamente da fonte para ajudar um de seus pacientes. Um menino da vila, e, para mim, não há sacrifício pesado que possa me impedir de ajudá-lo.

— Permita que me apresente, senhorita. Sou James Stuart.

---

8 A Igreja dos Irmãos Morávios é uma denominação protestante. Começou no século XV na Boêmia, hoje República Checa. Também é ocasionalmente referida como os Irmãos da Boêmia. Ela coloca uma elevada importância na unidade cristã, na unidade pessoal, na piedade, nas missões e na música.

— Logo imaginei — respondeu ela, acomodando cuidadosamente o jarro no chão e oferecendo-lhe a mão delicada, que ele tomou entre as suas e beijou respeitoso cumprindo a praxe social. — Sou Grace Lynd — ela apresentou-se também.

— Filha do doutor Lynd?

— Sim.

— Muito prazer. Realmente, senhorita Lynd, com o perdão da ousadia, devo lhe dizer que, agora, conhecendo-a pessoalmente, entendo os inúmeros comentários sobre sua beleza.

Grace ficou rubra, e ele prosseguiu, sem esperar pela resposta da jovem, tomando o jarro de barro pesado nas mãos e a advertindo:

— Nem adianta tentar me impedir. Vou ajudá-la a levar o jarro e pronto. Está decidido.

Ele, puxando o cavalo pela rédea, sem qualquer esforço, carregou o jarro até a porta de uma construção simples, na vila, próximo à igreja Morávia, onde o médico atendia.

— Muito obrigada por sua ajuda, senhor Stuart — ela agradeceu, sorrindo. — Mas, veja, o senhor sujou toda a sua roupa!

Ele pôs o jarro no chão e passou a limpar suas vestes, tirando as folhas secas e os pequenos galhos.

— São somente folhas, senhorita. Nada comparado com a alegria que sinto em poder ser útil à senhorita. E, por favor, chame-me apenas de James. O peso do nome Stuart não combina comigo...

Ela estendeu-lhe a mão, e ele a beijou novamente.

— Pode me chamar apenas de Grace também.

A jovem despediu-se sorrindo, tomou o pesado jarro nas mãos e entrou. Deixando ao jovem James a imagem do sorriso doce e alegre que simplesmente o fascinou. Sua pele era alva como a neve, seus olhos de um verde penetrante e os cabelos castanho-claros; todo esse conjunto criava um contraste que proporcionava à jovem uma beleza singular. James apaixonou--se naquele mesmo instante.

Ela entrou e fechou a porta, e ele ficou ali parado, olhando a porta fechada, como que esperando alguma coisa. Ficou assim, embasbacado por um longo tempo. Saiu daquele torpor inebriante somente ao escutar o barulho ensurdecedor de muitos cavalos que chegavam à Vila de Antrim. Sua atenção foi atraída para os cavaleiros, que visivelmente, eram guerreiros que vinham de algum combate. Não demorou a reconhecer que eram os guerreiros de seu pai, que serviam ao rei em suas batalhas.

Século XVIII, corria o ano de 1767, Idade Moderna, terras de Antrim, Irlanda do Norte. Grace entrou e depositou o jarro sobre uma mesa enorme de madeira maciça dos bosques da região.

– Que bom que você chegou, Grace! Agora vá ajudar sua mãe, filha. Recebemos um convite do reverendo Irwin para jantar em sua casa amanhã, e sua mãe quer preparar alguns pratos para levar. As sobremesas; as tortas de maçã e o melado. E você sabe como ela é perfeccionista...

Grace sorriu ao responder:

– Sim, papai. Sei como...

Dr. Lynd fitou a filha que ele tanto amava e retribuiu sua gentileza:

– Não à toa seu nome é Grace, filha. Sua suavidade e graça são uma dádiva dos Céus.

– Obrigada, papai! Deixe-me contar-lhe uma novidade: acabei de conhecer um dos filhos do reverendo Stuart.

DÉJÀ VU

Henry trabalhava enquanto falava com a filha, mas parou e fitou-a sério e atento.

— Foi por puro acaso, papai?

— É mesmo! Apenas por acaso.

— Ele me ajudou com o jarro de água, foi muito gentil.

— Quem foi "muito gentil", mocinha? — Emma entrou na sala, trazendo os equipamentos esterilizados para o marido.

— James Stuart, mamãe. O filho do reverendo Stuart. Acabei de conhecê-lo, pegando água na fonte. Estava contando a papai.

— Lembre-se de seus compromissos, minha filha! Eles vêm antes de qualquer coisa. — A mãe a advertiu.

— Eu sei, mamãe.

— Não me decepcione, Grace Lynd! Venha, preciso de sua ajuda agora.

Filha e pai trocaram olhares expressivos comunicando-se plenamente, e ela acompanhou a mãe sem dizer mais nada.

Enquanto trabalhava em silêncio, sua mente voava longe, pensando no belo James Stuart, seus lindos olhos azuis. À lembrança dos lábios quentes do rapaz tocando suas mãos, ela sentiu um arrepio a percorrer-lhe o corpo; já estava fortemente atraída por ele. A mãe trabalhava em silêncio, mas observava atentamente cada movimento da filha.

— Quero que se concentre no que está fazendo, Grace — ralhou ela, ao notar a filha totalmente distante. Muito embora ela trabalhasse em perfeita harmonia com a mãe, atendendo-lhe às orientações para a produção das tradicionais tortas da região de County Tyrone, que iria levar para o jantar dos Stuart, sua desatenção perturbava a mãe.

— Estou fazendo algo errado, mamãe?

— Sabe do que estou falando.

– Não. Não sei. No que a estou chateando, minha mãe?

– Está distante. Deve estar pensando no jovem Stuart.

Grace deu um ligeiro sorriso, mas logo ficou séria. Ela sabia que a mãe jamais brincava.

Emma concentrou-se por algum tempo no que fazia; depois, finalizando a preparação de mais uma fornada de tortas, sentou-se perto da filha, concertou-lhe a já perfeita posição do chapéu e falou em voz pausada:

– Sabe que quero sempre o melhor para você. Não sabe, Grace?

A jovem concordou, meneando a cabeça. Emma prosseguiu:

– Pois, então, trate de tirar qualquer distração de sua mente. Você vai se preparar para se casar com o príncipe da Baváría. Você será uma princesa, Grace.

– Mas, mamãe! O príncipe nem sabe que eu existo! Como vamos nos aproximar dele?

– Sua tia me prometeu que vai encontrar um modo de nos apresentar a ele.

– Vivemos tão longe! Como isso poderia ser possível, minha mãe?

– Não sei, minha filha. Mas quero que você tenha um futuro maravilhoso.

A jovem sentou-se ao lado de Emma, pousou sua mão sobre as da mãe e falou-lhe com doçura:

– Meu futuro será maravilhoso, minha mãe. Pois farei com que seja. Independentemente de como se estabelecer. Eu quero ser feliz, mamãe. E serei.

Emma desvencilhou-se das mãos da filha de supetão. Ergueu-se, irritada, e falou:

— Você é uma menina sonhadora, como seu pai. Precisa ser realista, Grace. Esta é uma terra de homens desumanos, desleais e brutos. Você precisa se proteger, cuidar do seu futuro, pensar e planejar cada passo. Não pode deixar assim, ao acaso o que virá...

— Mas, mamãe! Deus está no controle, não é mesmo?

— Grace, Grace! Sim, Deus está no controle. Mas temos de fazer nossa parte. E eu sei melhor do que você o que é preciso para ser feliz.

Emma fez uma longa pausa, terminou de colocar todas as tortas no forno à lenha, em seguida virou-se para a filha, limpando a farinha do rosto, e determinou:

— Sem distrações, minha filha. Você sabe a que me refiro. Nada menos do que o melhor. É isso que deve desejar.

— Eu só quero ser feliz...

— Você não sabe ainda o que é, de fato, felicidade. Então vai me obedecer e aceitar o que digo; se quiser ser feliz, tem de me escutar.

Grace abriu largo sorriso, beijou o rosto da mãe e concordou:

— Sempre, minha mãe. Sempre escuto tudo o que você diz. — Grace ergueu-se e começou a limpar a cozinha, deixando tudo em ordem. Emma não teve mais o que dizer, e, querendo sempre ter a última palavra, falou uma vez mais:

— Limpe tudo, deixando a cozinha em ordem. Assim que as tortas estiverem prontas, tire-as do forno. Vou cuidar das roupas e conversar com seu pai sobre o jantar. Precisamos ter uma estratégia para que os Stuart não nos passem a perna...

— Mãe!

— O que foi?

— Por que acha que eles fariam isso?

— Não confio nem um pouco nesse reverendo Irwin Stuart. Um homem de guerra, um guerreiro, que tem servido ao rei por décadas, que recebeu suas terras e títulos de antepassados que serviram ao rei. Dizer que agora vai lutar pelas almas? Que não quer mais guerrear? Não sei não, Grace. Não confio nele.

— As pessoas podem mudar, mamãe.

— E também podem mentir ainda mais. Não. Preciso conversar com seu pai a respeito.

James Stuart, por sua vez, vivamente impressionado com Grace, confidenciou ao pai, o reverendo Stuart, seus sentimentos.

— Conhece bem o dr. Lynd, meu pai?

— Sim. É um bom homem, filho. Fiz muita questão que ele viesse para cá. É muito bom fisicista também. Ficamos muito tempo sem ninguém para cuidar de nossa comunidade. Ele é bem confiável, e faz parte da comunidade morávia da região da Boêmia. Foi difícil convencê-lo a vir.

— Por quê?

— Emma, sua esposa, não queria se mudar. Ela aspirava por estar na corte, mais próximo dos grandes centros. Mas ele acabou por convencê-la, ou melhor, acho que a nossa generosa oferta financeira acabou por convencê-los. Mas por que esse súbito interesse no doutor Lynd? Ou não é ele quem o está realmente interessando? Soube que ele tem uma linda filha...

— É realmente linda, papai.

— Que bom que os convidei para jantar esta noite. Você poderá conhecê-los melhor. Quem sabe essa linda jovem não faz você desistir de vez de seus experimentos malucos, e coloca sua cabeça no lugar.

CAPÍTULO 14

Durante o jantar, Grace Lynd e James Stuart não conseguiram disfarçar o interesse mútuo. O reverendo Irwin fez questão de colocá-los próximos. James já tinha idade para ter sua própria família, mas não se interessava por nenhuma jovem da comunidade ou uma prima. O pai já tinha tentado casá-lo com uma prima de segundo grau, com vistas a fortalecer as duas linhagens, mas James se recusou. Dizia que a esposa ideal chegaria. Para o reverendo Stuart, aquele interesse súbito de James já era o bastante. Queria o filho ocupado em formar seu lar e longe dos experimentos científicos sobre os quais ele tinha grande interesse e passava dias e noites completamente a eles entregue. O reverendo Irwin não queria que o filho tomasse aquele caminho. Seria muito mais útil cuidando das terras e dos interesses do seu clã familiar, como faziam os demais irmãos. Talvez, porque fosse tão parecido com o bisavô, o reverendo Irwin o admirava tanto.

O reverendo Stuart, com grande habilidade, procurava impressionar Emma. Sabia que ela exercia grande influência sobre o marido. Deu-lhe total e completa atenção e deferência durante todo o tempo que durou a visita.

Ao se despedirem, Emma estava bem mais receptiva.

— Obrigada por sua hospitalidade, reverendo. Foi um jantar muito agradável.

— Que foi abrilhantado por suas deliciosas tortas de maçã típicas da região, tão bem preparadas. Jamais tinha provado nada igual. São verdadeiras iguarias.

— Obrigada, reverendo. Grace foi quem me ajudou.

— Tem uma bela família, senhora Emma. E o trabalho de seu marido tem nos ajudado muito, apesar de terem chegado há tão pouco tempo. Espero que façam da vila de Gracehill seu verdadeiro lar. De minha parte, não pouparei esforços para que se sintam bem aqui conosco.

— Nem nós, reverendo.

— Será que poderei contar com os dotes musicais de sua filha durante os cultos que conduzo às quartas-feiras? Soube que ela toca piano muito bem.

Emma não sabia o que responder, envolvida pela tão bem conduzida retórica do reverendo Irwin ela não teve como recusar.

— Sim, reverendo. Grace poderá participar com a música.

— Que bom! Nosso fundador, reverendo John, vem me preparando para servir ao Senhor com esmero. Como sabem, as noites de quarta-feira ficam sob minha responsabilidade, e nesse dia o nosso prestimoso reverendo visita os lares das pessoas doentes em nossa comunidade. É um homem caridoso e dedicado, e eu busco fazer o meu melhor para colaborar com ele.

— Pode contar com o apoio de Grace, reverendo. Ela ficará feliz em contribuir com seu talento para a música do culto.

— Muito agradecido, senhora Emma. Eu a espero na quarta, à noite, então.

Grace, sem compreender exatamente o que se passava, concordou com um leve aceno de cabeça, e não conseguiu desviar o olhar do jovem James, que a fitava a meia distância.

Os dois trocaram significativos olhares antes que a família do médico partisse. Depois que os convidados se despediram, o reverendo Irwin bebericava uma última pequena dose de seu licor de strawberries na biblioteca com os filhos mais velhos. James juntou-se a eles, e o pai comentou:

— Você também está convocado para os cultos de quarta-feira, James. Vai me ajudar com a música.

— Não entendo nada de música, meu pai. Nem sei cantar. Isso não vai dar certo.

— O quê?

— Não sei por que tanta ansiedade por essa relação com os Lynd, meu pai.

— Vi muito bem os olhares que você e a jovem Lynd trocaram a noite toda. É claro que estão interessados um no outro. E com razão! Ela é uma jovem adorável. Tem minha aprovação total para se casar com ela, meu filho.

— Tenha calma, meu pai! A jovem mal chegou ao condado de Antrim; sua família ainda está se adaptando em nossa comunidade...

— Pois é agora o melhor momento para apossar-se da presa...

— Não estou caçando...

— Conheço o tipo de Emma Lynd. Ela gosta de controlar tudo. O marido é esperto e não a deixa dominar, mas ela é bastante astuta. Realmente apreciei a família e a garota. Você gostou dela e precisa se casar. O melhor momento é conquistá-la agora e já levá-la para o altar, antes que a mãe invente algum empecilho...

DÉJÀ VU

— E por que acha que ela criaria algum?

Reverendo Stuart sorveu o último gole de seu licor, depositou a taça sobre a mesa e levantou-se devagar, para encerrar a noite:

— Estou cansado, meu filho. Vou me recolher. Você gostou da moça ou não?

— Ela é interessante, mas preciso conhecê-la melhor. Saber o que pensa sobre... sobre...

— Pois é isso o que me importa — falou o pai sem esperar que ele terminasse a frase. — Aprovada sua escolha. O próximo passo é marcar o casamento. — Tocando o ombro do jovem, o pai despediu-se encerrando o assunto. — Boa noite, filho.

James não respondeu. Ficou observando o pai subir as escadas, pensando na linda Grace Lynd e como ela realmente o havia impressionado. Talvez o pai estivesse certo, afinal. Por que não conhecê-la melhor? Quem sabe ela o apoiaria em sua paixão pela ciência, pelos experimentos? Quem sabe não concordaria com ele sobre seus questionamentos? Nas semanas que se seguiram, Grace Lynd e James Stuart se encontraram todas as quartas-feiras na igreja morávia da vila, onde se dedicavam a auxiliar os cultos e louvores. As afinidades entre ambos cresciam e já não podiam imaginar a vida longe um do outro. Reverendo Irwin estava satisfeito com a situação; ao contrário de Emma, que, sem saber como opor-se frontalmente ao reverendo, seguia cercando-a com atenção e gentilezas o tanto quanto podia, tirava-lhe a chance de qualquer oposição objetiva.

— Estou dizendo, Henry — reclamava Emma com o marido cerca de quase três meses depois de haver concordado em Grace auxiliar o presbítero. — É preciso fazer algo para afastarmos nossa filha de James Stuart. Estou certa de que ela está se apaixonando por ele.

— Mas, Emma, James é um bom rapaz. E Grace já está na idade de se casar. Além de tudo, ele é filho de um reverendo...

— Não é um reverendo por devoção, Henry. Ele não pertence a uma família de nossa religião. É um cristão-novo.

— E não foi isso o que o missionário John nos ensinou, mulher? Para que pregamos o Evangelho, buscando trazer as pessoas para o Cristo, se depois não confiamos nelas, ou continuamos agindo com desconfiança?

— O problema não é que ele seja um cristão-novo, e sim que nossa filha se una à sua família.

— Você continua com a ideia fixa de casar nossa filha com o príncipe?

— Não... é que... Bem... E se estiver?

Dr. Lynd fitou a esposa sério, e falou com muita firmeza.

— Emma, não desejo impedir nossa filha de seguir seu caminho, impondo nossas vontades, cheias de incertezas e ilusões, sobre ela. Você não tem nada que possa corroborar com suas ideias. É tão somente uma vontade vazia, sem qualquer indício de que consiga concretizá-la. O que vai fazer? Deixar sua filha envelhecer solteira, enquanto sonha com uma união impossível?

— Os filhos devem obedecer ao que os pais lhes determinam.

— Mas é imperioso que tenhamos bom senso na condução das orientações aos nossos filhos. Eles são nossas dádivas; presentes do Todo-Poderoso.

— Pois eu sou mãe e tenho as minhas intuições e uma delas me aponta que Grace deve ser preservada para um grande destino, sendo esposa do príncipe, e ajudando-o a ser um bom rei.

DÉJÀ VU

O médico fez uma longa pausa, estudando a situação e a melhor forma de colocar um freio naquilo que acreditava serem delírios da esposa. Depois disse:

— Façamos um acordo, Emma. Vou dar a você dois meses para vir com alguma proposta concreta em relação às suas ideias. Depois disso, nossa filha será livre para ter um compromisso com James, se ele fizer por merecê-la.

— Não!

— Por que não?

— Dois meses são bem pouco tempo. Preciso de mais tempo; afinal, trata-se de um príncipe! Preciso continuar tecendo as ações para uni-lo à nossa filha.

— Emma, Emma. Precisa ser mais realista. Você fala que eu sou um homem pouco prático, mas agora você é que não está enxergando com clareza. Darei dois meses a você, nem um dia a mais. E não vamos impedir Grace de seguir em sua amizade com James Stuart. Apenas não concordarei com nenhum tipo de compromisso nas próximas semanas.

— E depois, concordará?

Henry respirou fundo, irritado com a esposa, que insistentemente desejava controlar a tudo e a todos. Emma era uma boa esposa e mãe, cuidava da família com esmero, mas, com o passar dos anos, vinha se tornando uma pessoa cada vez mais intransigente, angustiada e aflita. E ele não sabia o motivo de sua gradual mudança de comportamento, acentuando os traços mais controladores.

— Depois decidirei o que for melhor para nossa filha.

Ela ia falar, mas ele não permitiu:

— Esse assunto está encerrando. Temos um acordo e espero que o respeite. Se eu souber que tomou qualquer outro

tipo de atitude, teremos problemas mais sérios, Emma Lynd.
– Sem esperar que a esposa respondesse, ele saiu e fechou a
porta atrás de si.

Emma sentou-se, remoendo os lábios. Como faria para
impedir aquele romance? Como faria para que a filha se afas-
tasse de vez daquela família? A ideia do casamento com o
príncipe era muito remota, ela sabia. Era um sonho antigo e
tinha noção de que dificilmente seria realizado. Mas ela não
poderia permitir que a filha viesse a fazer parte daquela família de cristãos-novos, sem nenhuma tradição. *Nunca! Isso nunca!
Não deixaria que isso acontecesse.*

CAPÍTULO 15

Depois daquela conversa com o marido, Emma ficou muito mal, consumida pela ideia de Grace tornar-se parte da família Stuart. Confrontando o médico, opunha-se a todo momento e tentava denegrir a imagem de James Stuart e de toda a sua família, sem descanso.

Envolvida em pesadas energias de remorso por não encontrar em si os valores espirituais que admirava no marido e agora na filha, Emma atraíra espíritos infelizes e amargos que se compraziam na infelicidade do próximo e, muito especialmente, em tornar o sincero trabalho de Henry e Grace, sem valor. Quanto mais a filha ficava feliz com o amor por James que crescia em seu coração, mais a mãe sentia aversão por sua alegria, e ficava mais amarga. O propósito de que impediria a filha a qualquer custo alimentava seus dias.

O reverendo Irwin, por sua vez, estimulava o casal de forma ostensiva, não escondendo de ninguém sua apreciação pelo desenlace. Ele apreciava o comportamento dócil da jovem filha do dr. Lynd. Sua doçura, alegria e vivacidade eram contagiantes.

O sol estava declinando no horizonte, quando James chegou àquela tarde. Ambos se encontraram à entrada da igreja. Ele estava abrindo a porta quando ela chegou. Detiveram-se diante do espetáculo do pôr do sol, foi quando Grace puxou assunto.

– O entardecer está esplendoroso hoje, não está?

– Sim. Encantador.

Ele ficou pensativo.

– O que foi?

– Acho que temos tempo para um passeio antes de nossas tarefas. O que acha?

– No que está pensando?

– Em nossas terras, há um lugar lindo de onde gosto muito de observar o pôr do sol. Senhorita Lynd, gostaria de compartilhar comigo esse maravilhoso espetáculo?

– Sim, eu adoraria – respondeu ela sem pensar.

– Então, vamos nós! – E ele a puxou pela mão, levando-a até onde estava a singela charrete de sua família.

Ajudou-a a subir e saíram depressa, rumo a uma pequena colina, nas terras do condado de Antrim. Ele seguia compenetrado, atento ao que fazia, pois queria estar de volta sem se atrasar para suas obrigações, e, acima de tudo, queria compartilhar com Grace um de seus cenários preferidos naquelas bandas. Não foi longo o percurso. Em menos de trinta minutos, ele parou e desceu a jovem pela cintura, sem nenhuma cerimônia. Puxou-a pela mão até o lugar que mais apreciava. Havia duas árvores plantadas no lugar, eram faias, espécie importada da Inglaterra. Assim que chegaram ao sítio, Grace se encantou com a beleza majestosa da visão do horizonte que tinham dali.

– Não é lindo? É aqui onde me sinto o mais perto do que se pode dizer de um ser superior. Não é possível que tanta beleza não tenha um idealizador. Um verdadeiro artista.

– Concordo, James! É maravilhoso! Certamente, o pôr do sol mais lindo que já vi.

Os dois sentaram-se sob as faias e ficaram em silêncio, observando o entardecer. Antes que o sol desaparecesse no horizonte, James fitou o rosto alvo de Grace e não resistiu. Envolveu-a com ternura e beijou-a longamente. A jovem não ofereceu resistência, retribuindo o carinho. O beijo terminou com os últimos raios do sol. Uma enorme emoção envolvia o casal. James, por fim, fitou-a e se declarou, retirando um anel de família e oferecendo-o a Grace.

– Grace Lynd, quero que seja minha esposa e viva comigo pelo resto dos meus dias. Amo você desde o primeiro dia em que a vi e jamais senti isso por ninguém mais. – Fez uma breve pausa, e depois prosseguiu: – Quer se casar comigo?

– Sim, eu quero! Quero muito, senhor James Stuart.

– Quero que fique com este anel. Era da minha bisavó. Eu a amava muito! E essa joia, que pertenceu a família dela, foi-me deixada pelo meu bisavô, quando ela partiu. Quero que fique com este anel. É a joia de maior valor que possuo em toda a minha vida.

Grace apertou o anel nas mãos e sorriu. Depois de beijá-la outra vez, o jovem olhou a sua volta e disse:

– Vamos construir nossa casa exatamente aqui.

– Aqui, onde estamos agora?

– Sim. E vamos envelhecer assistindo de nossa sala a esse pôr do sol maravilhoso todos os dias.

Grace sorriu satisfeita e realizada. Nada havia que ela desejava mais do que aquilo.

– Sim. Vamos envelhecer assistindo a esse espetáculo sempre. Mas, agora, temos de voltar; seu pai nos aguarda, James.

DÉJÀ VU

Estavam saindo, quando ela o segurou pelo braço e falou séria:

— James, não posso chegar com este anel em casa. Não antes de convencer minha mãe sobre minha decisão.

— Ela se opõe a nós?

— Ela tem reservas quanto ao reverendo Irwin e...

— E o que mais?

— Ela gostaria que eu me casasse com um parente distante, que é o príncipe da região de onde vim.

James ficou surpreso. Não poderia imaginar que alguém se opusesse a um membro da família Stuart, que gozava de respeito e grande consideração da comunidade. Naquele condado, qualquer garota sonhava em ser uma Stuart. Para James, aquilo era grande surpresa.

— Mas tampouco quero devolvê-lo a você... — Ela o apertou nas mãos — ele já é meu...

James olhou à sua volta e fitou as raízes fortes das faias que se projetavam para fora da terra.

— Tive uma ideia.

Foi até a charrete e voltou com uma pequena caixa de ferro.

— Vamos colocar o anel nesta caixinha que o tempo não pode corroer, assim como o nosso amor. Vamos enterrá-la entre as raízes das faias. É o nosso compromisso, Grace. Vamos desenterrá-lo juntos, no momento em que acharmos mais propício. Será nosso selo de compromisso e nosso segredo. O que acha?

— Que ideia mais maluca, James. E que caixa é essa?

O jovem sorriu sem jeito ao responder:

— Não é nada. São minhas experiências...

Grace sorriu vivamente interessada.

– Que experiências?

– Eu estudo livros antigos que estão em poder de minha família há tempos. Eles falam de experiências de mistura de elementos químicos, e eu sou simplesmente fascinado por tudo aquilo. Faço experimentos com as orientações do livro, para ver se aquilo tudo é verdadeiro.

– Não é magia ou coisas diabólicas, James?

– Acho que não, ao menos sinto que não. Eu amo também olhar as estrelas, o céu, e os astros.

James baixou a cabeça e ficou sério.

– Vai me achar maluco?

Grace o abraçou com enorme ternura e assegurou:

– Jamais! Eu prometo. Estou vendo como seus olhos brilham quando fala sobre suas experiências. Você ama explorar esses conhecimentos.

– Sim, mas amo mais você.

James a abraçou e beijou apaixonado. Encontrara, afinal, a companheira de seus sonhos. A mulher que iria apoiá-lo para o resto de sua vida. Depois, juntos, acomodaram a joia preciosa na pequena caixa de metal e a enterraram cuidadosamente dentro da raiz de uma das árvores, a uma profundidade que julgaram segura.

Ao voltarem para a vila, seus pés mal tocavam o chão. Ambos como que flutuavam de intensa alegria, inundados pelo mais puro sentimento de amor. Chegaram atrasados ao templo. O reverendo os aguarda à porta.

– Onde os dois estavam? Já ia enviar meus homens para procurá-los – repreendeu-os o reverendo Irwin assim que os viu.

– Estávamos...

DÉJÀ VU

— Não importa, James. Vamos! Temos um culto para conduzir. Já estão todos nos esperando.

Na primeira fila, estava Emma Lynd. Como se estivesse adivinhado o que acontecia no coração da filha, embora nunca fosse aos cultos de quarta-feira, sentiu-se fortemente atraída e ali estava, testemunhando o comportamento que ela reprovava. A garota certamente estava namorando escondido o rapaz, o odioso James Stuart. Ela tinha de acabar com aquilo o mais breve possível. Emma quase não conseguia escutar o sermão do reverendo, alternando seu olhar para o presbítero e para o filho, que o auxiliava sentado na primeira fila. Grace, embora sentara-se próximo da mãe, trocava olhares fugidios com o amado, o que não passava despercebido à irascível Emma. Havia algo naquele reverendo que ela não gostava. Ele não lhe parecia verdadeiro, mas não poderia apontar nada em seu comportamento que corroborasse com suas impressões. Eram somente percepções de uma mãe que tinha outros propósitos para sua amada filha.

Ao final do culto, Emma puxou Grace e saíram rapidamente da igreja. No caminho para casa, Emma já começou a repreender a filha.

— Não deveria estar me desobedecendo, Grace.

A jovem mantinha-se calada.

— Sei que está namorando escondido aquele rapaz. Não gosto de sua família, minha filha.

Grace seguia em silêncio.

— Você não pode me desobedecer.

Ao entrarem em casa, deram com o chefe da família sentado à lareira fumegante.

— Sua filha está nos desobedecendo, desafiando nossa autoridade. Responda, Grace!

A garota, então, explodiu:

– Por que você o odeia tanto, mamãe? Afinal, o que você tem contra ele?

Emma hesitou, pois nada tinha a dizer com relação ao jovem James Stuart.

– Não quero me casar com um príncipe que nem sabe que eu existo. Uma fantasia apenas. James é real! Eu o amo, e ele me ama. Se o amor é a coisa mais importante que Jesus Cristo ensinou, como tanto escutamos em nossos cultos, por que não posso me casar com alguém que sinto estar destinado a mim?

O argumento era certeiro e irrebatível. Emma sentou-se, e desabafou:

– Grace, minha filha!... Quero que você seja feliz... pode acreditar em minha sinceridade. Mas aquela família... não sei dizer.

Grace ajoelhou-se diante da mãe e falou, segurando suas mãos:

– Sei que quer o melhor para mim, mamãe. Mas permita-se conhecer a James. Ele é ótima pessoa, um verdadeiro cavalheiro e me ama de verdade.

Grace fez uma pausa estudando o semblante da mãe e do pai, sentindo se poderia continuar e revelar o compromisso que assumira com o jovem Stuart.

– Ele me pediu em casamento esta tarde, pouco antes de o culto começar, papai. E virá conversar com vocês, se concordarem. Por favor, mãe, permita que ele frequente nossa casa. Analise sua conduta e se achar algo realmente ruim, você me aponta. Mas eu não consigo sentir nada ruim em James.

Emma ficou em silêncio fitando o crepitar do fogo, buscando em sua alma o que dizer naquele momento.

Henry falou, firme:

— Parece-me bem sensato o que diz nossa filha, Emma. Vamos conhecer o rapaz.

— Não sei... Não é exatamente ele quem me incomoda.

— Então quem é?

— Henry, sei que quase nunca me escuta, mas não gosto do reverendo Irwin. Não confio nele e não gostaria que minha filha fizesse parte de sua família.

— Mas por que, criatura? O que tanto ele faz que a incomoda?

— Eu não sei. Tem algo nele que me desagrada.

— Mãe, posso afastar-me dos cultos, ficar longe do reverendo, se isso a deixar mais confortável. Não me importo, desde que possa assumir o compromisso com James Stuart.

— Vamos ao menos conhecê-lo melhor, Emma.

Sentindo-se voto vencido e exausta com toda aquela discussão, Emma levantou-se de sua poltrona e declarou:

— Bem... sou contra. Essa é minha posição, e fim. Mas não vou impedi-la... não posso. No entanto, tampouco, espere minha aprovação. Agora, vou dormir; estou muito cansada. Boa noite.

Assim que a mãe saiu da sala, Grace abraçou o pai.

— Obrigada, papai. Muito obrigada por me apoiar.

— Mas vamos devagar, mocinha. Quero conhecer o rapaz, observar melhor a família. Sua mãe tem uma forte intuição; vamos respeitá-la.

CAPÍTULO 16

Nos meses que se seguiram, Grace e James se aproximaram cada vez mais. Apaixonado e envolvido com as tarefas da igreja, James deixou de lado seus experimentos, e o reverendo, observando que o comportamento do filho seguia na direção que lhe aprazia, apoiava o romance do casal e desdobrava-se em atenção para com Emma Lynd, que sentia fazer oposição velada ao filho e a ele mesmo. Tais eram os cuidados que tinha com o próprio comportamento, que foi impossível para Emma apontar o que exatamente não apreciava no futuro sogro da filha.

Naquela manhã, James desceu para seu desjejum entusiasmado.

– Preciso falar com você, meu pai.

– A que devemos todo esse entusiasmo, meu filho? – indagou-lhe a mãe.

– Preciso de sua permissão para pedir a jovem Grace Lynd em casamento.

– Já tem a minha bênção.

O jovem baixou a cabeça, pigarreou buscando as palavras para pedir ao pai o que desejava.

— Bem, vou me casar e gostaria de ter minhas próprias terras.

— Ah, é isso, James?... — começou a falar Irwin, quando sua mãe, Elizabeth, tocou suavemente o antebraço do marido, fazendo sinal para que ele esperasse. Perguntou então:

— O que exatamente tem em mente, meu filho?

— Vou trabalhar para você, meu pai, servindo em seu exército e continuar fazendo tudo o que desejar, sem problemas. Mas há um lugar em nossas terras que aprecio mais do que qualquer outro no mundo. E, afinal, um homem precisa ter sua própria casa, construir seu próprio castelo.

Irwin escutava atento, e, encorajado, James continuou:

— Quero construir meu castelo sobre a pequena colina ao norte da Vila de Antrim.

Elizabeth sorriu e afirmou:

— Você realmente adora aquele lugar; aquele pedaço de terra sempre foi sua paixão.

— Pois então, minha mãe, meu pai. É ali que desejo construir meu paraíso.

O reverendo Irwin manteve-se calado por algum tempo, o que pareceu uma eternidade ao rapaz. Os outros filhos de Stuart também estavam à mesa, inclusive alguns casados. O reverendo observou o pequeno clã e falou:

— Muito bem, temos um acordo. Vou definir exatamente qual será seu quinhão de terras, de acordo com sua herança e vou deixá-lo sob seus cuidados. Você poderá construir sua casa e mudar-se para lá, entretanto, seu irmão, Christopher, fará isso primeiro. Ele já está se preparando há algum tempo.

— Nada mais justo — concordou James. — Mas, assim que ele terminar, começo minha construção.

– E, nesse meio-tempo, pode morar conosco. Não precisa adiar seu casamento. – O reverendo sorriu para a mulher que concordou.

– Sim, James! Não precisa. Pode pedir Grace e fazer seus planos. Eu o ajudarei em tudo, meu filho. Afinal, o casamento de um Stuart deve ser marcante sempre...

James observava o pai e a mãe, buscando enxergar e compreender o que não era dito. Por fim, sorriu e falou alegre, estendendo a mão para o pai.

– Pois bem, temos um acordo então?

Irwin Stuart tomou a mão do filho e a apertou forte, solene:

– Sim, James Stuart! Temos um trato.

Charles Stuart, um dos irmãos que terminava o desjejum, protestou em tom leve:

– Não deveria ser assim. Você é o mais novo e já encontrou a esposa. Eu ainda estou à procura.

– Pois eu pensei que James fosse casar-se com seus experimentos – falou Elizabeth Stuart; a irmã, que tinha o mesmo nome da mãe.

– Qual nada! Eu sempre soube que James me traria muito orgulho! – afirmou o reverendo olhando firme para o filho, como a dizer o que queria e o que não queria que ele fizesse com sua vida.

Terminada a refeição matinal à mesa, James apressou-se ao encontro de Grace, para contar-lhe as novidades. Oficializou o pedido à sua família e começaram os preparativos para o grande dia.

Alguns meses depois, a comunidade morávia da vila de Gracehill estava agitada. Todos se preparavam para a celebração do casamento de James Stuart. Enquanto se arrumava para o grande dia, Grace não conseguia tirar o largo sorriso do rosto. Estava absolutamente feliz. Já sua mãe, que entrava e saía do quarto onde a filha se preparava, não se sentia nem um pouco satisfeita com a situação. Mesmo assim, não podia negar que também estava feliz. Amava a filha e, vendo Grace transbordando de alegria, seu coração serenava. Na verdade, ela só queria que a filha fosse feliz.

Grace ajeitava o vestido branco discreto, bonito e elegante que usava. Feito de seda com detalhes de renda somente na ponta das mangas ligeiramente bufantes, ainda assim fugia da austeridade absoluta tradicional dos morávios. Mas Grace estava linda. Ela mesma fez um coque no alto da cabeça, ajudada pela mãe.

– Pronto. Ficou bem bonito – afirmou Emma, concertando os fios rebeldes que insistiam em soltar-se do restante.

Grace fitou a mãe e, com os olhos rasos de lágrimas, abraçou-a longamente, dizendo:

– Obrigada, minha mãe, por me permitir viver tamanha felicidade. Eu amo James de todo o meu coração, e sei que ele me ama do mesmo modo. Nascemos um para o outro e seremos muito felizes, pode ter certeza, minha mãe.

Emma não conseguiu conter a emoção, e as lágrimas desciam molhando sua face. Quando Grace a soltou, ela limpou o rosto e disse:

– Seja feliz, filha. É isso o que eu mais desejo.

Emma colocou na mão da filha um singelo arranjo de flores-do-campo que ela mesma havia preparado. Quando as duas saíram do quarto, Henry Lynd deparou-se com a beleza da filha. Que mulher maravilhosa ela havia se tornado, pensou o pai feliz.

A igreja estava lotada. Toda a comunidade morávia comparecera para o casamento, celebrado pelo reverendo John, que estava em passagem pela vila, acompanhando o trabalho da igreja que fundara anos antes.

Vários amigos do reverendo Irwin Stuart, estavam presentes. O rei Jorge III, a quem ele servia, enviou uma comitiva completa de nobres da corte com presentes para representá-lo, ocupando, obviamente, lugar de destaque na igreja.

Grace quase não conseguia respirar quando chegou à porta, acompanhada pelo pai, e viu a igreja abarrotada de convidados que lhe sorriam. Alguns com verdadeiros votos de felicidade, entretanto, outros olhares se faziam notar: inveja, ciúmes, não somente pela cerimônia em si, mas pela felicidade estampada no rosto do casal. Aquela espontaneidade e verdade, não eram comuns à época em que a grande maioria dos casamentos eram definidos pelos interesses econômicos das famílias. Apenas o povo mais simples, em algumas vezes, estabelecia relações verdadeiras de afeto e carinho nas escolhas dos parceiros para o casamento. A alegria de Grace e James saltava à vista.

Durante a grande festa que se seguiu na residência dos Stuart, o casal recebia os convidados, acompanhados pelos respectivos pais. A comitiva enviada pelo rei trouxe um grande baú e colocou-o diante dos nubentes.

– Sua Majestade, o rei Jorge, envia votos de felicidades ao casal – Declarou, solene, um dos emissários, fitando o reverendo com certa frieza no olhar, que não passou despercebido por Emma Lynd, nem por Grace. – E agradece, ao reverendo Irwin, por seus serviços prestados.

DÉJÀ VU

O reverendo apertou a mão do enviado do rei e respondeu, depressa:

— Sua Alteza Real não precisava agradecer aos meus serviços. Minha família o serve há muito tempo e lhe somos imensamente gratos pela confiança que nos dedica. Estaremos sempre a serviço do rei. — Depois, pedindo que seus serviçais levassem o baú até o quarto dos recém-casados, reforçou: — Leve ao rei meus mais profundos e humildes agradecimentos por sua generosidade e apreço.

— Terá a possibilidade de fazê-lo pessoalmente, reverendo. Vossa Alteza Real pede que, passadas as celebrações das bodas do jovem casal, compareça diante dele. Há assuntos que precisam ser tratados.

Balançando de leve a cabeça, sem esboçar qualquer contrariedade ou emoção, Irwin respondeu:

— Estou à disposição do rei. Tão logo me desincumba de minhas responsabilidades, irei até vossa alteza. Aproveitem a festa, senhores. É simples, bem aos moldes de nossa comunidade, mas é muito verdadeira...

Enquanto os enviados do soberano afastavam-se, Emma não tirava os olhos do reverendo. Sentia que ele escondia alguma coisa, e não era nada boa.

A família Stuart servia aos monarcas de Inglaterra e Escócia, que formavam a Grã-Bretanha desde que o primeiro James Stuart recebeu as terras do condado de Antrim, por volta do ano de 1600, no século XVII. Integravam os exércitos do rei como soldados patenteados, em guerras que os soberanos se envolviam.

Irwin Stuart, entretanto, tomara uma decisão inesperada. Decidira que não mais se envolveria pessoalmente nas guerras e batalhas da Coroa, mas que lutaria de outra forma, pela conquista das almas, e por isso tornou-se um reverendo algum tempo depois que o missionário John esteve na região, fundando a Igreja Morávia de Antrim. E sua fidelidade ao monarca era reconhecida por todos. Ele seguia servindo ao rei.

Aquele pequeno incidente não alterou o encantamento que Grace sentia naquele dia, e Emma, para preservar a filha, nada comentou com ela. À noite, ao deitar-se para dormir, no entanto, conversou com o marido.

– Festa linda, não? Está mais tranquila?

– A festa foi linda, sim; digna de um Stuart. Mas algumas coisas estão a me intrigar, meu marido.

O médico a fitou e sorriu:

– Você está sempre procurando problemas onde eles não existem...

– Você, meu marido, é ingênuo e muito crédulo. Ignora a maldade nas pessoas...

– O que foi agora então?

– Não notou como aquele enviado do rei falou com o reverendo? Há algo errado ali.

– As relações da família Stuart com a nobreza da região são muito antigas, Emma. O que há de errado nisso?

– Não sei, mas deveríamos nos manter atentos, senhor meu marido. Você só vai acreditar em mim quando algo concreto acontecer, não é?

Ele a fitou sem responder, e ela falou, irritada, virando-se de lado e afundando a cabeça no travesseiro:

– Homens! Nunca aprendem!

CAPÍTULO 17

Quando Grace Lynd Stuart pisou nos degraus da escadaria diante da casa dos Stuart, sentiu um forte aperto no peito. Fitou a casa erguer-se diante de seus olhos, observando as janelas que davam para a frente da residência. Sentia como que se mil olhos a observassem. Apertou forte a mão do marido e pensou, determinada, que nada nem ninguém impediria a sua felicidade. E pisou firme cada um dos degraus, como se desafiasse algo ou alguém.

James carregava alguns pertences da esposa, e, ao alcançarem a porta de entrada, ele a fitou e disse:

– Aqui estamos, minha querida. Começaremos uma nova vida juntos e vamos construir a cada dia, a nossa felicidade. – E como se pudesse adivinhar o que ia na mente e no coração de Grace, ele finalizou: – Tenha certeza de que vou trabalhar todos os dias na construção de nossa felicidade. Haja o que houver, estarei ao seu lado sempre.

Grace sorriu e beijou a face do companheiro, afirmando:

– Também estarei ao seu lado sempre.

Assim, o casal apaixonado começou sua nova vida.

Ocuparam um dos quartos da ampla casa dos Stuart e fizeram daquele espaço o seu lar.

Grace continuou auxiliando o sogro nas noites de quartas-feiras, quando ia mais cedo e passava a tarde com o pai e a mãe. James, além de auxiliar o pai nas atividades com as terras, o ajudava na gestão do patrimônio da família.

Quase oito meses se passaram. Irwin Stuart estava tranquilo quanto à escolha de James. O filho mais novo estava mais disposto do que nunca em ajudar e contribuir com o enriquecimento do seu clã.

Em uma noite fria de início de outono, James demorou um pouco mais para voltar para casa. Grace jantou com a família do marido e logo em seguida subiu para o quarto. Começou a arrumar e organizar tudo. Depois de ajeitar a lenha na lareira em brasas, ela olhou pela janela, sentindo-se feliz. Realmente fizera uma boa escolha ao casar-se com James. Sentia o coração mais aquecido do que o quarto tomado pelo calor do fogo.

Observou em um canto um grande baú que pertencia ao marido. Acomodando cobertores no chão, sentou-se diante dele e o abriu. Ficou surpresa com a quantidade de objetos estranhos que havia dentro dele. Do fundo, ela retirou dois livros levemente empoeirados. Limpou a capa e ficou intrigada com o símbolo que havia nela. Nunca tinha visto nada parecido. Abriu e folheou o livro. O que seria aquilo? Pareciam receitas, fórmulas. Grace não entendeu nada. Estava observando os estranhos objetos, quando o marido entrou.

– James! Que bom que você chegou.

Ele colocou o pesado casaco sobre a cama e, sem esperar nenhum minuto, sentou-se ao lado da esposa.

– O que está fazendo?

– Espero que não se importe de eu ter mexido em seu baú...

Ele sorriu e fitou a esposa com carinho.

– Não, de modo algum. Achou alguma coisa interessante?

– Tudo é estranho e intrigante. O que são esses objetos? E este livro... que coisas estranhas são essas?

James pegou um dos livros nas mãos e, folheando-o comentou:

– São livros que estão na família há muito tempo. Eram do meu bisavô por parte de minha mãe, o mesmo que me deu o nosso anel de compromisso. Ele os deixou para mim. Não sei o motivo, mas, desde que meu tio me entregou esses pertences que foram do meu bisavô, sinto muita curiosidade.

– E o que é tudo isso?

– São experimentos que utilizam tudo o que há na natureza.

– E para quê?

– Não sente curiosidade em entender como tudo funciona? Como a natureza faz o que faz? Como o sol aquece a terra? Por que nascemos e por que morremos?

– Parece meu pai falando...

– O doutor Lynd é um homem a quem respeito muito. Aprecio conversar com ele e aprendo muito. Acho até que ele poderia se beneficiar desses experimentos.

– Como assim?

– Vejo que há alguns que podem transformar plantas em remédios.

– É mesmo? – indagou ela, notadamente interessada. – Já falou sobre isso com meu pai?

– Não, Grace.

— E por quê?

James hesitou, mas acabou respondendo.

— Meu pai não gosta que eu fale sobre esses assuntos, nem que eu faça esses estudos, pesquisas e experimentos. Por ele, eu teria destruído tudo isso. Mas, como foi herança do meu bisavô, que chegou às minhas mãos somente depois que completei dezoito anos, ele não pode destruí-los, até porque minha mãe não permitiria. Tenho certeza de que se livraria de tudo se pudesse.

— Mas por quê, James? Por que o reverendo se comporta assim?

— Ele diz que não devemos tomar o papel de Deus. Que se alguém está doente, é a vontade do Todo-Poderoso e não podemos interferir.

— Então para que serve o trabalho do meu pai?

— Ele gosta do seu pai e foi buscá-lo para ajudar o povo. Acho que o que ele não gosta mesmo é desses livros e suas experiências.

— Ele os conhece?

— Já os folheou, mas nunca quis participar de nenhuma de minhas experiências.

— E o que já conseguiu fazer?

James pensou um pouco, olhou os instrumentos, depois sorriu sem jeito.

— Não muita coisa, Grace. Tenho enorme curiosidade, mas sinto como se algo me impedisse de gastar mais tempo com os experimentos. Na verdade, é preciso de bastante dedicação para aprender e fazer os experimentos.

— Pois, senhor meu marido, saiba que tem todo o meu apoio. Se quiser usar mais do tempo livre que passa comigo, dedicado aos experimentos, não vou me importar. A propósito, posso até mesmo ser sua assistente.

James abriu um largo sorriso.

— Seria ótimo, Grace.

— Onde faz seus experimentos?

— Não tenho um lugar específico.

Grace pensou um pouco, depois sugeriu:

— Que tal fazermos os experimentos na casa de meu pai? Eles têm um lugar ali, no fundo da construção, e posso conversar com ele para ver se cede esse espaço para você. Afinal ele pode se interessar pelos resultados. Levamos tudo para lá, e seu pai não ficará acompanhando suas atividades. E eu posso ficar com você e, ao mesmo tempo, ajudar meu pai. Gosto de auxiliá-lo com os doentes...

— Acho que seria muito bom. Sempre fico apreensivo que meu pai, em algum momento de maior contrariedade, destrua o baú e seu conteúdo. Tirar tudo daqui seria ótimo.

— O reverendo faria algo assim?

James fitou a esposa e ficou indeciso em compartilhar com ela as questões mais secretas da família Stuart, por fim falou:

— Às vezes, meu pai tem lá seus acessos de fúria. Depois que decidiu se dedicar à igreja, ele melhorou, mas, ainda assim, é preciso tato para lidar com ele. Na maior parte do tempo, é um homem tranquilo, mas há alguns assuntos que o incomodam e acabam por enfurecê-lo. Meus experimentos estão entre as coisas que o aborrecem.

— Vou conversar com meu pai amanhã mesmo, querido.

James sentou-se na cama com o livro no colo, depois colocou-o sobre os lençóis e puxou a esposa para o seu colo.

— Grace Lynd Stuart, eu amo você.

Em menos de uma semana, Grace e Henry arrumaram tudo para receber o baú de James e seus experimentos. Emma estava receosa, não gostava da ideia, mas não se opôs, já que a filha passaria mais tempo perto deles.

Depois de ter sua estrutura de pesquisas instalada, James retomou com afinco e tranquilidade os experimentos. O bisavô dedicara-se ao estudo da alquimia (termo, na época, que equivaleria hoje a "química" e seus referidos estudos) e deixara tudo o que conhecia e havia experimentado, para o bisneto.

O reverendo Irwin, que ignorava a decisão do casal, percebeu de repente que James e Grace passavam menos tempo em casa. A jovem dividia-se em diversas tarefas e fazia questão de continuar ajudando o reverendo Irwin nos cultos, para deixá-lo satisfeito e tranquilo. Mas não conseguia aproximar-se emocionalmente nem confiar nele. Procurava não pensar, mas sentia como se o sogro tentasse controlá-la, buscando saber sempre mais sobre sua família e sua relação com James.

Em uma dessas noites de quarta-feira, ao final do culto, Grace sentiu intensa tontura e quase desmaiou. O reverendo sentou-se ao seu lado enquanto uma garota que os auxiliava buscou o socorro de dr. Lynd. Enquanto a jovem estava atordoada, o reverendo Irwin a interrogava:

— Por que James não vem mais ajudar-me no culto? O que ele faz neste mesmo horário?

Grace desejava desvencilhar-se dos cuidados do sogro e se fazia de desentendida, como se estivesse quase desacordada. Foi quando o reverendo Irwin fez algo que a assustou profundamente. Notando que ela não cedia às suas intenções, ergueu-se irritado, pegou a Bíblia que ele usava durante os cultos, que estava ao seu lado na cadeira, e atirou-a longe com toda a força, lançando uma imprecação aos Céus.

— Maldição! Aquele moleque deve estar me desobedecendo, e essa imbecil não me ajuda em nada.

Grace gelou. Aquele era um lado do reverendo que ela desconhecia. Então compreendeu de imediato os receios de Emma. Não teve tempo de pensar em nada. James entrou com Henry e logo acudiram Grace, levando-a para a casa dos pais.

James deu a ela um de seus experimentos, com o objetivo de que cessasse a náusea pela qual ela sofria, e Grace foi melhorando. Henry examinou a filha com atenção e depois disse:

— Você está bem, Grace. Não percebo nada errado. Mas deixe-me fazer uma pergunta importante, conquanto íntima. Seu período já veio este mês, filha?

— Ela balançou a cabeça em negativa, e o pai sorriu.

— Então, acho que é isso. — Fitou James e lhe declarou: — É possível que se torne pai em breve, meu rapaz.

Embora a família festejasse aquela possibilidade, novas preocupações somavam-se à mente da jovem. Sentia medo por si e agora pela família que crescia. Ela sabia que estava grávida, mas não queria admitir antes, com medo de estar imaginando coisas. Mas ela já sabia.

Assim que voltaram para casa, naquela noite, Grace contou a James o comportamento do reverendo, que ela havia presenciado.

— Tem certeza de que ele atirou a Bíblia e falou tudo isso?

— Não acredita em mim?

— Não é isso, querida, mas você estava meio desacordada.

— Estava apenas um pouco atordoada.

— Pois então, pode ter ouvido mal. Acontece nessas situações.

DÉJÀ VU

Seria inútil insistir, concluiu a jovem, que preferiu pedir:

– Queria que tivéssemos a nossa própria casa, especialmente agora que vamos ter um bebê.

– Eu sei, Grace. Também quero isso. Mas preciso esperar Christopher terminar a construção da casa dele.

– Não tem outra maneira?

– Nós vamos morar em nosso pedaço de chão abençoado, pode ter certeza. Mas preciso que tenha um pouco mais de paciência. Promete que terá? De minha parte, vou fazer de tudo para cuidar ainda mais de nossa família. Confie em mim.

Grace sorriu. Confiava no marido completamente, já do sogro, à partir daquele dia, colecionava desconfiança e medo.

CAPÍTULO 18

A gestação foi confirmada e precisou ser acompanhada de perto. Grace foi aconselhada pelo pai a fazer bastante repouso, se quisesse contribuir para o nascimento do filho. E todas as atenções de James se voltaram para a esposa. Irwin, por sua vez, havia notado que o baú do filho desaparecera. Queria saber onde andavam aqueles livros, aqueles experimentos e não sossegou enquanto não descobriu que estavam na casa de dr. Lynd.

Tratou de colocar mais responsabilidades sobre James, na intenção de impedir que ele tivesse qualquer condição para dedicar-se aos experimentos. Sobrecarregá-lo com exigências crescentes foi a forma que o reverendo encontrou para evitar o confronto e ao mesmo tempo, deixá-lo longe da herança detestável do bisavô materno. Velho senil, que não podia contrariá-lo por ser o pai do odiado sogro, avô de James.

Por sua vez, o jovem alquimista estava fascinado pelo que conseguia realizar seguindo as orientações daqueles livros e anotações. E desejava se aprofundar ainda mais naqueles conhecimentos. Despertara nele um grande amor pela ciência e pela utilização das descobertas em favor dos necessitados. Seu anseio pelo conhecimento era enorme. Ele queria saber mais sobre os livros, as práticas dos alquimistas e questionava em silêncio por que tudo aquilo vinha sendo proibido pelo Clero, pelas igrejas de todos os tipos. Quando questionava o sogro sobre isso, pois, que, além de Grace, era o único com quem podia tocar no assunto, escutava sempre:

— Tenha cuidado, James. Conhecimento demais é perigoso... A Igreja odeia isso!

Irwin, afinal, conseguiu seu intento. Nos meses que antecederam o nascimento do primeiro filho, ele manda o filho a campo, ele trabalhava e viajava com o seu exército a serviço do rei, sob suas orientações. Assim, James quase perdeu o dia do nascimento do filho, que acabou vindo ao mundo sem maiores complicações. O choro do bebê encheu a casa dos Stuart de vida e alegria. Após o nascimento do filho, Grace se recuperou rapidamente, dedicando sua energia em aprender a ser uma boa mãe. James prosseguia viajando e trabalhando muito.

Em uma das viagens do marido, Grace estava acordada em alta madrugada, amamentando o filho. Escutou uma estranha movimentação na casa e olhou pela janela. Era o reverendo entrando com uma tocha na mão, e carregando o que pareceu a ela ser um animal morto. Ela assustou-se e pressentiu que o sogro ergueria o olhar até a sua janela e escondeu-se antes, correndo para a cama, com o filho junto ao peito, tendo o cuidado de trancar a porta do quarto antes.

Deitou-se e amamentava o bebê sob as cobertas, espiando a porta. A maçaneta foi levemente forçada, mas logo pararam. Ela passou a noite em claro, vigiando a porta e profundamente angustiada. O que seria tudo aquilo?

Quando o marido voltou, extenuado da longa viagem, Grace pediu novamente:

— Precisamos ter nossa casa, James. Seu irmão está longe de terminar a dele. Como vamos fazer?

— Paciência, Grace. Teremos nossa casa, do jeito que sonhamos, mas para isso teremos de ter paciência.

Nas semanas seguintes, o dissimulado reverendo Irwin demonstrou-se atencioso e cuidadoso para com a nora e o neto, mas Grace não se descuidava mais, alerta e atenta o tempo todo. Nada de novo acontecia, mas a lembrança daquela noite a apavorava.

James pediu ao pai que ficasse mais tempo em casa, e foi atendido, acalmando o coração da esposa.

O pequeno Willian crescia depressa e logo ganhou um irmão. Quando o primeiro filho completou três anos, Grace engravidou novamente e, sem esquecer da noite terrível que passara acordada com a visão da maçaneta sendo forçada, ela pediu ao marido novamente:

— Vamos ter nosso terceiro filho. Seu irmão está quase finalizando sua casa. Podemos começar a construir a nossa?

— Sim. Creio que já é tempo de começar nossa construção. Vou conversar com meu pai novamente, e, desta vez, vou convencê-lo.

Grace agradeceu ao marido, balançando a cabeça e a encostou nos ombros fortes de James. Entretanto, quando conversou com o pai, ele recebeu um "não".

— Agora não, James. Temos uma ameaça de guerra rondando nossas terras.

— Sempre teremos ameaças de todo tipo nos rondando, meu pai.

— Seus irmãos Archibald e Henry estão se juntando à cavalaria do rei. O exército inimigo se aproxima de nossas fronteiras. Não podemos nos permitir distrações neste momento. Na hora certa, James, na hora certa. Já lhe prometi, e vou cumprir.

O reverendo Irwin levantou-se à mesa e passando pelo filho, apoiou a mão sobre os seus ombros com firmeza e disse, apertando-o com toda a força:

— Quero que pare de vez com aqueles experimentos.

— Por Deus, meu pai! Eu quase não tenho tempo para minhas experiências! E você não se contenta, quer que eu as abandone por completo. O que tanto teme?

— Conhecimento é responsabilidade, James. Você tem seus filhos, sua família, não vai querer comprometer sua vida, vai?

— Como comprometer minha vida? Estou fazendo experimentos, é ciência apenas.

— Não deveria mexer com esses experimentos, filho. Seu bisavô foi um irresponsável em deixar aquilo tudo para você.

— Não vejo nessas práticas nada que possa me prejudicar. Faço experiências, estudo os resultados e faço apontamentos. Era somente isso que meu bisavô fazia também.

— Trata-se de magia negra!

James levantou-se irritado.

— Não sabe o que está falando. Não tem nada de obscuro ou danoso naqueles experimentos. É por isso que não gosto de ficar horas dentro da igreja. Isso está deixando você com uma mente muito fechada, meu pai.

— Mente fechada é a sua, James, que não quer me obedecer. Pare com os experimentos, destrua tudo, e dou a minha permissão para a construção de sua casa.

James não podia acreditar no que escutava e levantou sem responder. Entrou no quarto visivelmente contrariado, contando para a esposa a conversa que tivera com o pai. Ela, que amamentava agora o terceiro filho, encostou-se desanimada na cabeceira da cama.

– Não fique assim, Grace. Acho melhor nos livrarmos de tudo e acabo essa confusão com meu pai. Afinal, o que mais quero é ver você e as crianças em nossa casa.

Grace pensou um pouco, depois falou:

– Não, James, não vamos destruir nada. Tem de haver uma outra maneira de resolvermos isso. Você tem feito progressos com seus experimentos. Meu pai é a maior testemunha disso. Quantos unguentos e remédios você já conseguiu produzir? Não. Isso não pode ser destruído. Temos de saber do que seu pai tem tanto medo – balbuciou Grace quase sem voz.

Corria o ano de 1775. Assim que a ameaça de invasão dos inimigos do rei foi afastada, James obteve a autorização para começar a construção de sua própria casa. E Grace assegurou-se de que o marido tivesse um grande espaço nos porões da edificação, para realizar seus experimentos, pensando em todos os detalhes, como fácil acesso à água e fácil descarte de dejetos de dentro do recinto, para que nada atrapalhasse James em seu nobre trabalho.

Na manhã em que as primeiras escavações iriam ser feitas, para o início da fundação, Grace estava ao lado do marido, com os três filhos.

– Vamos ter de derrubar essas árvores, senhor James – dizia um dos construtores.

– Queremos preservá-las.

– Pelo menos essa teremos de retirar – apontou uma das duas faias, majestosas que serviram de cenário ao primeiro beijo do casal.

– As faias não, James.

— Se não tirarmos, ao menos essa, vocês não conseguirão ver o pôr do sol de dentro da sala, como me pediu, senhor James.

James olhou para a esposa inquirindo sem palavras, buscando sua aprovação.

— Somente essa, então. A outra jamais — resmungou Grace.

Ambos sabiam que o anel de compromisso ainda estava ali enterrado. Aquele anel tornara-se para eles quase como um amuleto de sorte, um símbolo de que a sua união estava selada para sempre, como aquele anel dentro da caixa. Ao pensar em desenterrá-lo, ambos não permitiram. Era como se aquele segredo inocente, ancorasse todos os sonhos que eles faziam juntos.

James aproximou-se dela e falou:

— Prometo que vou plantar dezenas de faias para compensar essa que estamos tendo de retirar.

— Promete? Duzentas?

— Duzentas! Está bem, sei que ama essas árvores.

— Todas aqui perto da casa.

— Nem tão perto que atrapalhe a vista.

Grace sorriu e teve sua atenção voltada para o filho que pedia colo. Ela abaixou-se e o pegou. James amava a esposa mais do que tudo em sua vida. Ele olhou para ela, carinhosa e dedicada com os filhos, e ficou admirado como conseguia ficar ainda mais bonita com o passar do tempo. Naquele dia, particularmente, ela estava radiante e feliz. Admirou sua beleza e ficou feliz por tê-la ao seu lado.

— Você terá quantas árvores quiser, Grace.

E assim os homens derrubaram uma das árvores e começaram a construção que levaria alguns anos para ser concluída.

Na casa dos Stuart, naquela noite, James e Grace não conseguiam disfarçar a imensa satisfação que sentiam. E o reverendo Irwin os olhava atento.

– Então começaram a construção. E houve alguma mudança na planta, daquela que vi pela última vez? – Irwin investigava se o filho cumpriria a promessa de não mais envolver-se com os experimentos que fazia em segredo.

– Nenhuma – respondeu-lhe o jovem alquimista, firme.

O reverendo, por sua vez, relutava em acreditar. Queria descobrir o que estava acontecendo.

Ao deitar-se, naquela noite, Grace comentou com o marido:

– Esta noite, vou dormir mais sossegada, James. Finalmente, teremos nossa própria casa. Estou muito, muito feliz.

Ela o abraçou e se acomodou em seu ombro, procurando entregar-se ao sono. Horas depois, acordou com o bebê chorando. Levantou-se, enrolou-se em um xale e ia até o berço quando viu, pela fresta da porta, luzes passando pelo corredor, do lado de fora. Quando o bebê resmungou de novo, as luzes pararam, e Grace sentiu um verdadeiro pavor a lhe dominar. Sabia que o reverendo Irwin estava do lado de fora a perscrutar tudo o que se passava em seu quarto. Ela ficou parada no meio do cômodo em silêncio, ninando o bebê e pedindo a Deus que o filho voltasse a dormir. A maçaneta foi forçada de leve, mas estava fechada. Desde o primeiro incidente, ela mantinha a porta do quarto trancada. Olhou a sua volta. James dormia profundamente. O bebê silenciou. Depois de alguns instantes em absoluto silêncio, as sombras por debaixo da porta voltaram a se mover, e Grace acompanhou o movimento pelo buraco da fechadura. A luz bruxuleante de uma tocha subira escadas acima.

Grace deitou-se e ficou em silêncio. Queria saber o que se passava, mas estava apavorada. Tinha certeza de que não era algo bom.

— James — sussurrou ela ao ouvido do marido.

Ele não respondeu e virou-se para o outro lado, em sono profundo. Movida por intensa curiosidade, ela desejou seguir a chama e descobrir o que estava acontecendo. O que se passava naquela casa na calada da noite, mas um pavor congelante a impedia de se mover. Permaneceu acordada por muito tempo, tentando imaginar o que o reverendo Irwin escondia.

CAPÍTULO 19

Quando, finalmente, Grace adormeceu, seu corpo espiritual se desprendeu do denso, sendo conduzido e acolhido pelos seres da próxima dimensão, que a receberam com carinho. Ela olhou o ambiente, que lhe pareceu semelhante ao de seu quarto. Depois tentou fitar o ser que estava mais próximo a ela, mal conseguindo olhar para ele, pois emanava suave luz que incomodava Grace.

– Quem são vocês?... O que é isso tudo?...

– Estamos aqui para apoiá-la, protegê-la e ajudá-la a cumprir sua tarefa, Grace.

– Vocês são anjos de Deus?

O espírito sorriu, tocou seu ombro e concordou:

– Sim, pode nos chamar de anjos, pois somos emissários do Cordeiro e muito embora sejamos tão somente humildes trabalhadores, somos seus enviados.

Como acreditasse completamente na existência dos anjos, ela não resistiu nem teve medo. Sorriu e perguntou:

– E a que devo a honra de recebê-los?

– Estamos aqui para protegê-la e também à sua família. E para lhe orientar para que possa ajudar James em suas tarefas.

DÉJÀ VU

Grace fitou o marido que dormia e notou que havia como se fossem dois James idênticos: um parecia flutuar, sobreposto ao outro que dormia profundo. Grace olhou para o emissário que, logo respondeu, compreendendo suas dúvidas:

– Temos um corpo espiritual, Grace, semelhante em tudo ao nosso corpo físico. É a forma como a nossa natureza espiritual pode ligar-se ao corpo material.

– E que tipo de perigo corremos?

Oferecendo a ela o braço, para que nele se apoiasse, convidou-a:

– Venha conosco, vamos lhe mostrar. A condição para que fique em equilíbrio, mesmo depois de saber do que se passa nesta casa, é que confie em Deus mais do que nos homens, e aceite o que não pode compreender ainda. E, acima de tudo, saiba que Deus ama a todas as suas criaturas, Deus é puro amor, é o bem, a alegria, é tudo de bom que podemos imaginar. Nada de negativo, ou mal, emana do Criador. Consegue compreender isso? Você pode confiar em Deus, Grace, embora os homens o tenham transformado em muitas coisas, ao longo dos tempos, conforme seu limitado entendimento da Verdade.

O ser espiritual continuou:

– Dentro de seu coração, há muito amor. Deixe que esse sentimento emane por tudo e por todos, e em especial por Deus, e você se sentirá fortalecida.

Grace compreendia muito além das palavras que o emissário dizia. Ela era capaz de se sintonizar com as emanações mentais daqueles seres e balançou a cabeça em sinal de que entendia a mensagem.

Subiram as escadas sem dificuldade e chegaram ao sótão, cômodo superior da mansão dos Stuart. O emissário aproximou-se da parede e tocou-a, possibilitando que se abrisse uma passagem que dava para o interior do aposento. Uma passagem secreta. Ao atravessá-la, o anjo advertiu Grace novamente:

– Somente sentimentos de amor. Não julgue, apenas observe.

Entraram. Assim que observou a cena, a jovem apertou o braço daquele que a conduzia, sentindo imenso pavor, e pensou que perderia os sentidos.

Ela viu o reverendo Irwin em um pequeno altar, com um cervo sobre o mesmo, banhado em sangue, que escorria e era colhido em uma taça. Ele repetia frases em uma língua que Grace não conhecia. Como um verdadeiro mantra, as repetia cada vez mais depressa, até que ficaram freneticamente repetidas e ele ajoelhou-se e disse levantando a taça sobre sua cabeça e derramando-a sobre si mesmo:

– Ordene que lhe obedeço, meu senhor. Estou aqui para servi-lo.

– E, ao mesmo tempo, aumentar cada vez mais seu poder, não se esqueça – respondeu uma voz cavernosa, e uma entidade espiritual enegrecida, envolvida em um pesado manto escuro, fez-se visível ao reverendo Irwin.

Grace arregalou os olhos em completo pavor, ao que o emissário comentou:

– Os homens desejam ter poder, e há muitos que o buscam acima de tudo e por quaisquer meios. Esses seres (que estão tanto na matéria densa, como é o caso de nosso irmão Irwin), como ocupam a próxima dimensão, esta em que estamos agora, vibram em perfeita sintonia. Têm os mesmos objetivos, os mesmos sentimentos e desejos e trabalham juntos, para manter o poder que possuem sobre o planeta.

DÉJÀ VU

— Podem nos ver?

— Não. Estamos protegidos por ter uma vibração diferente. Eles podem até captá-las, repercutindo em mal-estar a eles, mas não podem nos ver. E, neste momento específico, estão por demais envolvidos em seus desejos e objetivos para notar ou captar qualquer coisa além. Observemos.

— O que posso fazer para ajudá-lo, Irwin? O que quer de nós?

— O rei estará aqui em alguns dias. Ele quer invadir a região da Gália. Devo apoiá-lo? Vamos ganhar? Posso enviar um de meus filhos? Quero a cabeça do general deles!

— E o que me dará em troca, Irwin? Sabe que seu filho continua com aquelas experiências? Continua fuçando e procurando onde não deveria, onde não é chamado...

— Eu não acredito! Nem casando e tendo um filho atrás do outro, ele desiste.

— A menina o está ajudando.

Grace arregalou ainda mais os olhos e colocou a mão sobre a boca.

— Ele tem de parar, Irwin.

— Vou mandá-lo para a batalha. Tenho evitado, mas agora vou fazer isso.

— Sim. E faremos nossa parte para que ele não volte mais. Ele não tem sido de muita ajuda em nossos planos. Tem pensamento independente, fica difícil influenciá-lo. Não tem servido de muita ajuda aos nossos propósitos.

— Mas é um Stuart.

— Que bela porcaria. Vai mandá-lo para a batalha, e nos encarregaremos do resto. A vitória será de seu regimento. E você terá ainda mais apoio por parte do rei. Mais propriedades e mais dinheiro, mais poder. E...

– Sim...

– Tenho interesse em algumas jovens da igreja.

Grace prendeu a respiração, sentia como se o coração fosse explodir.

– Quero que inicie alguma delas para nossa causa.

– Os pais estão sempre em cima, e o reverendo John não me dá muito espaço.

– Abra um curso específico para as meninas, e ensine-as lições distorcidas, em que conseguiremos incutir nelas nossos valores e nossas crenças. Você sabe fazer isso, já exercita nos sermões das quartas-feiras.

– Podem me ajudar?

– Não conseguimos entrar na igreja, você sabe. Há muita sinceridade nesses moravianos. E, na escola deles, também não conseguimos ainda nos imiscuir. Estamos trabalhando nisso. Por isso, quero que traga para o nosso lado as meninas que demonstrem maior tendência ou possibilidades. Serão as futuras professoras da escola e poderemos exercer maior influência sobre elas. Temos de tratar de desvirtuar qualquer consciência legítima que esse povo possa desenvolver. Não queremos que "Aquele", ganhe terreno e entre eles, isso tem acontecido. Acima de tudo, os valores que eles fomentam, também não nos interessam. Caso o movimento deles cresça, poderão contaminar outros, nos dando trabalho. Não podemos deixar que isso aconteça. Queremos a escola sob nosso controle e a igrejinha também. Envie muitos jovens para essa guerra. Encontre uma forma. Quanto mais dor causarmos entre eles, mais os enfraqueceremos.

E o acordo seguiu um pouco mais, até que Irwin, tomando o restante do sangue que havia sobrado, renovou o seu pacto:

— Estou a seu serviço, mas quero mais poder. Preciso ser capaz de realizar tudo aquilo que quero.

— Não se preocupe. Continue fazendo o que falamos, e terá o que deseja.

— Podem poupar meu filho? Feri-lo, mas não matá-lo?

— É o que deseja?

— Quero o meu filho sob o meu poder, fazendo o que quero, como os demais.

— Verei o que é possível. Amanhã, à noite, conversaremos. Tenha muito cuidado com a esposa de seu filho. Ela é sincera, verdadeira e gosta mesmo dele. É perigosa.

E a entidade desapareceu.

As emoções de Grace eram contidas pelas vibrações de amor dos emissários do Cordeiro. Saíram da casa e foram direto para o mar. Grace tinha muitas perguntas, indagações mil passavam pela sua mente. Três espíritos uniram as mãos em círculo tendo o interlocutor e Grace ao centro. Ele a tocou e convidou:

— Oremos.

E aquele ser, que se assemelhava em tudo às descrições angelicais retratadas por santos e pintores, emanava intensa luz enquanto orava, envolvendo Grace e limpando os miasmas e energias deletérias que se formaram ao seu redor, por medo e todo o tipo de emoções negativas. Quando ela estava bastante equilibrada ele esclareceu:

— Somente o amor restaura os homens, Grace. Não há outro modo de resgatar as almas, como a de nosso irmão Irwin, das garras do mal. Somente o amor. Foi por isso que Jesus veio ao mundo e morreu pela humanidade. Ele não poderia fazer, pensar ou sentir nada que não fosse amor. Essa é a essência de

Deus. E o único modo de estarmos em sintonia com o Criador é amando. Não há outra forma. Para ter a proteção que você deseja, precisa construí-la com amor, confiança em Deus, nutrindo pensamentos e sentimentos positivos. James deve prosseguir com suas pesquisas. Ele tem uma tarefa a cumprir nos planos do Cordeiro, ele tem muito a contribuir para a renovação do bem na Terra. Deve continuar com as pesquisas e você precisa apoiá-lo. Vamos fazer nossa parte para que vocês se mudem logo para sua própria casa.

— Mas e James? Vai ter de viajar nessa guerra, correndo risco de ser morto.

— Isso não acontecerá. Confie e trabalhe para o bem com amor.

CAPÍTULO 20

Ao retornarem para o aposento, James dormia em sono profundo; Grace observou que, em sua cabeceira, encontrava-se um outro ser espiritual, vibrando em silêncio. Ela sorriu, sentindo um grande carinho por ele. Sem que ela precisasse perguntar, o amigo de luz que a acompanhava esclareceu:

— É o nosso irmão Everton, que cuida de James e o orienta. Ninguém jamais está sozinho no mundo para enfrentar seus desafios. Há irmãos equivocados, como o reverendo Irwin e aqueles a quem ele serve no mundo espiritual, mas há igualmente anjos por toda parte, enviados de Deus para auxiliar as criaturas terrenas em sua caminhada na linha evolutiva.

— É maravilhoso! Todos vocês são lindos anjos do senhor! Que bom se todos pudessem vê-los à luz do dia!

— Todos podem, mas nem todos querem...

— Eu adoraria vê-los à luz do dia, como os vejo agora, enquanto durmo.

Grace acomodou-se sobre seu corpo denso e, observando o doce sorriso daquele ser que a amparava, deixou-se envolver-se pelo torpor do sono.

DÉJÀ VU

Na manhã seguinte, Grace acordou apreensiva. Sentia medo e angústia indefiníveis. Antes de descer para o café da manhã, percebeu uma intensa movimentação na casa. Quando entrou na sala, junto com James, encontrou o sogro em conversas agitadas com enviados do rei. Ao ver o filho, deu-lhe logo a ordem.

– Estamos em guerra. Os francos pretendem invadir nosso território e devemos nos proteger. Quero que você, James, junte-se ao Exército de Sua Majestade, nosso protetor e senhor.

Grace ameaçou impor-se, mas James segurou sua mão e a deteve.

– Sim, meu pai – respondeu, subserviente. – Tenho apenas que resolver algumas questões ligadas à construção da minha casa; dar ordens aos empregados para que possam prosseguir em minha ausência. Estarei de volta antes do meio-dia e então ficarei pronto para seguir o Exército de Sua Majestade.

O reverendo Irwin, sério, respondeu, firme, tocando o ombro de seu filho caçula.

– Isso mesmo, meu filho. Conto com você. – E fitando Grace, que trazia os filhos em torno de si, com o bebê no colo, falou: – Cuidarei de sua família durante toda a sua ausência; o tempo que levar.

Grace olhava o sogro sentindo, ao mesmo tempo, asco e pavor. Olhou para o marido querendo gritar para que ele não fosse, não aceitasse seguir com o exército do rei. Afinal, ele tinha filhos pequenos e um bebê, que precisavam dele. Mas, intimidada pela situação tensa no ambiente, ela se conteve. Pegou tudo o que precisava para alimentar os filhos e voltou para o seu quarto. James ficou ainda algum tempo com o pai na sala, depois juntou-se a ela. Ao entrar no quarto, ela fitou-o com olhar suplicante:

– Por favor, meu amor! Não vá. Temo por sua vida!

James ajoelhou-se diante da esposa, aos pés da cama, e falou:

– Eu preciso obedecer-lhe. Ele está com aquele olhar alterado, que, vez por outra, vejo em seu rosto. Se eu o contrariar agora, criarei uma grande crise entre nós. Ele fica violento e agressivo, e sabe-se lá o que é capaz de fazer. – Interrompeu-se como se puxasse as lembranças da memória, depois concluiu: – Preciso ir, Grace. Mas vou tratar de cuidar muito de mim, a fim de voltar para você inteiro.

Lágrimas desciam pela face alva de Grace, em um lamento e dor silenciosos, que dilaceravam seu coração. Suas pernas tremiam. Ela temia pelo marido e, ao mesmo tempo, por ter de ficar ali sozinha naquela casa, com o sogro maquiavélico.

James despediu-se da esposa e saiu depressa para a propriedade em construção. Orientou os trabalhadores e, antes de retornar, parou diante da obra que começava e desejou ardentemente que já pudesse estar ali, vivendo com a mulher e os filhos. Depois de algum tempo, saiu.

Eram mais de duas horas da tarde. O reverendo Irwin estava inquieto, andando de um lado para outro, irritado com o filho que não aparecera para o almoço. As tropas precisavam partir, e James deveria estar entre eles.

De súbito, um tumulto formou-se na porta da casa do reverendo, e Elizabeth Stuart, a mãe de James, entrou chorando e gritando, em desespero. Vários homens traziam James, com as vestes ensanguentadas, para dentro de casa.

– O que houve com meu filho?

– Nós o encontramos no meio da estrada, senhor. Parece que foram os ladrões da estrada que o assaltaram. Roubaram tudo o que ele trazia de valor – avisou um dos homens que trabalhava na construção da casa. – Estávamos a caminho da vila para buscar mantimentos, quando o encontramos desacordado.

James estava bastante ferido. Elizabeth mandou buscar o doutor Lynd que logo chegou, sem demora. Quando Grace viu trazerem o marido para o quarto, apesar da preocupação com a sua situação, respirou aliviada.

O reverendo Irwin gritava, entre frustrado e contrariado. Aquilo não deveria ter acontecido. Fugia a seus planos.

Graças àquele incidente, James acabou sendo poupado de seguir com as tropas do rei Jorge. E, durante sua recuperação, Grace insistia.

– Precisa acelerar a construção de nossa casa, querido. Precisamos nos mudar o mais depressa possível. Quero sair daqui, não sei o porquê, mas não me sinto segura aqui. E o mais importante de tudo quero que você possa fazer suas experiências à vontade, sem ter de ser importunado ou impedido por ninguém. Esse é um trabalho importante, James. Não deve levar somente como uma simples curiosidade, como apenas um passatempo. Há algo importante nesse trabalho que você está realizando, deve levá-lo bem a sério.

– Está certo, Grace. Você tem razão. Vou fazer tudo o que estiver ao meu alcance para acelerar a construção o máximo possível. Contratarei mais braços, vou estudar todas as possibilidades.

– Que bom que você compreende, querido.

James não tinha certeza se a compreendia plenamente, mas ele amava Grace acima de tudo e aceitava suas sugestões com carinho.

As obras seguiram em ritmo acelerado. Sem que o pai soubesse, distraído que estava em cumprir as ordens que recebera dos espíritos que o orientavam, não deu conta das discretas ações do filho, que corria para atender ao pedido da esposa. E a casa era erguida com celeridade.

Em uma manhã fria de outono, James saía da casa de Henry, depois de ser examinado pelo sogro.

– Está quase bom, James.

O jovem agradeceu e se despediu saindo em seguida. Grace continuou em companhia do pai.

– Foi um ferimento profundo, filha. Temi que ele ficasse mais doente, que o ferimento demorasse muito mais a cicatrizar. A recuperação foi acima do que eu esperava.

– Ainda bem que ele sofreu esse acidente, pai.

– Como?

– Não fosse isso e ele teria ido às batalhas, e sabe-se lá o que poderia acontecer. Mesmo que mancando, com dificuldade para andar, ele está aqui, e podemos seguir com nossa vida.

– Por que está tão apreensiva, Grace? Nunca senti essa angústia em sua voz. O que há, filha? James está se comportando bem? O que está acontecendo?

Grace se levantou e andou pela sala, hesitante. Depois olhou para o fundo da casa do pai, pela janela do consultório, onde estava montado o laboratório do marido e respondeu:

– Acontecem coisas estranhas naquela casa. Não quis comentar antes, mas acho que as impressões de minha mãe sobre o reverendo estavam certas, meu pai. Ele é um homem perigoso.

– Ele tem um temperamento impulsivo, sendo conhecido por esse destempero.

— É mais do que isso. Há algo estranho acontecendo lá; alguma coisa sinistra, e ele é o responsável.

— Mas o quê?

— Não sei, mas tenho certeza do que digo. Estamos acelerando a construção da casa, para que possamos deixar a mansão dos Stuart o mais rápido possível.

Henry abraçou a filha com carinho e depois pediu:

— Seja o que for, Grace, pode me dizer. Estou aqui para protegê-la, e também aos meus netos.

— Eu sei, papai. Muito obrigada.

Henry observou a filha saindo naquele dia, com uma angústia estranha a lhe dominar. O que poderia fazer para ajudar Grace? Deveria conversar com o reverendo Irwin? Enquanto a filha se afastava ele decidiu. Era quarta-feira à noite e iria falar com o reverendo.

A conversa foi tensa, Irwin não dissimulou sua contrariedade com o assunto, e foi rude com o médico.

— Não há nada acontecendo em minha casa, Henry. Isso é coisa da cabeça lunática de sua filha. Ela deve estar grávida novamente, cheia de medos e receios. Sempre a acolhi como uma filha, desde o primeiro momento. E você não está sendo leal comigo.

— Do que está você falando?

— Você está dando guarida aos experimentos do meu filho em sua casa. Eu já o proibi de fazer isso.

— Pois saiba que alguns dos resultados dos experimentos de James têm sido muito úteis no tratamento de meus pacientes. Ele produz misturas de ervas que têm sido de grande utilidade.

— Não me interessa. Eu não quero isso em nossa comunidade. Isso é magia, bruxaria. E não vou aceitar. Já disse ao meu filho e repito a você. Esses experimentos precisam parar imediatamente!

Henry ergueu-se inconformado e respondeu:

– Infelizmente, não posso concordar com sua opinião. E vou defender James em qualquer situação. O que ele faz é benéfico e ajuda a nossa comunidade.

– Pois vou deixar que a comunidade inteira saiba que você os cura com bruxaria. Vou fazer de sua vida um inferno, doutor – ameaçou Irwin com olhar que chispava raiva desproporcional à situação.

Henry não contou nada à filha, para não preocupá-la ainda mais. Grace estava certa, bem como Emma. Aquele homem escondia quem realmente ele era.

Enquanto a casa que James e Grace construíam se erguia imponente, em estilo gregoriano, Irwin urdia seus planos na sombra.

Em certa noite, Henry terminava de atender a um paciente, quando um tumulto se formou diante de sua casa. Um grupo de homens encapuzados, portando tochas invadiram a casa e queriam que Henry mostrasse onde ficava o antro de bruxaria, explicitando que se referiam ao laboratório de James. Eles tinham um objetivo certo: recuperar os livros que o bisavô havia doado a James. Sem eles, não haveria experimentos.

Henry pediu, insistiu que saíssem, mas eles queriam saber onde estavam os "instrumentos do demônio". Invadiram a casa, sob as súplicas do médico. Remexiam tudo, e, ao entrarem no quarto onde James fazia os experimentos, reviraram tudo em busca dos livros. Mas, sabiamente, Henry os havia entregado a Grace, e estavam guardados em segurança, bem como os instrumentos mais delicados e difíceis de ser substituídos.

DÉJÀ VU

— Onde estão as outras coisas?

— Não há nada além disso, apenas ervas que ele testa para curar doenças.

— Bruxaria! Onde está o resto? — insistia o líder do bando.

— Por favor, não há mais nada – dissimulava o médico. Um deles, sob discreta autorização do líder, atirou uma cerda no pescoço do médico.

— Vai morrer por sua insolência, doutor — falou ele, enquanto Henry arrancava a cerda.

— Destruam tudo. Não deixem nada inteiro neste cômodo.

Depois de arrebentarem tudo, saíram ruidosos. A comunidade inteira estava às portas, temendo interferir, sem compreender o que se passava. O líder, deixando Henry apoiado na porta, cambaleante, falou em voz alta:

— Não vamos admitir bruxos por estas bandas!

Subiram nos cavalos e desapareceram. Emma correu para segurar o marido e acomodá-lo na cama. Henry ardeu em febre durante quase uma semana, e apesar de todos os esforços de James, acabou vencido pelo veneno... e deixou o corpo físico.

CAPÍTULO 21

O impacto da morte de Henry para Grace e James foi devastador. A filha usou um vestido negro por vários meses. Visivelmente abatida, ela só não se entregava pela atenção que os filhos lhe demandavam, e pelos cuidados de James, que resolveu se dedicar por completo com vistas à finalização da casa.

Irwin, por sua vez, procurou camuflar sua ação naquele ocorrido, mandando seus homens encontrar a qualquer custo os responsáveis pela agressão. Terminou por encarcerar um bandido pego em qualquer beco nos arredores, que foi jogado na prisão. A encenação não convencia Grace, muito menos Emma, que passou a alimentar ressentimentos pela filha, culpando-a em segredo pelo acontecido ao pai. Grace, que, a princípio, sentia-se mais forte, buscando colocar sua fé em Deus acima de tudo, foi sendo minada por aquele sentimento silencioso que a mãe lhe enviava dia e noite. E ela, aos poucos, foi enfraquecendo suas convicções.

James percebia que a esposa já não era a mesma.

Em uma manhã de primavera, ele entrou no quarto à procura de Grace, mas não a encontrou.

— Onde ela está? — James a procurava pela casa.

— No jardim dos fundos, com as crianças, senhor — informou um dos serviçais.

James correu para encontrá-los.

— Tenho ótimas notícias, querida.

— James, onde esteve? Saiu tão cedo hoje.

— Queria fazer-lhe uma surpresa.

Grace deu um ligeiro sorriso. Ele tomou suas mãos entre as dele e beijou-as com ternura.

— Vamos para a nossa casa, querida. Pode arrumar nossas coisas.

— A casa ficou pronta?!

— Não totalmente, mas está quase pronta e já podemos nos mudar. O que falta, poderá ser terminado mais tarde, ou aos poucos, como você achar melhor. Não consegui nem mexer no jardim...

Grace abraçou o marido e disse entre lágrimas:

— Não importa! Fazemos o jardim e o que quer que esteja faltando, depois. — Ela olhou as crianças brincando no jardim, depois se voltou para o marido e falou — o importante é irmos embora daqui.

— Pode preparar tudo. Começamos nossa mudança hoje mesmo.

— Hoje?! Mas que ótimo! James, que notícia maravilhosa!

Ela pediu à ajudante que ficasse com as crianças e falou ao marido:

— Pode me ajudar?

— Estou aqui para isso.

Seguiam animados pelo corredor, quando se depararam com Irwin indo na direção deles.

– Vai se mudar, James?

– Sim, meu pai, a casa ficou pronta.

– Por que não me avisou antes? Não sabia que a construção ia assim tão adiantada.

– É que o senhor tem andado muito ocupado dividindo atenção entre suas atribuições de reverendo e ao mesmo tempo, tendo de atender suas obrigações junto a Sua Majestade. As obrigações que o nome Stuart nos impõe.

– Sim! É bem verdade. E espero que seu distanciamento físico desta casa não o deixe esquecer quem você é.

– Não me esquecerei, meu pai.

Passaram a tarde e a manhã do dia seguinte organizando tudo. No final da tarde, carregavam as carruagens com os pertences para o novo lar. Os livros de alquimia, embrulhados entre as coisas das crianças, iam bem escondidos e passaram a ter um significado ainda maior para James e Grace, depois que Henry perdera a própria vida por eles.

Quando estava tudo pronto, James entrou, ajeitando os cabelos.

– Pronto, tudo acomodado.

Irwin, Elizabeth e o restante da família os aguardavam para as despedidas. Grace então, surgiu no alto da escada, usando o vestido que usara no dia do casamento deles. Estava linda, como se recuperasse a alegria de viver. James a viu descer, encantado. Irwin, por sua vez, mordia os lábios para dissimular o ódio crescente que sentia daquela mulher.

Acompanhada de seus filhos, Grace juntou-se ao marido para se despedir da família Stuart. Quando terminaram, James disse:

– Agradeço, minha mãe, pela acolhida que nos deram

neste longo tempo. – Olhou para a esposa e disse: – Agora vamos para nosso lar, Grace Hill.

– Grace Hill? A colina de Grace?

– Sim, Grace Hill, nosso lar.

Grace não conseguia conter a emoção que sentia, e despediu-se de todos dizendo:

– Peço desculpas, mas não suporto despedidas. Obrigada por nos acolherem aqui, jamais esquecerei. – Fitou a sogra e depois brevemente Irwin, sem querer enfrentá-lo naquele momento em que era somente alegria. – Que Deus os proteja.

Saiu sem conseguir terminar as despedidas e foi direto para a carruagem. James se despediu de todos e se acomodou ao lado dela.

– Grace Hill? Que ideia, James.

– Nosso solar, nosso paraíso, será conhecido para sempre como Grace Hill...

Seguiram para a nova vida. Depois de acomodados, Grace mandou buscar a mãe, que passou a viver com eles. O casal seguiu por longo tempo envolvido em suas tarefas, na organização do lar. Foi preciso mobiliar a casa, decorá-la e contratar serviçais. Grace seguiu envolvida com aquelas atividades que lhe davam grande alegria. Até mesmo Emma voltou a sorrir outra vez, sentindo-se amada e querida pelos netos e pela filha, deixando o ressentimento de lado, cercada pela atenção da família.

Os meses se passaram e a vida seguia ativa em Grace Hill. James preparava-se para retomar as suas pesquisas em um aposento apropriado da casa, tendo amplo espaço para seus estudos e pesquisas. Quando a estrutura ficou toda pronta, Grace trouxe os livros envoltos em roupas infantis:

– Aqui estão, querido. – Ela tremia ao entregá-los ao marido.

Ele tomou os preciosos livros nos braços.

– Não tenho como agradecer, Grace, pelo seu respeito a estas pesquisas... – Não era possível tirar Henry da mente nem um segundo sequer. – Vou honrar a memória de seu pai, fazendo medicamentos que salvem as pessoas.

– Eu sei, meu querido! Tenho certeza disso. Nunca perguntei o nome de seu bisavô.

– Era Everton.

– Everton... Você não tinha me dito antes, onde foi que ouvi esse nome? É um pouco diferente, não?

– Era como chamavam meu bisavô. Ele adotou esse nome quando começou as estudar os livros de alquimia.

– Cuide bem deles, James. Devem ser conhecimentos realmente preciosos.

– Devo estudar e ir além, foi isso que meu bisavô me pediu. Estude, experimente, e dê sua contribuição. Serei capaz, Grace?

– Tenho certeza que sim. – Grace beijou o marido e saiu, deixando-o entregue aos seus medos e angústias.

Sabia que Grace depositava grande fé nele, mas não se sentia suficientemente capaz de fazer algo realmente importante. Não tinha a mesma fé de Grace nem total confiança naqueles estudos. James se sentia hesitante. A única certeza que tinha é que amava profundamente a esposa e queria fazê-la feliz. Seguiu com afinco suas pesquisas.

DÉJÀ VU

Grace engravidou mais uma vez e deu à luz uma linda menina, chamada Margareth. Alguns meses depois, uma gripe forte se alastrou pela comunidade morávia e em todo o condado de Antrim. James passava horas no laboratório, produzindo remédios, que foram ministrados a diversos pacientes. A notícia chegou aos ouvidos de Irwin, que teve a certeza de que o filho prosseguia com suas atividades.

– Malditos livros! – esbravejava ele certa noite, junto aos seus orientadores espirituais. – Maldito Everton! Vou acabar com isso, eu prometo!

– Melhor que faça isso depressa. Não queremos nenhum progresso científico fora de nosso controle. Somente o que nos interessa deve chegar até a população, quando e como quisermos. Temos de ter total controle. Entendeu? Os progressos de seu filho são pífios, mas estão fora de nosso controle. Ele está ajudando o povo, e isso deve ser feito com nossa aprovação, atendendo aos nossos interesses. Faça o que tem de ser feito, mas detenha-o!

Dois dias depois, dois filhos pequenos de James caíram doentes com a gripe. James trabalhava dia e noite nos experimentos, tentando aprimorá-los, e os dava aos filhos, que em vez de melhorar, pioravam mais.

Em três dias não podiam respirar. Grace ajudava o marido e cuidava dos filhos, sem descanso. Mas os esforços foram em vão. Os dois partiram vitimados pela gripe.

O enterro deles foi aos pés de uma das faias que continuavam imponentes, na lateral de Grace Hill.

James apoiava a esposa, que, novamente vestida de luto, desta vez, cobriu também a cabeça. Mas a dor era diferente. Grace sentia dor e um lamento ainda maior. James e seus experimentos foram incapazes de fazer algo pelos próprios filhos. Por quê?

Os meses se passaram. A dor era intensa, mas, aos poucos, com a atenção voltada aos outros filhos, as densas nuvens de amargura foram aos poucos se dissolvendo, ainda que o coração guardasse profundas cicatrizes.

Em uma manhã, James apareceu acompanhado de muitos homens. Grace saiu com Margareth nos braços, e perguntou:

— O que está acontecendo?

— Pegue as crianças e venha comigo. Tenho uma surpresa.

— O que é?

— Confie em mim. Pegue as crianças.

Grace saiu e logo voltou com os filhos. James a ajudou a subir na charrete e ordenou aos homens:

— Para a estrada, vamos plantá-las todas lá.

— O que vai plantar, James? O que é tudo isso?

Vamos. Atiçou o cavalo para que fosse mais depressa.

Em determinado ponto da estrada que levava à vila, ele parou e desceu.

— Podem começar a plantar aqui, nas laterais.

Grace desceu da charrete tentando compreender o que estava acontecendo e viu uma a enorme quantidade de mudas de faias, umas duzentas delas.

— O que é isso?

— Essa é a nossa árvore. Não é, querida?

— Sim – respondeu ela sorrindo.

— Então vamos dar uma mensagem ao mundo. Vamos gritar para todos que nos amamos e que esse amor vencerá todos os obstáculos. – James tinha os olhos marejados. – Vamos dizer que a dor não vai nos vencer, mas que vamos seguir com nossas vidas, e o amor sairá vencedor.

— E como vai gritar isso?

— Serão mais de duzentas árvores ao longo da estrada. Elas vão crescer e nos lembrarão, sempre que a dor chegar, que o amor é mais forte.

Grace fitou o marido, que já contava quase cinquenta e sete anos, enquanto as lágrimas desciam pela sua face. Ela compreendeu tudo. E os homens começaram a plantar as mudas, enquanto os filhos mais novos brincavam, divertindo-se com aquela atividade atípica e intensa, que durou vários dias. A família inteira acompanhava as atividades. Grace e James, especialmente, renovavam seus votos de amor e dedicação mútua, enquanto viam ser plantadas aquelas que se tornariam as mais famosas faias da Irlanda no Norte.

CAPÍTULO 22

Era o inverno de 1802, vinte anos após a Revolução Francesa, no início de um novo século, o XIX, início de um novo período histórico, a Idade Contemporânea. As quimeras da vida prosseguiam fustigando o coração do casal, que enfrentava os desafios cotidianos, sempre envolvidos pelo amor que os unia.

Por diversas vezes, James falou à esposa de seu desejo em desenterrar o anel, afinal, era um pequeno tesouro, mas ela resistia, alegando que, fincado na terra, como que enraizado, era como se o amor deles ali estivesse, protegido de qualquer ameaça e, portanto, melhor que ali continuasse. Sob protestos, James fazia a vontade da esposa.

Naquele ano, a propósito de atender a demandas dos negócios da família, James viajou para a Inglaterra e retornou fascinado pelas experiências científicas que ali presenciou. Conversava com a esposa sobre o assunto.

— Estou dizendo, Grace, estas descobertas científicas vão mudar a maneira como as pessoas compreendem o mundo, vão trazer clareza sobre a verdade do universo.

— Como assim, James?

DÉJÀ VU

– Não sei explicar. É um sentimento, uma intuição. Esse experimento que presenciei, parece que tem algo além dele, algo que não está sendo visto pelos físicos, que abre um portal para a compreensão humana de fenômenos ainda pouco compreendidos.

– E a que conclusões chegaram?

– Não é a conclusão em si que me encanta. Como disse, creio que há algo a mais que os cientistas não estão enxergando. Por isso, vou dedicar-me, a partir de agora, a esses experimentos. Acompanhei em detalhes o que e como são feitos e as conclusões a que chegaram. Posso reproduzi-los em meu laboratório e, quem sabe, dar mais alguns passos adiante na compreensão desses fenômenos.

Grace abraçou o marido com carinho e o beijou na face.

– Sua intuição é preciosa, querido. Deve segui-la sem titubear.

Diante da lareira na qual as brasas crepitavam, o casal atualizava os últimos acontecimentos da vila e da vida em família.

Na mansão de Irwin Stuart, entretanto, conforme a noite ia mais alta, o reverendo encontrava-se com as entidades espirituais a quem ele servia.

– Precisa detê-lo. Ele tem de parar com os trabalhos científicos.

– Então ele continua?

– Não conseguimos entrar em sua casa, para constatar, mas tivemos notícias de que participou de um experimento que queremos usar a nosso favor. Alguns experimentos estão sendo levados a efeito por cientistas e futuramente poderão ter desdobramentos indesejados, levando a conclusões que despertem na humanidade a consciência da realidade.

Irwin não sabia do que a entidade falava, não tinha conhecimentos para isso. E o chefe prosseguiu:

– São pesquisas que podem levar a conclusões que não queremos que os espíritos do bem tenham acesso. Mas queremos que progridam, na direção que nos interessa. Vamos utilizar o resultado de tudo isso para criar armas e outros instrumentos de poder e controle, que nos darão mais poder. Por mais que façamos e controlemos, o progresso não para, não pode ser interrompido, apenas desviado a nosso favor. E é isso que faremos. Você precisa saber mais, descobrir se ele prossegue pesquisando e qual o interesse que ele tem nessas questões. Deve pará-lo.

– Vou averiguar.

– Com urgência. Deve tomar providências com urgência.

Depois daquela conversa, não foi difícil Irwin tirar de James a verdade sobre seu interesse naqueles estudos. Ele de boa vontade contou aos familiares, em almoço dominical, sobre sua viagem e as experiências que acompanhara, colhendo de imediato, a reprovação do pai.

– Eu o envio para cuidar de nossos interesses, de nossos negócios, e você gasta seu tempo e meu dinheiro com essas bobagens?

– Meu pai, a tarefa que me deu, de negociar em nome de nossa família, foi extremamente bem realizada. Trouxe mais do que o senhor havia me pedido. Superei suas expectativas, o senhor mesmo me disse assim que cheguei e soube do acordo que fechei em seu nome. Acompanhei os pesquisadores em meu tempo livre. Nunca escondi meu interesse pela ciência.

– Interesse que reprovo absolutamente!

– Mas por quê, meu pai?

– A ciência se opõe a Deus! Tudo o que faz, é para provar que Deus não existe, que a fé é uma mentira. Devemos nos afastar completamente de todo o interesse científico e dedicar nosso coração a Deus, somente a ele. É isso que o demônio quer: desviar nossa atenção!

James fixou no pai um olhar inquiridor. Queria entender os reais motivos daquela reprovação tão grande. Grace, por sua vez, sentia que o sogro mentia e o desafiou frontalmente pela primeira vez na vida:

— Pois eu discordo do reverendo. Deus criou todas as coisas, criou nossa inteligência. E devemos usá-la da melhor forma possível. James tem um talento nato para as pesquisas científicas, tem uma intuição, certamente dada por Deus, que o guia no caminho das descobertas. Por que ele deveria silenciar essa curiosidade, que provavelmente é o que faz o progresso nas ciências acontecer?

Irwin deu um murro na mesa com toda a força.

— Pois eu digo que isso é uma blasfêmia. Você o apoia, quando deveria fazer o contrário. Ele deve parar com qualquer atividade nesse sentido. Eu o proíbo, compreende, James?

— Ele é um homem feito, reverendo, tem sua família e seu lugar na comunidade. Não pode dizer a um homem de quase sessenta anos o que deve e o que não deve fazer.

Irwin se levantou e caminhou na direção de Grace. Fitou-a nos olhos, e a assustou com o olhar ameaçador.

— Ele continua com suas pesquisas?

— James é um cientista por natureza. Não pode impedi-lo de ser quem ele é. Ele faz o que deve fazer, o que seu coração mandar. E eu vou apoiá-lo sempre.

Irwin saiu da sala sem responder, enfurecido. Então o filho continuava com aquelas atividades. Tinha de pará-lo antes que algum outro o fizesse e do pior modo.

Grace, inconformada, foi atrás do reverendo.

— Não pode impedi-lo de ser quem ele é.

— Você é uma mulher tola, Grace Lynd. Não sabe de nada. Deveria me escutar.

— E por que deveria?

— Sou um ministro de Deus.

— Que pratica sabe-se lá o que na calada da noite...

Irwin a fitou incrédulo. Então ela sabia... Os dois estavam na biblioteca, sozinhos. O reverendo a segurou forte pelos ombros e começou a chacoalhá-la.

— Do que está falando? O que acha que sabe? Do que está me acusando?

Emma entrou na biblioteca e correu para acudir a filha, arrancá-la das mãos do reverendo. Ele a soltou assim que a mãe entrou.

— Mas o que é isso?! Não toque em minha filha!

— Duas loucas, é isso que vocês são. Meu filho jamais deveria ter se casado com você, Grace. Jamais deveria tê-lo incentivado a fazer isso.

Saiu deixando as duas assustadas.

— Cuidado, Grace! Não deve enfrentá-lo como fez há pouco. Esse homem é mais perigoso do que todos pensavam. Tenha cuidado, minha filha. Nunca mais faça isso...

Grace olhou a mãe e a porta aberta pela qual o sogro acabara de passar e respirou fundo. James entrou em seguida. Havia cruzado com o pai.

— O que houve?

— Seu pai não gosta de saber o que pensamos.

— Ele está velho, Grace. Leve isso em consideração. Está cansado.

Grace baixou a cabeça e deu leve sorriso, ao pedir.

DÉJÀ VU

— Podemos ir, querido? Acho que o encontro da família acabou...

— Vou chamar as crianças.

Grace voltou para casa pensativa. Aquele olhar ameaçador de Irwin a perturbou bastante. O que deveria fazer? Nem falou para o marido dos detalhes. Ele deveria prosseguir com suas pesquisas, não importando as ameaças do pai.

Ao entrarem em casa, depois que os filhos se dispersaram pelos corredores de Grace Hill, James segurou o braço da esposa e pediu:

— Não o enfrente novamente, Grace, por favor. Ele é meu pai. Sei que tenta me proteger, ficar do meu lado, mas não precisa. É preciso agir com calma com ele. Eu sei como fazer isso, eu lhe garanto. Prometa que não vai enfrentá-lo outra vez.

Ela não disse nada, apenas balançou a cabeça em sinal afirmativo.

— James, por que acha que seu pai abomina tanto suas experiências? Já se perguntou isso? Por que será que ele resolveu tornar-se um ministro, sendo de uma família de militares? Não acha que há algo estranho em tudo isso?

— O que está querendo dizer, Grace?

— Não sei ao certo, mas já vi seu pai se esgueirando por entre as sombras na calada da noite, portando tochas, de modo muito suspeito.

— O que está dizendo, Grace?

— Eu vi isso várias vezes, quando morávamos com eles. Por isso, queria sair de lá o mais depressa possível. Tive muito medo.

— Medo do quê, Grace? O que foi que você viu?

Ela fitou o marido, procurando na memória, mas tinha apenas percepções que não eram claras. Ela simplesmente sabia o que o sogro fazia, mas não podia apontar ao marido nada além de suspeitas.

— Deixe para lá, James. Mas que há algo suspeito, isso eu sei que há.

CAPÍTULO 23

Naquela noite, trancado em seu sótão, Irwin se concentrava em seus planos hediondos, quando o ser espiritual se manifestou:

— Em nosso próximo ritual, quero que me traga um sacrifício de verdade, um sacrifício humano.

— Já fiz isso uma vez, e me disse que não seria mais necessário.

— Tenho fome de sofrimento, tenho desejo de dor humana... Quero que me traga um sacrifício humano, está entendendo? Uma criança da comunidade vizinha ou desta, não me importo. Qualquer uma.

— Não posso fazer isso sem levantar suspeitas... Está ficando cada vez mais difícil. Com os morávios, a união deles, tudo fica mais delicado. Qualquer um que desapareça será procurado até que encontrem a verdade.

— Pois compre uma criança das Américas, da África, de qualquer lugar. Mande vir depressa. Esses morávios precisam ser desvirtuados com urgência. A fé deles é pura e verdadeira. Quero uma criança pura, está entendendo? Quero dor e sofrimento! Como andam nossos projetos junto às meninas da vila, as nossas jovens professoras?

DÉJÀ VU

– Fazendo progressos em nossa semeadura. Essa próxima geração será nossa. Dominaremos por completo a mente das crianças nas escolas morávias. Colocaremos em suas mentes aquilo que desejarmos. E então, faremos o que quisermos.

– Pois que seja bem feito, Irwin, bem executado. Não podemos permitir o progresso dos seguidores Dele. Ele não pode ganhar espaço aqui na Terra. Esse planeta nos pertence, está me entendendo? E não abriremos mão da Terra! Se o Enviado acha que poderá nos vencer, está muito enganado... E todos aqueles que O seguirem enfrentarão funestas consequências...

Estava ainda finalizando suas orações, quando lhe pareceu escutar rangidos nas madeiras do corredor, fora da sala. Mais do que depressa, de um salto, abriu a porta e verificou uma luz tênue desaparecer no vão da escada. Desceu correndo e a chama desapareceu. Quando ele desceu o terceiro lance de escadas, confirmou suas suspeitas. Grace entrou depressa em um dos quartos, mas ele pôde ver a vela em suas mãos, mesmo apagada, antes que a porta se fechasse. Era ela e continuava a espreitá-lo, a vigiá-lo. Precisava tomar uma providência. Precisava acabar com aquele problema indesejado, que ele próprio havia cultivado. Ficou ali pensando, e então concluiu que a melhor maneira de parar o filho, seria tirando sua motivação de vida, o brilho, o amor.

Grace entrou no quarto que fora seu e de James, que agora servia como quarto de hóspedes, com o coração aos pulos. O que era aquilo que ela escutara? Registrou somente o final da conversa, mas ficou apavorada. Com quem o reverendo falava? Que conversa era aquela de manipular as crianças na escola? Ela mal podia controlar-se. Ficou ali dentro, até que escutou os

204

filhos a chamarem. Precisaria voltar. Tentou respirar, orar, pedir ajuda, tudo o que sabia para retomar o autocontrole e sair sem que percebessem seu estado.

— Filho, estava me procurando?

— Papai chegou para nos buscar.

— Graças a Deus! Vamos. Chame seus irmãos e vamos logo.

O jovem saiu para cumprir o pedido de Grace. Ela ajeitou o cabelo, o vestido, deu leves tapas no rosto, pois imaginou-se sem cor e desceu ao encontro do marido. Ao vê-la, James, que conversava com o pai, surpreendeu-se:

— Querida, você está bem?

— Sim, por quê?

— Parece que viu um fantasma! Está branca como um defunto...

Grace fitou o sogro, deparando-se com seu olhar duro e raivoso.

— Quase caí da escada agorinha, quando descia. Deve ser isso.

— Tem certeza?

— Sim, meu marido. Estou bem — respondeu ela, sem olhar para o sogro.

Despediram-se e partiram. Grace queria contar tudo para James, mas como não tinha certeza absoluta de tudo o que ouvira, ou antes, não compreendia exatamente o sentido daquilo que escutara, confidenciou somente com a mãe, e não disse nada ao marido.

Algumas semanas se passaram.

Certa noite, quando a família estava reunida em Grace Hill, em um jantar que celebrava o aniversário de um dos filhos do casal, Irwin e James conversavam no jardim. Depois de introduzir cuidadosamente o assunto, Irwin advertiu o filho.

DÉJÀ VU

— Precisa ter pulso mais firme com sua esposa.

— O que foi que ela fez agora, meu pai. O que o está perturbando?

— A mim, nada, mas fará a você, se não tiver cuidado.

— E o que seria?

Irwin entregou uma folha de papel dobrada ao filho.

— Preocupado que estou com você, interceptei esse recado que saiu das mãos dela, daquela noite que vocês estavam em minha casa e ela se comportou estranhamente, lembra-se?

— Sim, eu me lembro. Ela parecia estar com medo...

— Porque sabia que eu tinha arrancado das mãos do mensageiro esta carta.

James a leu e ficou lívido. Era uma carta de Grace, com a letra dela, para um amante, desmarcando o encontro programado, pelo fato de ele, o marido, ter cancelado viagem programada.

Ao finalizar, ele balançou a cabeça negando o que lia.

— Não pode ser. Ela não faria isso. Nós nos amamos, ela me ama, tenho certeza disso.

— Sabe que sempre a quis como nora. Fui eu quem incentivou seu casamento, sabe disso, não é, meu filho?

— Sim meu pai, eu sei.

— Pois então. Eu me enganei com ela, James. Ela não merece você. Vai destruir tudo, meu filho. Sei que ela se encontra em segredo com inimigo de nosso rei. Além de conspirar contra você e conspurcar seu lar, ela conspira contra o nosso rei.

— Não, isso não é possível.

— Vai precisar ver com seus próprios olhos, meu filho?

James não respondeu. Jogou o papel dobrado aos pés do pai e saiu para o estábulo, selou um cavalo e desapareceu na noite, dominado por um sentimento de ciúmes que o deixou cego e a ponto de enlouquecer. Uma emoção que ele não conseguia controlar.

Irwin entrou calmo, e informou que James queria esfriar a cabeça, que os negócios o estavam perturbando.

– São tempos difíceis e James tem suas responsabilidades, mas ficará tudo bem.

Grace fitava o sogro à procura de respostas, e ele não transparecia nenhuma pista que a ajudasse a compreender o que realmente se passava. Não acreditava mais em Irwin, em nada do que ele dizia. Sentia medo constantemente, desde aquela noite.

Quando James retornou, bem mais tarde, Grace tentou conversar, mas ele não quis. A desconfiança estava inoculada em sua mente, e o monstro do ciúme e do orgulho ferido, cresceu rápido, devorando seu afeto e sua paz.

Nos dias que se seguiram, ele se afastou cada vez mais dela, e foi se tornando agressivo e irritadiço. Não conseguia fazer mais nada, tinha o pensamento fixo em Grace e passou a segui-la em segredo. Quando não podia estar em pessoa, enviava um representante, contratado com essa finalidade.

Em uma noite, Grace voltava para casa sozinha com um serviçal da casa conduzindo a charrete, quando um homem a cavalo se aproximou deles e, aproximando-se da cabine onde estava Grace, falou baixo, para que o cocheiro não escutasse.

– Senhora, precisa vir comigo.

– Quem é você? O que houve?

– Sua mãe está passando muito mal. Ela está sendo socorrida em uma cabana, aqui perto.

– Mas a deixei em casa quando saí, no começo da tarde...

– É que ela veio visitar uma amiga.

– Grace estranhava muito tudo aquilo.

– E o que ela tem?

– Está ofegante, não consegue respirar. E chama pela senhora...

A imagem da mãe em sofrimento dominou a mente de Grace.

– Cocheiro, a senhora vai me acompanhar. Pode voltar para a vila e venha buscá-la em uma hora.

Grace não compreendia. O serviçal a olhou em busca da aprovação da sua patroa, mas ela não respondeu. O recém-chegado insistiu:

– Senhora, a charrete vai nos atrasar. Se quer ver sua mãe viva, suba em meu cavalo agora.

Grace, mesmo sentindo o perigo em que era enredada, não conseguia desvencilhar-se da energia que a envolvia. Sentia como se tivesse caído em uma teia gigante. Uma teia de energias que queriam destruí-la.

– Rápido! Precisamos ajudar Emma!

Grace montou no cavalo e saiu. O serviçal não conseguia compreender o que se passava e retornou à vila, como orientara o cavaleiro que levara sua patroa.

Ao chegarem à cabana, Grace questionou o homem:

– Quem mora aqui? Nunca vi essa cabana antes...

Ela debatia-se na sensação de que estava sendo enganada, mas não conseguia se libertar. O homem a ajudou a descer com delicadeza e assim que ela estava no chão, ele acariciou os cabelos dela, dizendo em voz baixa e macia:

– Fique tranquila, Grace. Emma me pediu que a trouxesse. Sou amante de sua mãe.

– Como?

– Ela não quis lhe contar com medo de que a julgasse.

– E o que ela tem?

Novamente o homem acariciou os cabelos de Grace e falou-lhe bem perto do rosto.

– Vamos entrar que lhe explico tudo.

Ao longe, escondido, estava o homem que James enviara para vigiar a esposa. Não havia dúvida, pensou ele. James estava certo. A mulher o traía. Quando os dois entraram, ele se aproximou e tentou espiar pela janela aberta, que assim fora deixada propositadamente.

Grace estava sentada em uma cadeira. Apesar da noite estar quente e estrelada, a lareira estava acesa, deixando o ambiente extremamente quente. Grace começou a transpirar e o homem ajudou-a a tirar a blusa mais pesada. Enquanto ajudava, sabendo que estavam sendo vigiados, simulava que a beijava, o que, pela posição que estava, não permitia que o outro, do lado de fora, enxergasse exatamente o que estava acontecendo. Depois, derrubou café quente sobre o colo de Grace, que – ao se levantar, esbarrou no homem, como se o abraçasse.

– Onde está minha mãe?

– Ela deve ter saído em busca de ajuda. Mas preciso contar a você tudo sobre nós dois. Precisa me escutar.

Todo um circo de mentiras estava formado. O vigilante voltou e contou imediatamente a James o que se passava. O marido, louco de ciúmes e enfurecido, saiu de pronto direto para a cabana. Grace se recompunha do café quente, quando o marido entrou ensandecido.

– Não sou suficiente para você, não é Grace? Sua traidora! Mentirosa! Hipócrita!

Assustada e sem compreender ao certo o que se passava, ela começou a chorar:

— Do que está falando, James? Vim aqui a pedido deste homem que nem sei o nome, para ver minha mãe.

— E onde ela está? Conte outra mentira, Grace. Vim de Grace Hill e sua mãe está em casa.

Grace virou-se para o homem e pediu:

— Fale, por favor, diga a James que você me trouxe aqui, conte a verdade!

O homem baixou a cabeça e depois a ergueu novamente, dizendo:

— Acho melhor pouparmos o senhor James dos detalhes sórdidos, querida.

Grace sentiu como se o chão se abrisse abaixo de seus pés. Quem era aquele homem? Por que a levara ali? De imediato a figura de Irwin apareceu em sua mente.

— Foi seu pai! Ele fez isso!

— Agora vai culpar meu pai por estar me traindo?

— Não, James, não estou traindo você! Jamais faria isso. Você sabe o quanto eu o amo!

— Não seja cínica, Grace. Vai negar, mesmo sendo pega em flagrante?

— James, não é nada disso! Por favor, acredite em mim...

— Eu acredito no que vejo.

Grace chorava baixinho.

— Não, você não está vendo nada, James, por favor, tem de acreditar em mim, meu amor...

James saiu batendo a porta atrás de si e gritou, angustiado, sem conseguir refletir.

— Maldito o dia em que eu a conheci!

Grace saiu a agarrou-se às pernas do marido, que montava o cavalo.

– Por favor, James, me escute, você precisa me escutar. Eu não fiz nada, eu nunca o traí. Eu amo você, James, amo nossa família. Você sabe disso, por favor, seja razoável.

– Ser razoável? Eu serei. Vou deixar que você se despeça de seus filhos antes de partir.

Ele respondeu e saiu em galope ligeiro.

– Não! O que vai fazer, James! Não me deixe aqui...

O homem que assistia a tudo sem uma gota de compaixão, aproximou-se dela e tentou beijá-la.

– Bem, se quiser, posso consolá-la Grace. Está tudo perdido mesmo... – E soltou uma estrondosa gargalhada.

Ela saiu correndo pela estrada, atrás do marido, e tomou certa dianteira. O homem montou em seu cavalo e a seguia gritando:

– Não adianta correr, não tem para onde ir. Você perdeu tudo, está destruída, acabada... Vamos, entregue-se a mim... Eu quero possuí-la...

Grace corria apavorada. Diante dela o marido desaparecia noite adentro levando seu coração com ele. A dor que ela sentia era insuportável. Alcançou o longo corredor de faias que levava à sua casa. Observou as pequenas mudas que cresciam e sentiu como se uma adaga penetrasse sua alma.

O homem vinha logo em seguida. Grace estava completamente apavorada. Corria e olhava para trás a cada minuto... O homem se aproximava. Por mais que ela corresse, o outro vinha a cavalo. Ele a alcançou, afinal, e a levou para dentro da mata, próximo de uma árvore. Era uma noite sem estrelas e sem a doçura do luar. Depois de possuí-la à força, ele tirou a sua vida, por asfixia. A última coisa que Grace pôde ver foram as faias, ao longe, o corredor de faias que davam em seu paraíso. Aquele que agora estava perdido para sempre...

O homem a deixou e foi ter com seu mandante.

– Serviço duplo, feito.

Irwin colocou nas mãos do homem uma vultosa quantia em dinheiro e ordenou:

– Desapareça agora mesmo. Não deixe que ninguém o veja. Já dei um jeito no cocheiro. Ele não será problema.

– Sempre que precisar de criancinhas, estou à sua disposição, senhor. Para qualquer serviço.

– Desapareça da minha frente.

Enquanto o homem desaparecia, o reverendo sorvia um copo de uísque. E balbuciou:

– Está feito. Agora sei que James seguirá minhas ordens. Ela não me ameaçará mais... Maldita bisbilhoteira!!! Cavou sua própria sepultura. Que fique nela agora!

Na escuridão da noite, ao se desprender de forma violenta do corpo denso, Grace não conseguia se afastar dos próprios restos mortais. Embora estivesse rodeada de amigos espirituais, sua mente se afundou em densas trevas de dor, ódio, mágoa, ressentimento e desejo de vingança. Ela odiou Irwin, pois sabia que aquilo era obra dele. Não sabia a quem odiava mais, se ao sogro por montar aquele circo, ou ao marido, por acreditar em tudo.

Presa pelo desejo, alimentado incessantemente, que o marido voltasse e a salvasse do perigo, daquele homem horrendo que a ferira, desejando ardentemente que ele voltasse, ficou presa àquela situação, próximo ao lugar onde perdera a vida. Ficou à espera do momento em que James aparecesse. E os dias se fizeram meses, os meses anos, e os anos séculos, sem que ela se desse conta do passar do tempo.

Às vezes ela saía, caminhando por entre as faias, especialmente quando pressentia que o marido pudesse estar de volta. E quando constatava que não era ele, voltava ao lugar de sua morte e ali ficava, em profunda agonia e angústia.

CAPÍTULO 24

As sessões de regressão duraram dois dias. A última lembrança viva na mente de Karen era a do cavaleiro saindo em desabalado galope, gritando de dor e angústia. Foi se debatendo entre lágrimas que ela escutou ao longe, muito distante, uma voz pedindo:

— Volte devagar, bem devagar. Veja-se no plano espiritual...

E as imagens fluíam na mente da Karen, que se sentia como que flutuando.

— Quantos anos você tinha quando morreu?

— Mais de oitenta.

— Agora você está voltando à Terra. Vai renascer. Onde se vê?

— Estou no útero de minha mãe. Aqui é um bom lugar... Estou feliz...

— Caminhe mais um pouco... Você tem três anos...

E assim, voltando paulatinamente, devagar, pelos mesmos fatos cronológicos que ela havia narrado enquanto recuava à sua vida pregressa, o médico e magnetizador, aplicando passes transversais, foi trazendo de volta a cientista ao momento presente. A operação foi amparada e apoiada por Everton e sua equipe, que trabalhavam em conjunto com o psiquiatra. Karen precisava despertar e aquelas lembranças a ajudariam.

Os dois dias de sessão foram inteiramente gravados pelo psiquiatra e aquela última havia sido a mais esclarecedora. Quando finalizaram, o médico indagou:

— Como está se sentindo, Karen?

— Atordoada. Sonhei muito, com coisas malucas... Pareciam reais...

— Acha que foi tudo sonho?

— E o que mais poderia ser?

— Sonhou com Grace Hill?

— Sim... — As lembranças estavam vivas na memória de Karen, mas conscientemente ela negava, não queria acreditar em nada daquilo.

— Muito bem. Espero que a tenha ajudado. Fiz por você tudo o que podia e o que conheço. — Entregou a ela duas fitas. — Aqui está toda a gravação desses nossos dois dias de trabalho. São lembranças, Karen, não são sonhos.

— Como pode ter certeza?

— Experiência... A vida continua para além da morte física. A consciência prossegue, como individualidade, plenamente consciente de si. E traz de volta as lembranças quando retorna ao corpo, à matéria.

— Não pode ser... é tudo muito confuso.

— Natural. São lembranças que ficaram quase apagadas, esquecidas no porão de sua mente, de sua memória. Mas são reais, Karen.

— E se forem fantasias tão somente? Produção de uma mente excitada por esse magnetismo de que você fala?

— Ouça as fitas com calma e vai perceber quão coerente e lógica é a sua narrativa. Você não estava inventando, Karen, você estava se lembrando.

– Se fossem lembranças, teria somente um lado da história. Como tenho a história toda?

– Essa resposta eu não tenho, não com certeza. Mas o que posso deduzir, é que alguém, na próxima dimensão, quer que você saiba de tudo, Karen e atuaram nesse sentido.

O médico se despediu e saiu deixando a porta do escritório, onde haviam acontecido as sessões, entreaberta. Irene aguardava ansiosa.

– E então? Foi melhor hoje?

– Sua filha é difícil de se convencer das questões espirituais e psíquicas.

– É verdade. Ela é... muito cética...

– É uma materialista plenamente convicta. Espero que a experiência que ela teve nesses dois dias, consiga tocá-la de alguma forma, minha querida. Se precisar de mim, sabe onde me encontrar.

Ao despedir-se, Irene agradeceu com ênfase.

– Imensamente grata pelo seu socorro. Não importa o que aconteça daqui por diante. Karen teve uma grande oportunidade. Espero que consiga aproveitá-la.

– Ela tem questões sérias inacabadas e uma grande necessidade de resolvê-las.

Irene ainda fechava a porta quando o seu celular tocou. Era o laboratório, com o resultado dos exames de compatibilidade. Depois da breve conversa, ela desligou sem entusiasmo. Karen apareceu à porta.

– Era do laboratório?

– Sim, filha. Mas deve descansar um pouco. A experiência que teve pode ser um tanto dolorosa...

– Não tive experiência alguma. Foi apenas um sonho confuso.

— Tem certeza, filha?

— Prefiro a dúvida a acreditar em mentiras.

— Está certo, mas prometa que vai manter a dúvida como uma porta aberta para novas possibilidades.

Karen balançou a cabeça em sinal afirmativo e emendou:

— Era do laboratório?

— Sim, minha filha. Infelizmente não...

— Meu Deus, eu não acredito! E agora, o que vou fazer? Ela precisa da doação, mãe.

Irene não respondeu. Abraçou forte a filha, buscando acalmá-la com suas melhores vibrações.

Karen se recolheu muito abalada naquela noite. Ouviu as fitas até pegar no sono, tarde da noite. Ao despertar pela manhã, sentia um forte ímpeto de ir à Grace Hill. Durante o café da manhã, conversava com a mãe.

— Conseguiu dormir um pouco, filha, notei que você ficou até tarde escutando as fitas.

— Eu queria compreender melhor, mãe.

— E o que acha? — indagou a irmã.

— Não consigo silenciar a dúvida, mas também não consigo acreditar. É mais forte do que eu.

O silêncio pairou no ar por alguns instantes. Depois Karen disse:

— Quero ir à Grace Hill. Tenho que ir até lá. A casa é aberta à visitação?

Letícia consultou o relógio e disse:

— A esta hora já está aberta; vamos, eu a levo.

— Vou terminar de arrumar minhas coisas. George pode me pegar lá e me levar ao aeroporto.

Saíram sem demora.

Ao entrar em Grace Hill, Karen se sentia em casa. Conhecia cada detalhe, mesmo com as mudanças que ocorreram com o passar do tempo. Ela caminhava pelos corredores da antiga construção, mas nada, em particular, lhe chamava a atenção. Sentou-se num banco, no jardim, desanimada ao extremo. A irmã se aproximou e disse:

— George chegou. É hora de ir.

Karen se ergueu de um pulo, como se uma ideia nova lhe dominasse a mente.

— O que foi?

— Peça que ele espere um pouco. Preciso fazer uma coisa antes de ir — respondeu e afastou-se rumo a outra área no jardim.

— Aonde vai?

— Acabar com minhas dúvidas.

E sumiu da vista de Letícia.

Karen se aproximou de uma árvore antiga, não muito longe da casa. Tinha a lembrança de duas árvores, e ali só havia uma.

— Sabia que era tudo fantasia... — ela se afastava irritada, quando o pé enganchou em uma raiz.

Karen se ajoelhou e começou a cavar. Tirou da bolsa um canivete suíço que sempre trazia consigo e começou a tirar a terra e a grama do entorno da protuberância, deixando à mostra uma grande e profunda raiz morta. O coração de Karen disparou. Conhecia aquela raiz. Só havia uma forma de descobrir. Ela murmurou, cavando mais fundo.

— Sinto-me uma idiota por acreditar, mas tenho de ter certeza. — E começou a cavoucar o tronco da árvore. Não demorou e bateu em um metal. As mãos começaram a tremer. Ela continuou até retirar uma pequena caixa de metal de dentro do tronco. Corroída pelo tempo – duzentos anos – mas ainda estava ali.

A mesma caixa que ela vira em suas lembranças. Era a caixa de metal de James, que ele usava em suas pesquisas. Abriu a caixa trêmula, encontrando dentro o anel de noivado que enterrara antes do casamento com Grace Lynd.

Ao ver o anel, prova absoluta e concreta de que tudo o que vivera nos últimos dois dias, eram de fato recordações do seu passado, Karen sentiu forte vertigem e quase desmaiou. Não fosse a irmã chegar e acudi-la teria perdido os sentidos.

— O que foi Karen? Que anel é esse?

Karen fitou a irmã com os olhos marejados. As lágrimas brotavam uma após outra.

— Este é o anel da bisavó de James Stuart.

Letícia fitava a irmã tentando compreender.

— Este foi o anel que ele deu a Grace Lynd, quando a pediu em casamento.

Letícia colocou a mão sobre os lábios, surpresa e impressionada.

— Meu Deus, Karen!...

— É tudo verdade, Letícia. Eu vivi um *déjà vu*!

CAPÍTULO 25

Do outro lado do oceano, Lucas seguia angustiado. Naquela noite chegou em casa mais tarde do que o normal, entrou arrastando os pés e jogou a mala no canto da sala, displicente. Sentou-se no sofá, como se carregasse o mundo nas costas e logo pegou o controle da televisão, com a chave do carro ainda nas mãos. Luiza, que conhecia bem o marido, parou de lavar a louça, e, ainda enxugando as mãos, cumprimentou-o, beijou-lhe a boca suavemente e se sentou ao seu lado.

– Tudo bem, Lucas?

– Tudo...

Ela puxou sua face de leve e o fez olhar em seus olhos.

– Tudo bem mesmo?

– Deixe-me descansar Luiza. Tive um dia difícil, só isso.

– Querido, desculpe-me de insistir, mas acho que é bem mais do que isso. E precisa encarar ao invés de tentar jogar seja lá o que for que o está afligindo, para debaixo do tapete...

Ele a fitou, sério.

– Mas não estou fazendo isso.

Ela se levantou, olhou para o programa a que o marido estava assistindo na televisão, e falou:

— Quando você começa a jogar seu tempo fora, com o desânimo que vejo crescer em você, sei que algo está muito errado, Lucas. Não adianta negar.

— Não pode me cobrar nada! — respondeu ele, levantando a voz.

— Mas não estou cobrando nada...

— Você está sempre me cobrando! Que inferno! — ele respondeu áspero, levantou-se com raiva e saiu da sala.

Luiza sentiu o sangue subir-lhe à face de imediato. Como era possível que seu marido, com todos os conhecimentos que tinha como professor de Filosofia que era, como palestrante e trabalhador espírita, como era possível que ele não percebesse o que se passava consigo mesmo? Desde que Karen lhe dera a notícia sobre a doença de Nina, ele vinha fugindo de alguma coisa, distraindo-se mais e mais, perdendo o foco do que era importante. Estava se prejudicando até mesmo no ambiente profissional, aumentando em muito o número de faltas ao trabalho e nas atividades que exercia como voluntário. E agora, estava ficando doente com mais frequência. Como é que ele não enxergava que algo não ia bem?

— Você fala sobre coisas que não está vivendo! É por isso que está desse jeito! — Ela foi atrás dele falando mais alto.

— Pare de gritar comigo!

— Mas não estou gritando. Estou apenas falando.

— Não, você está gritando.

— E o que foi que eu gritei, Lucas?

Ele parou e fitou a esposa. Ele sabia bem o que ela dissera. Odiava quando ela o coloca em xeque-mate.

— Deixe pra lá, essa conversa não vai nos levar a lugar algum. Preciso me arrumar para ir ao centro.

– É, e fazer o que lá, Lucas?

– Tenho minhas tarefas, minhas responsabilidades. Já faltei muito este mês.

– E você está indo lá fazer o quê, Lucas?

– Como assim?

– Qual é o seu trabalho?

– Você sabe muito bem.

– Mas me diga?

– O que você quer, afinal?

– Eu quero ajudar, Lucas. Só isso.

Empurrando com o braço a esposa, que estava diante dele, impedindo a passagem do quarto do casal para o banheiro da suíte, ele respondeu:

– Se quer ajudar, me deixe ficar quieto. Preciso do silêncio.

Luiza não respondeu, saindo irritada. Lucas terminou de se preparar, engoliu qualquer coisa e saiu. Enquanto dirigia para o centro espírita, as palavras da esposa martelavam em sua cabeça. Eram tantas imagens que afluíam à sua mente que se sentia atordoado. Não sabia ao que dar atenção e os pensamentos saltitavam como saguis inquietos.

Ao chegar no centro, ele se sentia exausto e entrou se arrastando como fizera havia pouco em casa. Dedicou-se ao preparo normal – ele trabalhava na câmara de passes – mas não conseguia se concentrar, por mais que se esforçasse.

Depois, participou do preparo para as tarefas da noite. Quando ia saindo, um dos médiuns da casa conversou rapidamente com o presidente da instituição e depois, tocando em seu braço, pediu:

– Nosso irmão José precisa conversar com você, Lucas.

– Hoje?

— Sim, ele pediu para conversar ainda hoje.

— Mas em que horário? Nossa tarefa hoje não envolve comunicações espirituais...

— Eu sei, mas, ao final de nossas tarefas de hoje, vamos fazer uma breve reunião mediúnica.

— E por que tudo isso?

— Pergunte ao irmão José quando ele chegar... Eu não sei.

Lucas seguiu para suas tarefas empertigado. O que seria aquilo? Por que irmão José queria falar com ele? Ou era a dona Cida, presidente da casa, que queria passar suas ordens, através do médium? Aquilo seria uma "missa encomendada"? Ou o quê? Ou seria o próprio médium, o colega Rafael, que queria dar ordens a ele?

Foi com a mente acelerada e cheia de pensamentos negativos e perturbadores que Lucas se sentou à mesa da casa espírita para trabalhar naquela noite. Sua palestra foi superficial e mecânica, em pouco ou quase nada, tocando os corações dos presentes. Lucas estava perdido em si mesmo, pouco espaço dando às inspirações superiores que lhe chegavam, dos trabalhadores espirituais daquela instituição de auxílio e socorro.

Ao se sentarem para o breve trabalho mediúnico, Lucas estava visivelmente alterado e disse:

— Não posso demorar muito. Não esperava que teríamos mais uma atividade. Tenho compromissos logo cedo amanhã.

Ninguém respondeu, já estavam todos concentrados. Lucas se acomodou e, graças a todas as atividades espirituais que haviam acontecido no ambiente, ao amor que permeava a ação do mundo espiritual ali, rapidamente a sintonia se fez e o médium de psicofonia[9], começou a falar:

— Fique tranquilo, Lucas. Seremos bem breves. Sabe por que está tão cansado, meu irmão?

— Estou trabalhando muito.

— É verdade, está mesmo. Mas não é o seu trabalho – que você gosta muito – que o está exaurindo.

— É a politicagem no trabalho.

— Também não é isso, meu irmão. Você sabe o que é. Se continuar lutando com a sua consciência, nessa batalha acirrada que está fazendo com tudo e todos que lhe mostram aquilo que você não quer ver, vai acabar adoecendo. E não vai demorar.

Lucas sentiu todos os seus músculos se enrijecerem. A vontade que sentiu naquele momento foi voar no pescoço do médium e esganar-lhe, e imediatamente irmão José interviu:

— Não adianta esganar o médium, ou sua esposa. Calar-nos, não irá calar a voz de sua consciência que está gritando, abafada aí dentro, quase sufocada.

Lucas sentiu como se fosse cair em um precipício. Era realmente irmão José que estava se manifestando. O médium não poderia saber exatamente como ele se sentia. Nem da conversa que tivera com Luiza naquela mesma noite. Ele recostou-se na cadeira e irmão José prosseguiu:

— Isso, relaxe. Abaixe essas proteções que ergueu contra si mesmo. Estamos querendo apenas ajudar. Vai aceitar nossa ajuda, Lucas? Vai escutar o que temos a dizer e vai aceitar ouvir sua consciência?

---

9 A psicofonia é a mediunidade que permite a comunicação oral de um espírito através do médium. Allan Kardec, em o *livro dos médiuns*, a denominou "mediunidade falante", ou seja, aquela faculdade que propicia o ensejo para que os espíritos entrem em contato através da palavra, travando conversações.

DÉJÀ VU

Lucas continha as lágrimas.

– Pode chorar, meu irmão. Deixe que as lágrimas brotem. Deixe que todos os seus sentimentos aflorem, sem julgá-los. Apenas observe-os. Não tenha medo de que monstros brotem de seu interior. Nossas imperfeições são muitas ainda. De todos nós, tanto vocês que estão estagiando no plano mais denso, como nós, aqui na próxima dimensão, que ainda temos muito trabalho a fazer pelo nosso progresso espiritual estamos no começo do trabalho de autoconhecimento e precisamos nos aprimorar muito.

Irmão José fez uma breve pausa e, sentindo a abertura que Lucas oferecia, ao deixar que as lágrimas descessem, ao aceitar encarar suas angústias, o espírito amigo prosseguiu:

– Lucas, o trabalho conosco mesmo é o mais importante que precisamos realizar. Muitas vezes, trabalhamos voltados para fora. Queremos fazer pelo outro, ajudar o outro. E isso é bom, é um desejo legítimo e é o que nos faz começar o trabalho. Mas para oferecermos algo de bom e verdadeiro ao outro, precisamos primeiro trabalhar melhor nosso interior. Ser espírita é, acima de tudo, trabalhar pelo crescimento, aprimoramento do ser. E não se pode aprimorar algo que não se conhece, você concorda?

Lucas balançou a cabeça em sinal afirmativo.

– Pois é, meu irmão. Há muito, muito trabalho a ser feito dentro de nós. Não adianta querer consertar o mundo, sem fazer as mudanças necessárias em nosso interior. E a maior delas, todos os espíritas sabem qual é: vencer o orgulho e o egoísmo, deixando que o amor flua através de nós. O amor divino só vai fluir, quando deixarmos que ele flua. Caso contrário, ficaremos presos à palavra amor, que nada significa. E aos impositivos de amar, que pregamos diariamente em nossas casas espíritas. Mas amor é uma força, é um sentimento, é uma conexão verdadeira com o Criador. Não é uma crença. É uma emoção. E devemos buscar limpar nosso coração de tudo aquilo que impede que esse amor flua.

— Eu não sei como fazer isso! Conheço a teoria, mas não sei por onde começar.

— Agora estamos começando a nos entender. Tem razão, Lucas. Você ainda não sabe por onde começar. Mas vai aprender, se quiser de verdade. Você quer?

Lucas, limpando o rosto, respondeu:

— Sim, eu quero. Não estou mais suportando essa angústia. Até remédios para dormir estou precisando tomar...

— Pois é, meu irmão, está na hora de mudar isso. De encarar essa angústia descobrir tudo sobre ela. Sem medo, sem julgamento e sem expectativas, apenas aceitando a verdade como ela é. Nós vamos ajudar você. Se tiver realmente o desejo de melhorar. Estamos aqui para ajudar todos vocês, meus irmãos, a trabalhar para o autoaprimoramento, através da tão falada reforma íntima.

— E o que devo fazer?

— O primeiro passo é buscar conhecer-se de verdade, Lucas. Olhar para o seu interior, aprender a identificar com clareza seus pensamentos, seus sentimentos, e depois que conseguir reconhecê-los, admiti-los, ir um passo além. Descobrir de onde eles vêm, por que vêm, como se formam.

Lucas estava de cabeça baixa e o médium lhe disse, com voz firme:

— Levante a sua cabeça, Lucas e não torne a abaixá-la. Não são os nossos defeitos que nos destroem, mas sim a negação deles. Nos esconder da verdade, com medo que ela nos mostre que somos diferentes do que gostaríamos de nos ver, é o normal. É assim que os espíritos das trevas nos controlam, meu irmão. Enquanto negamos nos conhecer, ver quem realmente somos, eles têm controle sobre nós. À medida que nos conhecemos, que aceitamos a verdade sobre nós, com amor, com carinho, com respeito, pouco a pouco, eles perdem seu domínio e nos tornamos verdadeiramente livres. Esse é o começo. O trabalho sincero dedicado ao autoconhecimento, que pode ser praticado em qualquer lugar, a qualquer momento, desde que desejemos nos conectar conosco mesmos, ao invés de somente nos conectarmos com todo o tipo de aparelhos eletrônicos. Separe espaço em sua vida para, ouvindo uma música elevada, deixar fluir o que está dentro e observar e lidar, aprender a lidar com o que vem.

— E depois? Como vou lidar com tudo?

— Um passo de cada vez, Lucas. Calma. Comece, com vontade e sinceridade em mudar, em se amar. Será como puxar a ponta de um emaranhado psíquico. Muita coisa vai começar a aparecer. Esteja disposto a se conhecer e a aprender, e os próximos passos se apresentarão. Não tenha ansiedade. Aceite.

Lucas apenas sorriu, sentindo como se um peso enorme tivesse saído de seus ombros.

— Quer perguntar alguma coisa, meu irmão?

— Por que eu fiquei desse jeito? Onde foi que tudo começou?

— Você sabe, Lucas... Você sabe.

Lucas ia abaixando a cabeça, quando o espírito pediu novamente.

— Cabeça baixa, não. Enfrente, Lucas. Encare a sua falta de fé, de confiança em Deus. Reconheça que mesmo com todos os conhecimentos que adquiriu, eles têm sido intelectuais;

sobrepostos a velhas e antigas crenças, recebidas na infância nesta vida, ou provenientes de outras encarnações. Essas crenças cristalizadas, arraigadas e agarradas em nós como parasitas que dominaram a árvore principal, são os maiores inimigos infiltrados nos núcleos espíritas, pois impedem a mudança, a transformação das criaturas. Não adianta mudar somente os comportamentos. É um primeiro passo, um primeiro degrau, mas não podemos estacionar nele. É preciso seguir com o trabalho interior. É urgente mudar a vibração e para isso, é necessário experimentar Deus, experimentar a Verdade, conhecer de fato Jesus, sentir a sua vibração em nós. E nos desapegar dessas crenças que nos prejudicam e impedem que experimentemos "a boa, agradável e perfeita vontade de Deus" para nossas vidas[10].

Sentindo como se um véu tivesse caído de seus olhos, Lucas compreendeu em profundidade o que aquele orientador espiritual dizia e se lembrando claramente de onde começara aquela angústia que o consumia, ele falou:

– Preciso fazer o que deve ser feito...

– Sim, meu irmão. E o que dever ser feito?

– Eu preciso ir ao encontro de Karen. Ela precisa de minha ajuda.

– E você da ajuda dela. Você compreendeu, Lucas. Esse é um bom começo.

Assim que a breve reunião terminou, Lucas sentia-se renovado e não encontrava palavras para agradecer aos irmãos de

---

10 Carta de Paulo aos Romanos 12:2: "E não vos conformeis com este mundo, mas transformai-vos pela renovação do vosso entendimento, para que experimenteis qual seja a boa, agradável e perfeita vontade de Deus."

jornada pela ajuda que recebera. Disse apenas a Cida, a presidente da Casa:

— Obrigado pelo socorro, dona Cida.

— Agradeço por ter aceitado, Lucas.

Enquanto voltava para sua casa, Lucas sentia uma avalanche de ideias e inspirações a lhe brotarem na mente. Era como se tivesse deixado sua consciência prisioneira e as melhores ideias lhe tivessem murchado. O intelecto, sozinho, não conseguira ajudá-lo a resolver seus problemas. Ele precisava de algo dentro de si, que estava conectado a Deus.

Ao entrar em casa, encontrou Luiza deitada, lendo. Ele se sentou na beira da cama, fitou a esposa, que ao vê-lo chegar colocou o livro de lado.

— Desculpe, eu tenho agido mal.

Luiza não respondeu. Seus olhos ficaram marejados de imediato, e ela abraçou o marido com forte emoção. Depois colocou o dedo em seus lábios e disse:

— Não precisa falar mais nada. O importante é isso que está sentindo. Não há o que perdoar, quero apenas ver você feliz...

— Eu sei.

Depois de se preparar para dormir, ele se deitou ao lado da esposa, e pôs-se a contar a doce e elevada experiência que ele tivera com os amigos espirituais naquele dia. Ao final, ela falou:

— Mas tudo isso não teria acontecido, se você não tivesse aceitado, Lucas. Que bom que aceitou!

TERCEIRA PARTE

"O justo viverá pela fé

...a nossa luta não é contra seres humanos, mas contra os poderes e autoridades, contra os dominadores deste mundo de trevas, contra as forças espirituais do mal nas regiões celestiais".

APÓSTOLO PAULO

CAPÍTULO 26

Durante o voo para casa, Karen apertava o envelhecido anel nas mãos. Embora estivesse preocupada sobremaneira com a filha, sua mente não podia ignorar o fato incontestável que aquela experiência lhe proporcionara: existe algo que sobrevive além da morte do corpo, como também existem outras vidas. Quando os inevitáveis questionamentos sobre aquela experiência afloravam, ela apenas apertava mais forte o anel nas mãos. Ele estava ali, e era real, concreto, absoluto. Tudo o que ela vira, tudo o que ela narrara naquelas fitas, que trazia na mala, eram experiências de uma vida passada. Ela pensava em James, e sentia saudades de Grace, mas também dor e culpa se manifestavam quando Karen pensava em Grace. Fora em busca de uma solução para Nina, e agora voltava com tudo aquilo.

Certamente, aquela experiência mudaria tudo em sua vida, ela sabia. Sentia o medo quase a engoli-la, mas ela sabia que tudo seria diferente com aquela consciência. Tinha muitas perguntas. Por que se lembrou de tudo logo agora? Por que não se lembrara antes? Por que sua filha estava doente? Como faria para viver, dali por diante, com aquelas lembranças tão presentes em sua memória? O que faria com elas?

De súbito, lembrou-se de sua pesquisa. O que faria agora? Não poderia prosseguir com aquela proposta. Como provar que o *déjà vu* era apenas um mecanismo do cérebro, uma falha na memória, se ela, com certeza, tinha relembrado o passado? Então, uma voz vinda de sua essência mais profunda sussurrou suavemente: *A verdade é o que importa, Karen. Prove que as vidas passadas existem. Pesquise e prove cientificamente.*

Àquela ideia, Karen reagiu fortemente.

— Que ideia idiota!

Queria afastar o pensamento, mas ele insistia em ficar. Aquele foi o voo mais longo e angustiante que fizera em sua vida. Queria conversar, contar para alguém tudo o que ela vivera, queria tirar suas dúvidas, mas teve de ficar calada, oito horas, ruminando incessantemente seus medos, suas dúvidas e angústias.

Quando o avião pousou ela respirou aliviada. Pegou sua valise e assim que colocou os pés em chão firme, desligou o modo avião do celular. Distraiu-se momentaneamente com os procedimentos de desembarque e imigração. Assim que se aproximava de seu carro no estacionamento, o celular tocou. Ela, certa de que fosse Johan, atendeu sem verificar o emissário da chamada.

— Karen! Que bom! Você atendeu!

— Lucas?

— Sou eu. Olhe, precisamos conversar.

— Agora não vai dar...

— Por favor, Karen, me desculpe.

— Pelo quê?

— Você sabe, Karen, por não ter sido o amigo que você precisava. Eu falhei com você e quero consertar. Deixe-me consertar, por favor.

Ela respirou profundamente e depois disse, acomodando sua bagagem no porta-malas:

— Estou voltando da Irlanda do Norte.

— E como foi?

Ela entrou no carro, arrumou mecanicamente o espelho retrovisor, e depois disse:

— Foi uma viagem maluca, Lucas. Aconteceu uma coisa muito louca comigo.

— O que foi?

— Você vai rir de mim...

— Karen, se eu lhe contar o que aconteceu comigo nestes últimos tempos, você é quem vai rir de mim.

— Como assim?

— Depois conto tudo, quando você resolver me perdoar de verdade. Vou me confessar para você...

Karen deu um sorriso discreto e respondeu:

— Não quero suas confissões...

— O que aconteceu, Karen?

— Lucas, eu tive um *déjà vu*.

— O quê?! Aquele processo cerebral?

Karen titubeou ao responder, aquilo que seria a antítese de tudo o que ela defendia quando estava com os amigos.

— Não... eu lembrei de uma vida passada.

— O quê?! Karen?! Tem certeza?

— Absoluta, meu amigo. Mesmo que eu queira, não posso negar as evidências materiais.

— Tão forte assim?

— Eu lembrei, Lucas. E foi doloroso. Agora não sei o que fazer com essas lembranças. Estou cheia de dúvidas, de coisas que eu queria saber, queria entender, e não tenho muito tempo.

DÉJÀ VU

– O que posso dizer, Karen? É inacreditável... Quem sabe eu possa ajudar?

– Acho que pode mesmo. Mas...

– Estou viajando para Colônia no fim de semana.

– Você vem para cá? Por quê?

– Eu já tinha certeza antes, mas agora que você me contou sua experiência, tenho absoluta certeza. Precisamos ter tempo para conversar, Karen. Eu quero ajudar; preciso ajudar. Nada acontece por acaso, não é mesmo? O movimento divino da vida é, ao mesmo tempo, muito misterioso e maravilhoso.

– Acho que sim...

– Então, estou indo ao seu encontro. Quero ajudar com a Nina; quero ajudar em tudo o que for possível. Quero estar ao seu lado.

Contendo a emoção, Karen respondeu, quase sem voz:

– Que bom, meu amigo... Eu preciso mesmo de você. Os testes não foram compatíveis. Nenhum deles poderá doar o líquido da medula para Nina. Minha mãe fará a doação de medula de qualquer maneira, ela ficou sensibilizada com a questão, mas fará isso em benefício de alguém com quem haja compatibilidade. E eu não sei mais o que fazer, Lucas. Estou assustada... – Ela engoliu o choro para conseguir continuar a conversa com Lucas.

– Karen, apesar de minha falta de fé – que descobri depois que você me contou o problema de Nina –, vamos orar juntos, vamos pedir ajuda. Todo o pessoal do centro espírita que frequento está em vibração por vocês. Deus haverá de mostrar o melhor caminho. Vamos aprender juntos a confiar nele. Pretendo ficar na Alemanha cerca de dez dias.

– A Luiza vem com você?

– Não. Ela não pode agora. Eu vou sozinho.

– Olhe, Lucas. Sei que será um esforço para você, com todas as responsabilidades que tem, mas eu agradeço muito. Eu realmente preciso de sua ajuda, meu amigo.

Ao desligar o telefone, Lucas ficou olhando para o aparelho mudo, desacreditando do que acabara de escutar de Karen. Logo ela, uma das pessoas mais céticas que ele conhecia, relembrando vidas passadas... E agradeceu a Deus e aos amigos espirituais estar preparado para contribuir. Não conseguia acreditar quão acertada havia sido a decisão de viajar para a Alemanha, para estar com Karen. Agora, apesar de muitos receios que brotavam, ele sentia paz. Estava fazendo a coisa certa.

Karen estacionou o carro e já sentiu o coração bater descompassado. Ela precisava ser forte. Ao entrar, deparou-se com Johan preparando o jantar.

– Que bom que voltou! – disse ele ao cumprimentá-la. Estávamos com saudades...

– Eu também estava. E Nina?

– Está no quarto. A sessão hoje foi muito difícil. Ela vai realmente precisar do transplante.

Karen suspirou fundo.

– O teste deu negativo, Johan. Nenhuma delas é compatível.

Os dois se abraçaram longamente. Por fim, ele disse:

– Vamos achar um jeito, alguma solução vai aparecer. O tratamento está dando resultado. O médico me deu boas esperanças, mas precisamos encontrar alguém compatível.

– Eu queria ter a sua confiança, Johan...

CAPÍTULO 27

Assumindo o tratamento da filha, Karen sentia profunda dor, angústia e medo. Após cada sessão de radioterapia, a filha voltava para casa frágil e debilitada.

Dois dias depois de seu regresso, tinha acabado de chegar em casa, quando seu celular tocou.

– Lucas, como está?

– Estou bem. Acabei de chegar.

– Está em Colônia?

– Estou aqui; em frente a porta de sua casa.

Karen desligou o celular e foi receber o amigo. Ao vê-la, Lucas sentiu o coração bater acelerado. Karen estava abatida, com a dor marcada em seu rosto. Ele tinha medo de não ser capaz de dar a ela o apoio de que necessitava, mas, mesmo assim, decidiu enfrentar seu medo, suas inseguranças e ser o amigo que Karen precisava.

Ao vê-lo, ela não conseguiu se controlar. Abraçou-o e desatou a chorar. Lucas abraçou-a com todo o afeto e, pedindo ajuda aos amigos espirituais, buscou consolá-la e fortalecer-lhe o espírito.

– Imagino o quanto deve estar sendo difícil, Karen. Estou aqui para ajudar em tudo o que for possível.

Ele deixou que ela chorasse. Segurou firme suas emoções, para não se desequilibrar, mas chorou junto com ela. Ao final daquele momento em que o tempo quase parou, enxugando as lágrimas, indagou:

— E o que vai fazer em relação ao transplante?

— Eu não sei. Acho que terei de esperar que apareça algum doador compatível, o médico já está procurando.

Lucas fixou na amiga um olhar cristalino e falou:

— Quero fazer o teste.

— O quê?

— Sim. Quero fazer o teste. E se eu for compatível?

— Seria um milagre...

— Então? Quando podemos fazer?

— Você está falando sério?

Segurando as mãos da amiga, ele afirmou:

— Eu vim para ajudar em tudo o que for possível. Quero fazer o teste, e tudo o mais que for preciso. Se eu não for compatível, faço a doação para alguém que estiver precisando. De todo modo, será útil.

Com os olhos ainda vermelhos, Karen limpou as lágrimas e respondeu:

— Está certo. Vou ligar agora mesmo para o médico.

Depois de algumas ligações, ela sentou-se ao lado de Lucas no sofá e informou:

— Consegui que façam o teste em você. Dadas as circunstâncias, o médico conseguiu para amanhã.

— Excelente.

— Quanto tempo você poderá ficar, Lucas?

— Alguns dias. Mas faremos o tempo render, Karen.

Ela não respondeu e balançou a cabeça, concordando.

Johan chegou com Nina. Tinham saído para dar um passeio. Ao escutar a porta se abrindo e os dois chegando, Lucas teve vontade de desaparecer. Como estaria Nina? Em que condições a encontraria?

Logo atrás de Johan, a menina entrou pálida e abatida, mas, como sempre, sorrindo. Lucas queria chorar, mas tinha de ser forte. Cumprimentou os recém-chegados e, mais tarde, ajudou-os a preparar o jantar. Sentia o esforço que faziam para que a dor e o sofrimento não dominasse a família o tempo todo.

Depois do jantar, Johan subiu com Nina, deixando a esposa e o amigo conversando.

— Que bom que você veio, Lucas. E muito obrigada por se dispor a fazer o teste.

— É bom estar aqui, Karen — respondeu ele tocando de leve a mão da amiga.

Depois de longa conversa relatando suas novas descobertas, Karen ergueu-se:

— Deixe-me mostrar algo.

Saiu, remexeu na bolsa, e voltou, entregando o anel que desenterrara de Grace Hill ao amigo.

— Então esse é o anel — comentou Lucas ao pegá-lo nas mãos e analisá-lo. — É uma relíquia, então? E tem como saber se pertencia mesmo à família Stuart?

— Não preciso fazer isso, Lucas. Eu sei que fui James Stuart naquela outra vida... Não sei como explicar a sensação, mas é uma certeza que brotou absoluta em mim.

Lucas ouvia atento e na primeira pausa, perguntou:

— Contou para Johan?

— Ainda não. Tenho muitas dúvidas... O que faço agora com tudo isso? E por que foi me acontecer toda essa lembrança logo agora, com esses problemas com Nina? Não quero falar nada para Johan enquanto eu não tiver mais respostas. Você me entende? – Ela fez uma longa pausa, fitando a escada que levava aos quartos. – Ele tem sido valente e corajoso, mas sei que sofre como eu. Não quero que mais preocupações o perturbem.

– É claro.

– O que eu faço, Lucas?

– São muitas questões... Há muito que aprender para poder respondê-las.

– Como assim?

– Você precisa conhecer melhor o Espiritismo, Karen. Ele a ajudará a entender a realidade espiritual e, assim, compreender o sentido de tudo o que nos acontece.

Karen ficou com o pensamento distante, e ele deixou que ela divagasse. Depois de uma pequena pausa, perguntou:

– Em que você está pensando?

– Em Grace e no que fiz a ela.

– Grace?

– Minha esposa na outra vida. Eu a matei...

– Você a matou? Tem certeza?

– Indiretamente, fui o responsável por ela ter morrido. Eu a abandonei, não confiei nela, deixei-me manipular, dominar pelo ciúme e orgulho. Como vou me perdoar, Lucas? Como posso seguir com minha vida agora, sabendo de tudo o que fiz?

Lucas sentiu um nó na garganta. Ele mesmo, espírita por tanto tempo, nunca tivera uma experiência como aquela. Mas parecia escutar as palavras do orientador espiritual ainda em sua mente. E buscou acalmar-se, depois disse:

– Vai precisar ampliar seus conhecimentos. Sinto lhe dizer, mas não há caminho fácil. Sei que você é muito inteligente. Aprendemos pelos princípios espíritas que nada acontece por acaso, você vai precisar expandir sua compreensão da vida, e encontrar o caminho para superar esses conflitos. Só assim vai encontrar a paz novamente.

Ela o escutava com toda a atenção, buscando entender. Ele, sob forte envolvimento de Everton, continuou:

– Deus sempre quer o melhor para nós, mesmo quando aparentemente tudo está errado, como no caso de Nina. Descobrir esse Deus bom, amoroso, que quer somente o melhor para todos os seres, que vibra amor incondicional incessante, e por seu amor criou cada um de nós, bem como cria universos. Perceber que ele só pode nos fazer bem, é o primeiro passo. Sei que é difícil acreditar nisso quando estamos sofrendo. Queremos que a dor cesse, e acredite, é o que Deus quer também. Ele não nos quer sofrendo. Jamais. Ele nos criou para a felicidade. Ele deseja somente o nosso bem, e jamais nos pune ou impinge sofrimentos.

– Se é assim, por que sofremos?

– Existem leis divinas que comandam o universo, Karen. Aprendemos isso muito detalhadamente em *O livro dos espíritos*. Essa foi uma das grandes contribuições do Espiritismo: nos revelar essas leis imutáveis que regem a tudo. Não importa se acreditamos ou não, se aceitamos ou não, essas leis continuam a comandar o funcionamento de tudo o que existe. Não importa se acreditamos ou não na lei da gravidade. Em nosso planeta, sempre que lançarmos um objeto ao céu, ele vai descer, cair, ser atraído para o chão, pela força da gravidade. E assim são as demais leis divinas. Quando agimos contra essas leis, sofremos as consequências. Não é o Criador que nos pune, somos nós quem transgredimos essas leis. E suas consequências vêm.

— Então estou sofrendo tudo isso com Nina, porque deixei Grace morrer?

Lucas sorriu e, sentindo-se fortemente envolvido, respondeu:

— Não, necessariamente. Podem haver outras razões. Não sabemos.

— E então como vou saber?

— Você vai precisar expandir seus conhecimentos, e aprender a entrar em contato com esse mundo espiritual de que tanto fala o Espiritismo, para descobrir, com os seus orientadores, os motivos de tudo. Eles também a ajudarão a fazer o que deve ser feito, se você quiser viver de acordo com o que a sua consciência, mais desperta, apontar.

Karen encostou-se no sofá, suspirou fundo e disse:

— É complexo...

— Não mais do que tudo o que você sabe como cientista. É mais difícil aceitar do que conhecer.

— Mas, agora, as provas da veracidade das vidas sucessivas eu já tenho...

— Pois é, Karen. Você está começando pelo concreto. Mais uma prova de que os amigos espirituais nos conhecem e querem ajudar. Deram a você o que pode convencê-la, logo a princípio. Conhecendo-a como conhecem, sabem que, como uma boa cientista, você quer as provas da realidade...

Karen ensaiou um ligeiro sorriso e concordou:

— De fato. Por, por outro lado, não tenho a menor ideia de por onde devo começar...

Lucas tirou da mala um exemplar de *O livro dos espíritos* e entregou a ela.

– Já tentei lhe dar esse livro várias vezes, mas você sempre recusou. Tem até uma dedicatória nele, datada do nosso último ano de faculdade.

Karen pegou o livro e folheou, lendo a dedicatória.

– Nossa! E você não desistiu...

– Estava guardado para o momento oportuno. E agora ele chegou.

– Obrigada, Lucas. Vou ler com muita atenção, pode ter certeza. Eu quero conhecer tudo isso. E mais do que nunca, eu preciso...

CAPÍTULO 28

Na manhã seguinte, Lucas fez o teste de compatibilidade. Ao final do procedimento, saiu pálido da sala. Karen o aguardava do lado de fora.

– Está tudo certo, Lucas? Você está bem?

– Detesto hospital, Karen. Mas estou bem.

– Você está muito pálido. Melhor sentar-se mais um pouco.

Lucas se acomodou em uma cadeira, enquanto Karen foi buscar um pouco d'água. Ele bebeu e, em seguida, sentiu forte enjoo, indo direto para o banheiro. Quando saiu, estava ainda pior e abatido.

– Acho melhor chamar alguém, um enfermeiro...

Lucas a conteve.

– Não precisa. Já vou melhorar. Já está passando...

Aos poucos, a cor foi voltando ao seu rosto e, ao chegarem em casa, ele já estava bem melhor.

– Como foi? – indagou Johan ao chegarem.

– Foi tudo bem. Tirando meu mal-estar normal, o restante foi bem.

Lucas olhando carinhosamente para Nina, que fazia um lanche, comentou:

— É por uma causa muito boa! Quando teremos o resultado, Karen?

— Pediram que eu ligue amanhã para confirmar, mas eles estão dando prioridade, Lucas. Obrigada, meu amigo — disse ela ao abraçá-lo. — Não sei como agradecer o que está fazendo...

— Mas, ainda, não fiz nada...

— Obrigada, Lucas — Karen sorriu. — Agora deixe-me pegar minhas coisas.

— Vai sair, mamãe? Vai viajar de novo? — perguntava Nina, preocupada.

— Não, meu amor! Vou ter de voltar para o trabalho...

— Queria que você ficasse comigo hoje...

— Eu também queria ficar, querida. Mas preciso ver como andam as coisas lá no laboratório. Prometo que volto cedo. Não vou trabalhar a tarde toda.

Nina sorriu, e Karen despediu-se de todos.

Enquanto dirigia para o laboratório, cerca de meia hora distante de Colônia, muitos pensamentos ocupavam sua mente. Ela se sentia grata pela atitude do amigo, mas não conseguia tirar Grace de seus pensamentos. Sentia imensa culpa a corroer-lhe a alma. Como pudera agir assim com ela? Que estupidez!

Chegou ao laboratório e deparou-se de súbito com uma pilha de documentos em sua mesa. Determinada a ser produtiva pelo tempo que ficasse por lá, já ia mergulhar no trabalho quando resolveu pesquisar um pouco sobre os alquimistas e seus experimentos. E tudo o que encontrou de informação lhe parecia familiar, embora muitas coisas fossem absolutamente falsas a respeito dos estudos feitos por esses pesquisadores. Havia muita mentira, misturada a alguma verdade.

No meio da tarde, Dhara chegou a sua sala.

— Que bom que está de volta, Karen. O Herman está quase surtando sem notícias suas. O prazo está terminando. Como está o seu cronograma? Para quando terá os resultados finais das pesquisas?

Karen abriu seu cronograma, analisou alguns apontamentos, e disse:

— Qual o tipo de resultado ele vai querer? O amplo, bem feito, completo, ou o de sempre?

— Precisamos relançar o medicamento, Karen. A companhia está perdendo milhões com o produto fora das prateleiras. Ele representa, sozinho, 15% das vendas da empresa. Você sabe disso. Precisamos dos resultados mínimos, para termos a aprovação do FDA e dos órgãos de saúde aqui da Alemanha e depois, o mais importante, nos Estados Unidos, onde correm os piores processos contra o laboratório.

— Assim procedendo, estaremos repetindo o que já fizemos antes, floreando um pouco mais. O certo seria ampliarmos o número de pessoas a fazer o teste, e diversificarmos ainda mais, em termos de idade, origem e código genético.

— Você sabe que não dá para fazer isso, ficaria caro demais.

— Mas isso é o certo a fazer. Os resultados que tenho até agora, são idênticos aos que já tinha na pesquisa anterior. Com isso...

— Pois mude a conclusão de seu relatório, e pronto. Você consegue fazer isso. Já fez isso antes...

Sem entender por quê, aquela afirmação fez com que Karen revisse em sua mente, claramente, o rosto de Grace Lynd. Que ligação poderia haver entre suas lembranças e tudo o que estava fazendo? Ela se sentou e finalizou:

— Vou entregar o resultado final nesta segunda-feira, dentro do cronograma. Mesmo que seja: "inconclusivo".

Dhara sorriu e saiu da sala. Na porta, virou-se para a amiga e falou:

— Sugiro que não diga isso nem brincando, ou Herman vai trucidá-la. E você sabe o que ele faz com quem lhe desagrada, não é mesmo? Sabe bem o que aconteceu com alguns dos pesquisadores que já passaram por sua cadeira.

— Do que você está falando?

— Deixe pra lá... não há comparação entre você e eles.

— De quem você está falando?

— Você sabe, dos incompetentes que já passaram por aqui. Alguns deles eram muito imbecis... Idealistas burros...

— De quem você está falando, Dhara?

— Tenho uma pasta com o histórico de alguns desses cientistas no meu escritório. Mando lhe entregar.

— E por que você tem esses arquivos?

— Por segurança.

— Mas você?

— Muitas vezes preciso apagar o rastro deles nas redes sociais, ou ficar de olho no que andam falando por aí. É meu trabalho...

Karen fitou a amiga e depois pediu:

— Deixe-me verificar-lhes os relatórios. Não posso correr o risco de repetir algum de seus erros.

— Tudo bem. Vou separar e no fim da tarde deixo-os aqui.

Dhara despediu-se, e Karen redobrou o foco em seu trabalho, mas estava cada vez mais difícil concentrar-se. A cada momento, um fato novo, algo se somava às suas dúvidas, aos seus questionamentos. E seu mundo interior ia ficando cada vez mais caótico.

Como prometido, Dhara entregou-lhe uma pasta com alguns arquivos confidenciais.

– Tenha cuidado. Dê uma olhada e me devolva amanhã cedo. Não posso deixar esses documentos saírem do meu escritório. Entende, Karen? Só os estou entregando, porque é você. E eu a conheço bem.

– Obrigada, minha amiga. Devolvo amanhã, sem falta.

Na manhã seguinte, muito cedo, Karen estava de volta ao escritório, lendo, relendo e vasculhando os arquivos e documentos. Enquanto lia, sentia um imenso desconforto crescer dentro de si. Afinal, o que tudo aquilo sugeria? Que fabricavam puro veneno?

Mas havia um cientista que era mencionado por dois outros, cujos arquivos não estavam ali. Doutor Niklaus, um cientista suíço que passara pelo laboratório.

Ao devolver a pasta para Dhara, Karen indagou:

– Acho que está faltando um arquivo.

– Não. Tudo o que tenho está aqui. – Bateu de leve na pasta.

– Mas e os arquivos do doutor Niklaus?

– Esqueça, Karen. Esse cientista é um embuste. Nem para registro em arquivo prestam suas pesquisas. Ele é inútil de todos os modos, esqueça. Os resultados que temos em mãos são o suficiente para que você não repita nenhuma besteira. Você é diferente, é competente e conhece muito bem o jogo que jogamos aqui.

– Você sabe que estou sob grande pressão, com a doença de Nina e...

Batendo no ombro da cientista, Dhara falou, sem demonstrar qualquer emoção.

– Você é uma profissional, vai dar conta... – E foi saindo sem sequer olhar para trás.

Karen fitou Dhara até que ela desaparecesse. Assim que ela sumiu, abriu seu computador e começou a vasculhar tudo o que podia sobre o doutor Niklaus.

No meio da tarde, seu telefone celular tocou. Era do hospital.

— Eu ia ligar daqui a pouco, doutor. Mas estou com tanto trabalho...

— Tenho boas notícias, Karen! – O médico fez ligeira pausa e depois continuou: – O resultado do exame do seu amigo demostrou compatibilidade satisfatória. Ele pode ser o doador.

— Tem certeza, doutor?

— Sim. Lucas pode fazer a doação para Nina.

— E quando podemos marcar o procedimento?

— É um procedimento muito simples. Já fiz o agendamento para depois de amanhã.

— Ótimo, doutor. Pode confirmar. Que boa notícia!

— Sim, eu já estava ficando preocupado, pensando que teria de buscar alternativas para o caso de o transplante demorar. Mas, agora, podemos prosseguir com os planos iniciais. São ótimas notícias.

Mais do que depressa, Karen deu as boas notícias ao amigo.

— Eu não disse que milagres acontecem, Karen? – falou ele do outro lado da linha – Eu não vim aqui somente para conversarmos. Tinha um motivo ainda maior.

— É verdade, Lucas. Incrível. Foi como se você já soubesse que poderia fazer a doação.

— Conscientemente nem me passava pela cabeça, mas como Deus age para o bem de todas as maneiras, forças superiores já estavam orquestrando tudo...

— Vai fazer a doação, então?

– Sem dúvida, Karen. Pode confirmar tudo.

Ao desligar, Lucas sentiu forte vertigem. Tinha pavor de doar sangue e sabia que o procedimento era bem semelhante. O simples pensamento do que estava prestes a fazer dava-lhe náuseas. Mas ele estava determinado a fazer o que deveria ser feito, fosse o que fosse.

CAPÍTULO 29

Era perto das dez horas da manhã. Os raios do sol atravessavam suavemente a persiana, quase fechada. Karen ergueu-se da poltrona e caminhou até a janela, afastando de leve as lâminas da persiana. Não queria perturbar Nina, que ainda não acordara, depois de ter feito o procedimento para implantar as células da medula, doadas pelo amigo Lucas. Fitou a filha dormindo, para ter certeza de que não a despertara com seu movimento. Depois, olhou de novo pela janela. O dia estava esplêndido. Pessoas entravam e saíam do hospital, importante centro de saúde da cidade. Nas ruas adjacentes, o movimento era intenso.

Karen olhou o céu azul, com nuvens esparsas, os pássaros que voavam de um lado a outro e a brisa que movimentava de leve as folhas das árvores. O colorido era intenso e belo. De imediato, veio-lhe à mente o magnífico pôr do sol desfrutado ao lado de Grace. As lembranças tão reais como as que tinha de Nina, embalada em seus braços, dias depois de vir ao mundo. Olhou de novo para o céu e pensou: *Deus! Eu preciso tanto de respostas... Eu quero compreender o sentido de minha vida, dessa doença de Nina, e o motivo dessas lembranças que não me deixam mais, como se eu tivesse duas vidas, em vez de uma...*

Depois, sentou-se na poltrona e puxou-a para bem perto da filha.

— Vai dar certo, filha — balbuciou quase em voz inaudível.

A expectativa de Karen e Johan era muito grande. Depois do procedimento pelo qual Nina foi submetida, o maior risco que enfrentava era o de que houvesse rejeição, por parte das células implantadas[11]. Por estar com sua imunidade baixíssima em razão do próprio tratamento, que tem como objetivo destruir as células doentes do paciente, a menina estava em observação no quarto, em área de isolamento do hospital, onde ficaria por várias semanas, até que seu sistema imunológico começasse a produzir as células de defesa, a partir das células-tronco doadas por Lucas. De hora em hora, era acompanhada pela equipe médica e de enfermagem.

Duas semanas depois, o médico analisou o quadro e informou:

— Está tudo indo muito bem, os resultados são excelentes, mas vamos segurá-la aqui por pelo menos mais uma semana. Queremos que ela apresente uma melhora significativa e uma resposta imunológica bem alta.

— E quais são as chances de ela se curar, doutor?

— Remissão total é difícil de dizer. Às vezes, mesmo depois de se recuperar, a doença volta, mesmo depois de anos de aparente remissão. Temos de aguardar, Karen. Você, como cientista, sabe que não se pode esperar um milagre. Estamos fazendo tudo o que é possível, mas não se pode afirmar nada.

---

11 Uma rejeição de transplante ocorre quando o sistema imunológico do receptor ataca o órgão ou tecido transplantado. A resposta imune protege o corpo contra substâncias potencialmente nocivas, como micro-organismos, toxinas e células cancerosas. A presença de sangue ou tecido estranho no corpo pode desencadear uma resposta imune que resulta em reações à transfusão de sangue e rejeição de transplante.

O médico finalizou os exames e saiu, deixando Karen incomodada. Depois daquele jato de descrença e quase indiferença, Karen fitou Johan e desabafou:

— Idiota!

— Como assim? – Johan se assustou.

— "Não se pode esperar um milagre".

— Não entendi, Karen. Você sabe que ele está certo.

— De qual ponto de vista, Johan?

— Do que está falando? Não estou entendendo o que você quer dizer...

Karen fez uma longa pausa, depois disse:

— Aconteceram algumas coisas que se poderia chamar de sobrenaturais, em minha viagem à Irlanda do Norte. Não contei antes, pois não tivemos tempo de conversar com calma. Minha cabeça estava muito confusa, e ainda está. Mas sei que há no mundo mais do que a ciência insiste em ignorar.

— Então você agora acredita em milagres, Karen?

— Não sei ao certo em que acreditar, mas sei que há mais do que apenas o que nossos olhos podem ver. Sei que vivemos muitas vidas, e isso só é possível com a existência do espírito, que sobrevive à morte do corpo. E, se isso existe, pois experimentei a realidade de lembranças de outra vida, o que mais pode existir, que insistimos em não enxergar?

— Estou perplexo, Karen. Conte-me tudo. Quero saber que experiência foi essa que a fez parar de negar a realidade do transcendente.

E Karen se pôs a contar em detalhes ao marido o que aconteceu na Irlanda. Mais tarde, em casa, ela mostrou-lhe o anel, prova concreta de que as lembranças eram reais.

Lucas conseguiu emendar sua licença e tirou férias. Ainda

estava hospedado na casa de Karen, acompanhando o desenrolar dos fatos. Depois do jantar, antes de se recolherem, os dois amigos conversavam na varanda, observando o firmamento salpicado de estrelas.

— Está tudo bem, Lucas?

— Comigo sim, mas estou apreensivo quanto ao resultado do transplante e a recuperação de Nina.

— Eu também. — Ela silenciou olhando as estrelas.

— E você, como está lidando com tudo isso?

— Ainda com dificuldades, Lucas. Minha cabeça está repleta de questionamentos. É impossível negar a experiência que tive. Isso já consegui aceitar. Mas por que tudo isso? Estou sequiosa por respostas. Sinto-me presa em dois mundos, em duas vidas... E não sei ao certo o que fazer.

Ela recostou-se na cadeira e suspirou fundo.

— Tudo tem uma explicação, e você vai encontrar as respostas.

— Quase me esqueci. Encontrei o nome de um cientista que foi praticamente expulso da comunidade médica, por divulgar resultados de pesquisas que foram refutadas pela companhia onde eu trabalhava. O nome dele aparece em alguns documentos sigilosos da empresa. Pesquisei um pouco mais na internet, e fiquei confusa. Ele fala sobre coisas nas quais eu gostaria de acreditar, mas, ao mesmo tempo, é rechaçado, ridicularizado, tratado como um profissional sem credibilidade. O que você acha?

— Sobre o que ele fala?

Karen titubeou ligeiramente; por fim, respondeu:

— Diz ele que a cura do câncer existe e é escondida pela indústria da medicina. Acha que isso é possível, Lucas?

— Acho que existe muita manipulação do poder econômico para com a população e acredito que os interesses da indústria farmacêutica tenham uma força brutal nessa manipulação. Você sabe que essa indústria é a terceira mais poderosa do mundo, só perdendo para a indústria bélica e a do tabaco. Por isso é preciso pesquisar bastante, ir às fontes de informações, para fugir da cortina de fumaça que é criada com mentiras que são veiculadas para distrair as pessoas dos fatos.

Envolvido por Everton e outros espíritos amigos, Lucas indagou:

– E se encontrássemos esse cientista pessoalmente? Sabe onde ele vive?

– Não.

– Você quer respostas, não é?

– Sim, com certeza.

– Então precisamos fazer as perguntas certas. Investigar com a mente aberta. Aí, acho que encontrará o que está procurando. Ou o que precisa achar...

– Viria comigo?

– Certamente. Tenho mais alguns dias. O que puder fazer antes de meu regresso, pode contar comigo! Além disso, tenho uma sugestão.

– Fale.

– Tenho contato com um brasileiro que vive em Berlim. Ele participa de um grupo de estudos do Espiritismo aqui na Alemanha. Gostaria de juntar-se a eles, para aprofundar seus conhecimentos?

– Não sei se consigo ir a Berlim agora, Lucas. Que livros eu deveria ler para aprender mais sobre a realidade do mundo espiritual, das vidas sucessivas e de tantas outras questões espirituais?

– Para aprofundar-se de verdade no conhecimento das questões espirituais comece lendo *O livro dos espíritos*. Esse você já tem.

— Sim. Já comecei a ler. E o que mais?

— Pode estudar os demais livros básicos escritos por Allan Kardec.

— E o que mais?

Lucas pensou um pouco, depois disse:

— Você vai apreciar os livros de André Luiz, psicografados por Chico Xavier.

— André Luiz?

— Sim, um espírito que foi médico em sua última encarnação da Terra. Ele deu grande contribuição esclarecendo questões científicas sobre o mundo invisível, sobre a próxima dimensão imediatamente após a nossa. Foram informações e conhecimentos avançadíssimos para a época em que o médium escreveu os livros. Foi até difícil para ele publicar o primeiro da coleção, chamado *Nosso Lar*, que teve de esperar cerca de doze anos para ser publicado, pois os espíritas tinham muitas resistências.

— E por quê?

Lucas pensou longamente, depois respondeu:

— Acho que porque as pessoas se apegam aos conhecimentos que têm, e ficam com medo de descortinar o novo e descobrir que precisam mudar mais, e novamente, e mais um pouco, em um movimento incessante. Nós nos agarramos às nossas crenças como se elas nos definissem, estabelecendo quem somos. Não compreendemos que somos muito mais do que qualquer sistema de crenças que trazemos em nós. Mas trata-se de uma opinião minha. Tenho pensado muito, Karen, a partir de minha própria experiência. Eu quero crescer, desenvolver-me, mesmo que isso signifique que terei de enfrentar algumas dificuldades. Ficar parado também faz sofrer, e desse tipo de sofrimento, eu cansei. Não quero mais estagnação em minha vida. Daqui por diante, somente crescimento!

– Corajoso você.

Lucas abraçou a amiga, e respondeu:

– Não é coragem, é esgotamento. Cansei de viver dando voltas; sinto que preciso evoluir, aprofundar o que conheço e, principalmente, viver de acordo com o que acredito.

– Vou levantar mais informações sobre o tal cientista, e, dependendo do que eu conseguir, vamos visitá-lo. – Ela parou por alguns instantes, depois disse: – Sinto uma dor na boca do estômago, uma ansiedade sufocante, mas preciso fazer isso.

CAPÍTULO 30

Duas semanas depois, Nina se recuperava em casa. De acordo com os médicos, o quadro era positivo, e o resultado do transplante havia sido satisfatório. Nina se fortalecia mais a cada dia.

Durante o período em que a filha esteve internada, Karen se dividia entre o hospital e o laboratório, pressionada que estava por entregar os resultados das pesquisas das quais ela era responsável.

– Aqui está, doutora. Concluímos o trabalho. – Evellyn, uma das principais pesquisadoras da equipe de Karen, entregou o material. – Espero que seja suficiente para as providências que se pretende tomar. Devo enviar imediatamente ao diretor?

– Pode deixar comigo. Vou analisar primeiro, e eu mesmo envio a ele. Excelente trabalho. Vocês são uma equipe incrível.

Evellyn agradeceu e saiu, fechando a porta. Karen leu o relatório atentamente. Cada palavra, cada vírgula. Depois de tudo o que vivera, algo mudara dentro dela. Já não se sentia tão confortável como antes, com as suas próprias práticas profissionais. O sentimento não estava claro, ela não notava com nitidez as mudanças sutis em seu interior, mas sentia-se desconfiada, como se soubesse assim que pegou o relatório nas mãos, que encontraria algo de que não gostaria. E assim foi. Não parou até finalizar a leitura. Foram mais de três horas ininterruptas. Nem para almoçar saiu. No horário do almoço, Dhara apareceu no escritório da amiga, bateu na porta e, sem esperar pela resposta, entrou.

— Olá, Karen. Está com o relatório? Nosso tempo acabou.

— Estou lendo, Dhara. O resultado saiu, mas, antes de colocar minha assinatura nele, quero ler com atenção.

— Karen, é só uma formalidade. Vai atrasar a entrega do relatório por um mero preciosismo? Foi você quem orientou e acompanhou o trabalho de sua equipe. Já sabe o resultado.

— Mesmo assim, vou ler até o fim. Já estou na metade.

— Precisamos do resultado até o meio da tarde. Estou confirmando para amanhã as primeiras ações para o relançamento do medicamento e já tenho uma coletiva de imprensa toda organizada.

— Até o meio da tarde o relatório estará na mesa do Herman, com meu parecer. Pode ficar tranquila.

— Está certo. Vou almoçar, quer que eu traga alguma coisa para você?

— Não, obrigada. Minha assistente já trouxe um lanche. Estou bem. Vou tentar acelerar ao máximo a leitura. Posso deixar em sua mesa. A que horas retorna do almoço?

— Perto das três horas. Tenho um compromisso com o diretor e com um jornalista importante.

— Combinado. Deixo na sua mesa e na dele antes das três horas, então.

— Ótimo, Karen. Até mais tarde.

Karen retomou a leitura do estudo e, quando chegou ao final, sentiu-se profundamente desconfortável. Já assinara pareceres como aquele antes e sem sentir qualquer desconforto, mas, agora, tudo estava diferente. Ela sabia que o resultado das pesquisas era insuficiente para se chegar a uma decisão completamente favorável para o uso do medicamento. E a conclusão era dúbia. Poderia ser usado como base científica, mas tinha falhas evidentes, lacunas que precisavam ser preenchidas. No entanto, também apresentava elementos que poderiam ser usados para apoiar a decisão para o relançamento. Jogou a pasta com os relatórios sobre a mesa e balbuciou:

– Não quero assinar isso...

Olhou pela janela, observando o céu azul e as copas das árvores balançando ao vento, trazendo-lhe à memória as faias de Dark Hedges. Levantou-se, e, levando o relatório, foi até a sala da RP do laboratório. A sala estava fechada, mas não trancada. Karen entrou. Olhou ao redor, procurando as pastas dos relatórios que Dhara lhe emprestara anteriormente. Procurou por toda a parte, mas não encontrava. Então, viu a maleta de couro da amiga, onde ela costumava transportar documentos importantes, e seu notebook. Remexeu dentro da pasta e encontrou uma chave de arquivo. Procurou pelos arquivos, os que estavam trancados, e encontrou. A chave era para um dos arquivos que Dhara mantinha trancado. Procurou pelas pastas e as encontrou. Procurou um pouco mais e localizou a pasta do doutor Niklaus, o cientista mencionado por diversos colegas em vários dos relatórios que ela havia lido. Tensa e preocupada, não conseguia focar a atenção nos papéis. Olhou o relógio que estava sobre a mesa de Dhara. Eram quase três horas e a amiga retornaria a qualquer momento. Folheou rapidamente os arquivos, identificando de relance opiniões e informações que o cientista desejava publicar. Mas não tinha tempo para entender tudo aquilo. Localizou os dados pessoais do cientista e tirou uma foto, bem como dos demais documentos e conclusões que achou importante, devolvendo rapidamente tudo aos seus lugares, mas, antes que conseguisse trancar o arquivo, escutou a voz da amiga vinda pelo corredor. Sem tempo para trancar o arquivo, jogou a chave dentro da pasta e, pegando novamente os documentos que acabara de trazer, simulou que estava saindo da sala da amiga, por não tê-la encontrado. Dhara e Herman estavam bem próximos do escritório da assessoria de imprensa.

— E falando nela... — comentou o vice-presidente, olhando para Dhara.

— Boa tarde, doutor Herman.

— Vejo que está com o relatório.

— Sim, ficou pronto.

— Ótimo. Dhara me disse que você está lendo e o entregaria com seu aval, antes do horário-limite. Muito bem, Karen. É sempre bom saber que podemos confiar em nosso time. Que não importa os problemas que enfrentem, nossos profissionais são comprometidos com seu trabalho.

— De fato, estou bastante comprometida com... com...

Dhara e Herman se entreolharam.

— Pode me entregar o relatório, Karen? — indagou Dhara, puxando a pasta das mãos da outra. E olhou direto na última página.

— Não assinou ainda? Algum problema?

Karen sentia como se estivesse a ponto de se lançar em um precipício, sem ter a menor noção da altura do tombo. Seu coração batia acelerado, as mãos estavam suando, geladas. Ela, que não havia tomado uma decisão ainda, tinha de se posicionar de qualquer maneira.

— Preciso de mais tempo, doutor Herman. Não estou satisfeita com o resultado a que minha equipe chegou.

— Deixe-me ver — pediu o diretor, pegando os papéis das mãos de Dhara.

Deu uma folheada rápida, focando sua atenção nas três últimas páginas, do laudo final.

— Pois, para mim, parece bem satisfatório. Semelhante a tantos outros que você já avalizou. Assine e pronto, Karen. Vamos encerrar esse processo. Tenho muitos outros problemas para resolver. E você, tem sua pesquisa sobre o *déjà vu* para conduzir. Vamos, assine logo, que o tempo não para.

O vice-presidente retirou uma caneta do bolso e ofereceu a pasta e a caneta à cientista.

Karen fitou os dois e, sem pensar muito, respondeu:

— Não posso, não vou assinar isso. Quero mais tempo para aprofundar a pesquisa.

— Mas, afinal, Karen, o que está acontecendo com você? — indagou Herman irritado. — Já passamos por isso antes, diversas vezes. O que a está incomodando tanto?

— Os resultados não são satisfatórios. Não podemos relançar esse medicamento. Não temos certeza de que as pessoas que o utilizam, não estejam tendo efeitos colaterais muito mais nocivos do que os apontados até mesmo nas bulas dos medicamentos. Precisamos ter certeza ou então, modificar a fórmula, para que os efeitos sejam atenuados.

— Do que está falando, Karen? Não estou reconhecendo você. Trabalha aqui há tempos e sabe perfeitamente como as coisas funcionam. Sabe que não podemos ter certeza de tudo, o tempo todo, às vezes, é preciso arriscar. Estamos perdendo milhões com esse medicamento fora do mercado. Nós nos comprometemos a fazer a pesquisa, e fizemos.

— E ajustar o medicamento, caso fosse necessário.

DÉJÀ VU

— Mas não será necessário ajustar — interveio Dhara, e olhando para o vice-presidente, em busca de aprovação, prosseguiu: — Amanhã, relançamos o produto, com ou sem o seu aval.

— Última chance — disse Herman, oferecendo novamente a caneta a Karen.

— Não posso. Precisamos de mais tempo para pesquisar melhor...

Herman entregou a pasta a Dhara e pediu:

— A doutora Evellyn tem qualificações para assinar o documento?

— Sim, ela tem as qualificações, mas não tem autorização hierárquica para isso.

— Peça a ela que vá até meu escritório. Que ela troque o nome de Karen pelo dela nos papéis, assinando como a responsável. — E antes que Karen dissesse qualquer coisa, ele informou: — Vou promovê-la a pesquisadora-chefe de equipe. — Depois, virou-se para Karen e ameaçou, em tom áspero: — Vá para sua casa e pense se deseja continuar a trabalhar conosco. Quero uma decisão sua até amanhã. Creio que a doença de sua filha a esteja afetando muito mais do que possa admitir. Está atrapalhando seu raciocínio, suas emoções estão ficando confusas. Está se tornando uma profissional pouco confiável... — Fez uma longa pausa, depois concluiu, já dentro do elevador: — Tem até amanhã. E quero que participe da coletiva de imprensa, apoiando o trabalho da sua colega que acabou de ser promovida.

O elevador se fechou e subiu. Karen fitou Dhara e saiu. A amiga ainda tentou falar com ela:

— Karen! Por favor, espere...

Mas Karen foi até a sua sala, pegou a bolsa e saiu depressa do laboratório. Entrou no carro e, ofegante, mal conseguia respirar. Pegou o celular e, fitando os documentos que tinha capturado em foto, balbuciou:

– O que foi que eu fiz?...

CAPÍTULO 31

A cientista não tinha muita certeza sobre o que acabara de fazer, seguindo um impulso irresistível. Karen sempre fora racional e contida em todas as tomadas de decisão. Raramente agia por impulso, antes analisava tudo o que sentia e fazia o que lhe parecia mais razoável e adequado a cada situação. Agora mal se reconhecia.

Quando estacionou o veículo na garagem, desceu e travou a porta. Olhou o automóvel, uma BMW preta último modelo, pela qual ela era apaixonada, e passando a mão sobre o porta-malas, como a acariciar o carro, balbuciou:

– Não quero perdê-lo...

Subiu desanimada. Ao entrar em casa, deu de cara com Nina, sorridente, brincando com Lucas.

– Mamãe! – gritou a menina alegre e correu ao seu encontro. Karen se ajoelhou e a abraçou com força.

– Você está bem, mamãe?

Contendo as lágrimas que a emoção fez-lhe brotar, ela respondeu:

– Estou feliz em ver você melhor, mais animada.

– Estou me sentindo ótima. Ainda bem, não é mãe. Assim posso ficar um pouco mais com tio Lucas enquanto você trabalha.

Karen abraçou novamente a filha e sorriu concordando.

— Sim, minha querida.

— E que bom que você conseguiu vir mais cedo também...

— E cadê o papai?

— Já que o tio Lucas estava aqui para ficar comigo, papai foi trabalhar um pouco. Ele disse que tem pessoas querendo fazer uma nova exposição de seu trabalho. Ele ficou feliz.

— Estamos felizes porque você está melhor, filha.

— E vou ficar cada vez melhor. Vou ficar boa logo, não é mamãe?

— Estamos fazendo tudo o que podemos para que você se recupere, minha filha.

Nina correu de volta e sentou-se ao lado de Lucas, pedindo:

— Continue lendo, tio Lucas. Adoro ouvir você ler em inglês. Adoro seu sotaque. Acho engraçado...

Lucas sorriu para a menina, mas sentiu a tensão em Karen. Ela jogou a bolsa numa mesa de canto e foi para a cozinha, tentar se acalmar. Depois de terminar a leitura, ele sugeriu:

— O que acha de tomar um banho agora e descansar mais um pouquinho? O médico pediu que você descansasse bastante, não foi?

Nina emburrou-se, cruzando os braços.

— Estou cheia de tanto descansar...

— Eu sei, querida. Mas é para o seu bem.

— Não preciso descansar, mas, se você precisa conversar com minha mãe, posso ir fazer chá para as minhas bonecas. Elas também sentem minha falta, sabia?

— É claro que sentem — respondeu Lucas sorrindo, e fitou Karen, que não resistiu, e abriu um largo sorriso.

– Não dá para esconder nada de você, não é? Menininha sapeca! Vá fazer um chazinho para suas bonecas. Quando o jantar estiver pronto, eu aviso.

Nina não ofereceu mais resistência, compreendendo que tio Lucas e a mãe precisavam conversar. Então, subiu cantarolando uma canção infantil. Assim que a menina sumiu escada acima, Lucas indagou:

– O que houve, minha amiga? Você está muito tensa.

– Acho que fiz uma besteira enorme hoje, e não sei como reverter. E, pior. Nem sei se quero reverter...

Lucas escutava atentamente, ajudando Karen na cozinha, enquanto ela narrava o ocorrido no laboratório. Ao final, desabafou:

– Desde o que aconteceu na Irlanda do Norte, parece que minha vida está de ponta-cabeça... E agora está afetando inclusive minha vida profissional. Não sei o que fazer, Lucas... quero minha vida de volta...

– Qual delas?

Karen titubeou e balbuciou:

– Preciso de um pouco de paz... Sinto como se tudo estivesse se desintegrando, tudo o que construí, tudo o que acreditei até agora...

– Karen, sei o que está sentindo, conheço essa angústia. Mas não adianta lutar contra a realidade. A verdade é mais forte, e ela acaba se impondo de um modo ou de outro. Aceitá-la e buscar compreendê-la é sempre o mais sábio, poupando dor e sofrimento. Mas a decisão é nossa.

– Isso é o mais intrigante. Você diz isso, como se eu tivesse uma escolha, mas sinto como se não tivesse... Como se a realidade se impusesse e pronto, sem ser convidada, sem ser bem-vinda...

– Pense. E se foi você mesma quem definiu tudo isso, antes de voltar ao corpo denso?

– Como assim?

– Você foi James Stuart em outra vida, não foi?

– Sim.

– Tem alguma dúvida disso?

Karen pensou um pouco, depois respondeu:

– Não.

– Suas lembranças não alcançaram sua vida no mundo espiritual, depois de ter deixado a vida que tinha. Então, não sabe exatamente o que definiu para você mesma enquanto estava na outra dimensão. E, de uma forma ou de outra, tendo você desenhado sua encarnação, ou tendo concordado com aqueles que a organizaram, você teve responsabilidade direta em tudo o que foi planejado. Mesmo não se lembrando, há amigos espirituais que estão ao seu lado, buscando ajudá-la a fazer o que deve ser feito.

– Não compreendo isso direito. É tudo novo para mim.

– Eu sei. Lendo os livros, para ter conhecimento da realidade, e pedindo aos seus amigos espirituais que a ajudem, você vai abrir espaço em sua vida psíquica, para que eles atuem e consigam orientá-la.

– Quando você fala, parece fácil... – Karen interrompeu-se, lembrando do esforço que o amigo fizera para ajudar Nina, e se corrigiu:

– Ajude-me a vencer minhas limitações, meus temores...

– Suas crenças materialistas arraigadas...

Karen o fitou séria.

– O que devo fazer, meu amigo?

– O que você sente, no fundo do seu coração?

– Não costumo deixar meu coração se expressar muito...

– Mas vai precisar aprender a fazer isso, se quiser escutar sua consciência, a sua essência em conexão com Deus, a guiá-la.

Karen silenciou-se por um longo tempo, depois olhou para o amigo, e disse:

– Sei que parece loucura, mas eu quero falar com o cientista que foi expulso da empresa, o doutor Niklaus. Não sei direito ao certo o que vou encontrar em contato com ele; estive pesquisando muito, mas só há informações controversas, e a maior parte é negativa. Mesmo assim, sinto que preciso falar com ele.

– Então, vamos vê-lo.

– Vamos?

– Vou com você, Karen. Tenho mais alguns dias e posso acompanhá-la; se quiser, é claro.

– Vou tentar falar com ele, sim.

Johan chegou, feliz por ter fechado mais uma exposição de suas pinturas e esculturas. Karen evitou falar para o marido do ocorrido no laboratório. Não tinha ânimo, nem a convicção para esclarecer a ele as decisões que tomara. Depois do jantar, enquanto Lucas, Nina e Johan conversavam e se divertiam com um novo videogame, Karen foi até o escritório e ligou várias vezes para todos os telefones que tinha, sem sucesso. Depois enviou um e-mail para o endereço de contato, aguardando uma resposta. Tentou procurar o cientista nas redes sociais, e o localizou em uma delas. Tentou falar com ele por ali, mas também não obteve sucesso. Quanto mais a impossibilidade se desenhava, mais a vontade de vê-lo crescia em si.

Antes de se recolherem para dormir, Lucas indagou:

– Conseguiu alguma coisa?

– Nada. Amanhã, vou a sua casa, peguei seu endereço nos relatórios de Dhara. Você vai comigo?

– E Nina?

– Vou levá-la junto. Johan está cheio de compromissos, e não quero atrapalhar. Ele tem se doado muito a Nina nesta fase, mas, agora, precisa de um tempo para ele.

Na manhã seguinte, assim que Johan saiu, Karen, Lucas e Nina também saíram logo em seguida. Mas, ao chegar ao endereço, nova decepção. Não havia ninguém. Um menino que passava de bicicleta, perguntou ao vê-la bater insistente na porta da casa.

– Ele não vem para casa há muito tempo, moça.

– Ele se mudou?

– Acho que não, mas vem muito pouco para cá.

– E sabe onde ele está agora?

– Quem é você? O que quer com o doutor Niklaus? – indagou uma mulher que se aproximou, séria.

– Eu trabalho no laboratório onde ele trabalhava...

– Deixem-no em paz, ele não fez mal a ninguém. Parem de importuná-lo. Já não foi suficiente o que fizeram a ele, destruindo sua reputação e sua carreira? Não ficam satisfeitos nunca? Venha, Felipe. Vamos para casa.

– Por favor, espere. Não vim a mando do laboratório.

– Tanto faz. Isso não importa.

– Vim pela minha filha, Nina. – Indicou a criança e prosseguiu: – Ela está precisando de ajuda... Por favor, se sabe de alguma coisa, me ajude.

– O que tem sua filha?

Karen aproximou-se da mulher, afastando-se de Nina. Apresentou-se e explicou a situação que enfrentava e o motivo por que desejava encontrar-se com o cientista.

– Preciso saber se, o que aparece em algumas de suas pesquisas, é possível.

Ainda desconfiada, a mulher saiu e depois de alguns minutos, voltou com anotações em um papel.

— Ele vai recebê-la com a menina. Aqui está o endereço. Mas certifique-se de que ninguém a está seguindo. Ele não quer ser importunado por mais ninguém daquela empresa, nem da indústria farmacêutica, nem da indústria médica, nem da imprensa, por ninguém, entende? Ele precisa de paz.

— Eu também, minha senhora – balbuciou Karen. – Obrigada. Ninguém vai saber, pode ficar tranquila.

Saíram e localizaram no aplicativo do celular o endereço.

— Ele está em Berna... na Suíça! É longe. Acho melhor eu ir sozinha, Lucas. Você cuida de Nina por mim? Vou viajar de noite; talvez tenha de passar a noite toda por lá e só voltar pela manhã.

— Pode ir tranquila, fico com Nina. Se bem que ela pediu para vê-la. Não seria melhor levá-la?

Karen fitou-a no banco de trás e depois de pensar um pouco, falou:

— Acho melhor primeiro eu o encontrar sozinha, para o caso de ele estar um pouco perturbado.

— Está certo.

Duas horas depois, Karen pegava a estrada para Berna, na Suíça. Seguia com a mente confusa, os pensamentos se sobrepondo uns aos outros, mas sentia uma determinação vinda sem saber de onde.

Depois de seis horas de viagem, chegou ao endereço indicado. Ao estacionar o carro, viu um homem saindo da casa.

— Veio sozinha?

— Sim, doutor Niklaus.

— E a menina?

— Ela fez o transplante de medula há pouco tempo, achei melhor que ela não fizesse uma viagem tão longa.

— Ainda mais sem saber o que ia encontrar, não é, doutora? Ele a cumprimentou e indagou:

— Como me encontrou?

— Segui os rastros de seus arquivos no laboratório.

— Pensei que estivesse tudo destruído.

— O que houve, doutor? O que aconteceu? Por que se esconde deste modo?

Ele a convidou a entrar em amplo jardim de inverno, ofereceu-lhe um chá e enquanto bebiam, começou a contar sua história.

— Tive de sair de circulação, para preservar minha vida. Se continuasse a enfrentá-los, certamente estaria morto e isso não serviria a ninguém; pelo menos, não neste plano material. Meu lugar ainda é aqui, ajudando pessoas como você e sua filha.

— Mas tão escondido assim?

Niklaus sorriu e respondeu, colocando a xícara sobre a mesinha.

— Eu sei me fazer achar, quando é necessário.

Karen depositou sua xícara igualmente e focando toda a sua atenção nele, o escutou.

— Trabalhei alguns anos para a indústria farmacêutica. Formei-me médico, e me especializei em oncologia. Quando era jovem e escolhi a medicina, queria realmente ajudar as pessoas. Mas aos poucos fui me distanciando desse propósito. O trabalho me exigia. Comecei a galgar posições cada vez mais significativas, e me dizia, o tempo todo, que, quanto mais crescesse, mais poderia ajudar. No entanto, passei a gostar da posição que ocupava, das viagens, festas, do dinheiro fácil e cada vez em maior quantidade. Cheguei ao posto de diretor-geral de um dos laboratórios. Revisava as pesquisas e percebia que elas se distanciavam cada vez mais da verdade, manipulando os resultados e depois, com extrema habilidade, a opinião pública. A morte de uma criança no bairro onde eu morava, acabou por me despertar do torpor em que eu vivia. Ao me dar conta do que estava me tornando, ou seja, um assassino em massa, eu me apavorei. Eu estava completamente refém do sistema. Minha família usufruía de um padrão de vida invejável, e eu queria tudo aquilo para mim. Mas minha consciência não me deixou mais dormir. Comecei a passar noites em claro, lendo e relendo as pesquisas e suas mentiras muito bem articuladas e as verdades camufladas adequadamente. Decidi fazer minha própria pesquisa. E não demorou muito para eu descobrir alguns medicamentos que poderiam realmente curar certos tipos de câncer em diferentes estágios. Eu sabia que, se me aprofundasse, se continuasse pesquisando, chegaria à cura de modo mais abrangente.

Karen o escutava, atenta.

– Foi quando o que eu estava fazendo vazou para a direção do laboratório. Alguém da equipe, que queria o meu lugar, passou a informação. Ou foi a própria concorrência, eu não sei. O que sei é que, quando descobriram o que eu estava fazendo, pediram que eu destruísse tudo. As pesquisas, os medicamentos, as fórmulas, tudo. E não deixasse rastros. Eles já sabem que a cura existe, mas querem controlar a informação, para usá-la de acordo com seus interesses e não para o bem da população. As doenças proporcionam muito mais lucro à indústria farmacêutica, do que a venda dos medicamentos que as curem em definitivo. Manter os doentes vivos, consumindo tratamentos caros, mas sem oferecer-lhes a cura, faz girar a roda financeira.

DÉJÀ VU

– E o que você fez?

– Essa é uma longa história, Karen. O resumo é que fui demitido. Tudo o que pesquisei foi destruído e fui difamado ao extremo. Tentei levar ao conhecimento público minhas descobertas, mas eles trataram de me desqualificar, de me denegrir, para que ninguém me desse ouvidos. Eu perdi tudo: minha família me abandonou, não suportaram viver com os problemas e a perseguição que sofri. Meus pais tinham essa propriedade e resolvi viver aqui, seguindo com minhas pesquisas, agora de modo anônimo. Faço os remédios e os distribuo, sempre com a verdade. Nem todos se curam. Trata-se de um medicamento experimental. Há muito ainda a ser pesquisado, mas faço o que posso.

– E como faz para sobreviver e seguir com o trabalho?

– Parte com recursos próprios, mas há muitos homens de bem que me apoiam. Há cientistas, como eu, segregados pelo sistema, que trabalham igualmente de modo anônimo, pelo bem real das pessoas. Hoje, tenho o apoio de muitos deles.

– E pode me ajudar?

– Tenho alguns casos de sucesso no tratamento de situações semelhantes ao de sua filha, mas precisarei que a traga aqui; vou ter de examiná-la e pedir vários exames. Depois podemos ver qual o medicamento mais indicado. Você terá de assinar um documento em que tem conhecimento dos riscos. E eu aconselho que siga com os tratamentos convencionais também. Além disso, há ações preventivas para que não haja reincidência. Se você concordar, adotaremos várias delas, concomitantemente. Lutaremos pela vida de Nina com todas as ferramentas que tivermos.

– Sim – respondeu Karen, limpando as lágrimas que desciam.

– Precisará ser corajosa, doutora. Romper com o convencional exige muito mais coragem do que pensa. E se o laboratório souber o que está fazendo...

– Agora acho que eles já sabem. Eu me neguei a assinar a última pesquisa, com a qual não concordei. Vão relançar o medicamento mesmo assim...

– E é ruim?

– Parece ruim, mas não tenho certeza, por isso queria aprofundar as pesquisas.

– É provável que não gostaria do que fosse encontrar. Por isso, forçaram-na a terminar e relançar o remédio.

– Mas já enfrentaram vários processos por conta do tal medicamento. Muita gente já morreu...

– Não preciso lhe dizer o quão poderosos eles são, não é, doutora?

– Eu sei.

– Prepare-se para as represálias, pois, por certo, elas virão.

Ao se despediram, Niklaus perguntou a Karen:

– Quanto de verdade você acha que está pronta para aceitar?

– Como assim?

– Você me entendeu. É uma cientista, acima de tudo. Creio que busca a verdade. Sente-se pronta para encontrá-la e aceitá-la?

Relembrando de imediato a experiência que vivera com o *Déjà vu*, ela respondeu:

– Não tenho a resposta a essa pergunta, mas parece que a vida está me convidando insistentemente para que eu a descubra de verdade.

– Muito bem, espere um minuto. Quero dar-lhe algo.

O cientista entrou e depois retornou com vários livros nas mãos.

— Esses são alguns cientistas que têm procurado a verdade, acima dos interesses próprios ou de quem quer que seja.

Karen olhou os livros, os autores, e comentou:

— Física quântica, Espiritismo, filosofia...

— "Quando o aluno está pronto, o mestre aparece". Conhece essa frase? Parece que você está pronta...

Despediram-se definindo o próximo encontro, com a presença de Nina. Karen foi para um hotel descansar àquela noite e na manhã seguinte retornou para casa.

CAPÍTULO 32

Naquela noite, Herman, juntamente com outros encarregados das áreas estratégicas da organização, participava de tensa reunião na dimensão extrafísica. O responsável espiritual pela empresa, ordenava, agressivo:

— Vocês devem dar um jeito nessa moça, ela pode atrapalhar, criar entraves, nos dar mais trabalho depois.

— Karen está fragilizada com a doença da filha, será fácil controlá-la. Ela está vulnerável emocionalmente, não tem estrutura espiritual alguma. Ela não será um problema – argumentava Dhara.

— Ela esteve com Niklaus. Eu avisei que vocês deveriam tê-lo eliminado.

— Nós tentamos, mas ele tem suas proteções. No entanto, acabamos com sua reputação, destruímos suas perspectivas – dessa vez foi Herman quem respondeu.

— Acho que não. A reputação pode até ter ficado comprometida, mas ele continua atuante.

— Mesmo com todas as ameaças não conseguimos pará-lo. Eu disse que ele tem proteção...

DÉJÀ VU

– E agora essa maldita cientista, está seguindo os passos dele. E pior ainda, ela tem enorme força também. É que ainda não se deu conta. E vocês dois são patéticos. Não reconhecem uma potência quando se deparam com uma? Ela tem muito conhecimento adormecido. Quando esse arcabouço de memórias despertar, ela ficará forte. Precisam agir depressa e impedi-la. Precisam aniquilá-la antes que ela se torne mais forte.

– Vamos fazer isso imediatamente. Ela vai virar fumaça...

– Acho bom mesmo! Ou nossos planos de levar mais dor e sofrimento às pessoas, distanciando-as da realidade e dos reais caminhos da libertação espiritual, encontrarão mais opositores. Temos de manter os encarnados sob o nosso controle, servindo aos nossos interesses, para que nada mude na humanidade. Se eles despertarem para o poder que têm, para quem são de fato, e se perceberem que na ligação real com... vocês sabem, com aquele contra o qual nos opomos, nos enfraqueceremos, nosso domínio neste planeta não pode ser enfraquecido. Estão tramando... Querem nos levar daqui. Muitos já foram transferidos[12], mas vamos lutar. Levaremos toda a humanidade conosco!

O ser espiritual foi se transformando à medida que se inflamava em seu discurso. Odiava a humanidade, emanava raiva e rancor, e sua figura agora era diabólica. Os olhos tornaram-se vermelhos como uma romã, e faiscavam de ódio. Aquele ser odiava o Criador acima de tudo, e se opunha a tudo o que o Ser supremo faz.

---

12 Refere-se ao processo de exílio dos espíritos rebeldes e recalcitrantes contra Deus, que estão sendo transferidos da Terra para outros orbes em estado de desenvolvimento menos adiantado, em decorrência do processo de transição pelo qual passa o planeta Terra, de um planeta de provas e expiações, para transformar-se em um planeta de regeneração.

— Livrem-se dela com competência, ou nos livraremos de vocês. Agora vão que tenho mais o que fazer. O tempo urge e não quero perder mais seguidores. Cada um que desperta é mais problema. Vão, vão.

No dia seguinte, quando Karen chegou em casa no início da tarde, Johan a aguardava. Puxou-a de lado e disse:

— Precisamos conversar. Onde esteve? O que está acontecendo com você? Vem agindo de modo estranho. Entendo que lidar com a doença de Nina seja um desafio para todos nós, mas sinto que você está diferente e não sei como lidar com isso...

— Desculpe, Johan, não temos tido muito tempo para conversar. Eu não quero atrapalhar seu trabalho. Sei o quanto as exposições são importantes para você e também que tem se dedicado muito para Nina. Agora quero que cuide um pouco de você, do seu trabalho.

— Mas para isso preciso de você aqui, comigo!

— Mas estou aqui, querido.

— Onde esteve? Por que tanto mistério, ou tudo dito pela metade? Está fazendo alguma coisa que acha que não vou concordar, não é? Eu conheço quando faz isso, Karen.

— Johan, entre nós dois, você sempre foi o mais sensível e aberto a novas experiências. Só que tenho vivido coisas que vão além do meu entendimento. Eu lhe contei a experiência que tive na Irlanda do Norte, aquilo foi verdadeiro. Não foi uma impressão, uma ilusão, ou coisa parecida. Foi real. E, por isso, não posso ignorar. Sei o que vi, senti e vivi durante as recordações. A realidade das vidas sucessivas se tornou incontestável para mim. E agora há outros fatos que não posso ignorar...

Johan a fitava aguardando que ela falasse. E Karen lhe contou a experiência com o cientista suíço. Ao final, a reação do marido a entristeceu.

— Não vou admitir que você faça experiências com nossa filha, colocando a vida dela em risco.

— Jamais faria isso.

— Como não? Expondo-a a um charlatão? Um aproveitador?

— Por favor, Johan, precisa confiar um pouco em mim, no meu bom senso.

Johan se calou, confuso. De fato, uma das coisas que mais apreciava na esposa era o bom senso e a visão crítica que ela sempre tinha.

— E o que você quer fazer?

— Penso em levá-la para ser examinada por ele. Vamos ver o que vai dizer. Não quer dizer que vamos seguir à risca o que ele recomendar. E acima de tudo, de maneira alguma pretendo interromper o tratamento tradicional. Mas você tem visto que os médicos não se posicionam, não dão um prognóstico mais claro. É sempre tudo com evasivas, impreciso e... sem esperança. Eles nunca se comprometem com nada. E já que deixam para que a gente, os maiores interessados, tenhamos nossas conclusões sobre tudo, porque eles não clareiam nada, não nos dão respostas ou um caminho definido, vão seguindo os protocolos, acho que nos cabe procurar todas as alternativas possíveis, desde que, é claro, façamos prevalecer o bom senso, a sensatez e, principalmente, tenhamos a mente aberta.

— Não acredito que é você que está dizendo isso... Depois

de tudo o que fez quando sua mãe... Parece que a estou escutando, conversando com você.

– Pois é, Johan. Um capricho do destino. Fui tão severa com ela, quando meu pai ficou doente. Eu a julguei e condenei, crendo que estava se entregando a crendices.

– De alguma maneira, você a responsabilizou pela morte de seu pai. Foi muito dura com ela e com sua irmã.

– Eu sei e não me orgulho disso. Estou pagando agora cada palavra, cada julgamento que fiz. Mas isso não importa. O que interessa é a recuperação de Nina. Se existe uma possibilidade real, eu vou me dedicar a procurá-la. Preciso fazer isso. O doutor Niklaus me entregou cópias de seus estudos. Vou analisá-los, Johan, vou ler tudo. Você sabe bem que essa é minha especialidade...

– É uma ironia... Uma coincidência absurda...

Karen fixou o olhar lúcido no marido e balbuciou:

– Ou uma sincronicidade, uma convergência de fatos que são regidos por algo muito maior, e que ainda desconhecemos...

– Deus?

Karen sorriu e tocando nas mãos do marido, pediu:

– Venha conosco na próxima semana. Você poderá tirar suas próprias conclusões. Mas me permita levá-la para uma consulta com ele.

– Olhe, Karen, se não estivesse escutando tudo isso de sua própria boca, não acreditaria. Duvidaria até mesmo se fosse uma gravação. – Fez longa pausa, depois concluiu: – Está certo. Vamos dar a esse cientista o benefício da dúvida, mas não vamos decidir nada sem conversarmos e analisarmos tudo exaustivamente depois da consulta.

– Obrigada por sua confiança.

Mais tarde se despediu do marido.

— Vai trabalhar?

— Me ligaram do laboratório. Não sei o que vai acontecer, mas preciso ir até lá.

Ao sair, Lucas lhe disse:

— Sei que é difícil para você, muitas coisas novas acontecendo, tudo se precipitando, descontrolado, mas você está no caminho certo, Karen. Não podemos negar a realidade, mesmo que ela não seja exatamente do jeito que gostaríamos que ela fosse... Tem todo o meu apoio.

— Obrigada, Lucas. Vou precisar de todo o apoio mesmo!

Ao chegar ao laboratório, Karen foi direto para sua sala e se surpreendeu ao encontrá-la trancada.

— O que é isso? — indagou ela para sua assistente, ao constatar que estava impedida de entrar em seu escritório. — O que está acontecendo?

— Herman mandou trocar a fechadura de sua sala e trancá-la. Levou as chaves e disse que assim que você chegasse, fosse procurá-lo. Boa coisa não deve ser, doutora.

— Com certeza, não.

— Vou ligar para ele.

— Não precisa. Vou direto à sala dele.

— Deve aguardar na minha sala, Karen. O doutor Herman está em uma importante reunião, e vai conversar com você assim que terminar — informou Dhara, aparecendo diante de Karen.

— Sabe o que está acontecendo?

— Você também sabe o que está acontecendo. Mexeu nas minhas coisas sem autorização. Pegou informações confidenciais, que pertencem à companhia. Infringiu regras claras e normas com as quais se comprometeu quando assumiu suas funções. Está traindo a confiança de todos, Karen.

Dhara falava alto, em voz bem clara para que todos a escutassem.

— Estou desconhecendo você, Dhara. Precisa falar tão alto? Não dá para ser discreta?

Como se a ignorasse, Dhara continuou:

— Você foi pouco profissional. Ficou bem claro para todos que está mentalmente afetada pela doença de sua filha. Não está tendo estrutura para lidar com o problema e ficando paranoica. Precisa de ajuda psiquiátrica, Karen. Suas avaliações da realidade estão sendo prejudicadas por seu estado mental. Precisaria mesmo se internar. Onde já se viu jogar uma carreira promissora como a sua para o alto, colocando tudo a perder? Onde está seu compromisso com o trabalho, com seus colegas? Com a sociedade?

— Pare com isso agora, Dhara! Sei o que está fazendo. O doutor Niklaus me advertiu que isso poderia acontecer.

— Quem? De quem está falando?

— Doutor Niklaus. Você sabe muito bem quem é.

— O cientista destemperado e esquizofrênico que falou e fez bobagens e tolices, sem nenhuma comprovação científica? Ele é um louco, um demente. E se você conversou com ele, vazando informações ou se utilizando de dados confidenciais, será processada.

O telefone tocou, e a assistente, depois de atender, informou:

— Doutor Herman pediu que subam. Vai vê-la agora na sala do diretor-geral.

O diretor-geral da empresa, mais dois diretores e o vice-presidente aguardavam-na. Assim que ela entrou, Herman entregou a Karen um documento.

— Esta é a sua carta de demissão, o rompimento do contrato que temos. Você assinou conosco um contrato de confiden-

DÉJÀ VU

cialidade absoluta. Não pode utilizar nenhum tipo de informação de nossa organização para fins pessoais. Se não concorda mais com as nossas políticas e objetivos, melhor que vá embora. E esteja ciente de que, qualquer tipo de rompimento de seu contrato de confidencialidade, você conhecerá a competência da nossa equipe jurídica.

Karen estava lívida. Não imaginara que a ação da empresa fosse ser tão truculenta, com tanta violência. Limitou-se a indagar:

— Tenho de assinar alguma coisa?

— Aqui — apontou o representante do departamento jurídico.

Karen leu com a atenção que conseguiu; as palavras como que se embaralhavam diante de seus olhos. Conter os pensamentos e as emoções era difícil. Mas Everton e sua equipe espiritual a envolviam com energias intensas, de puro amor, com o objetivo de fortalecê-la. Everton falava afetuoso: *Melhor assim, Karen, pode assinar. Não tenha medo. Assuma com confiança os novos desafios que a Providência coloca em seu caminho, e descobrirá o quanto pode ser feliz... Verdadeiramente feliz.*

Karen serenou o coração, ao toque das palavras de Everton, captadas pelo seu espírito. Terminou de ler e assinou o documento. Abriu um leve sorriso e disse, ao se despedir:

— Não poderão calar a verdade. Podem tentar deturpá-la, escondendo-a com muitas mentiras, mas não podem impedir a luz de brilhar.

Saiu sem esperar resposta. Herman autorizou Dhara a tomar providências.

— Pode disseminar os posts nas redes sociais. Comece a denegri-la. Espalhe as notícias falsas por todo o lado. Ela vai dar trabalho...

CAPÍTULO 33

Tremendo sem parar, Karen mal conseguia achar as chaves do carro e quase rasgou a bolsa ao meio, procurando por elas; por fim as encontrou. Entrou no carro, ligou e saiu cantando pneus. Ao se afastar cerca de dois quilômetros do laboratório, ela entrou em um posto de gasolina, encostou o carro em um canto e começou a chorar. Sentia raiva, medo, indignação, tudo ao mesmo tempo. Como podiam ter feito aquilo tudo com ela? Somente por não querer assinar a pesquisa. E ela não dissera que era contrária, apenas que queria mais informações... Eles eram cruéis demais. No fundo, ela já sabia daquilo, por mais que não gostasse de lidar com a realidade. Agora, ser obrigada a ver a verdade dura diante dela era apavorante; sentia-se fraca e impotente diante daquela realidade. Onde encontraria forças? Como lidar com tudo o que estava acontecendo em sua vida?

– Por que tudo tem de acontecer de uma vez? Eu odeio tudo isso! – esbravejou ela em voz alta, ao conseguir se acalmar ligeiramente.

Foi direto para casa. Sentia raiva ao pensar em Lucas, pois ele a incentivara, de um modo ou de outro, sentia como se as crenças que estava começando a abraçar a prejudicassem naquele momento. Estacionou o veículo e subiu, sem ânimo.

Ao entrar, deparou-se com Nina brincando com o amigo brasileiro. Imediatamente, a imagem sorridente de Grace aflorou-lhe na memória, e ela sentiu imensa ternura. Das profundezas de seu inconsciente afloravam as lembranças de Grace e da mágoa e ressentimento que ficaram impregnados depois de se permitir ser enganada pelo pai; agora deixava fluir o profundo amor que nutria por ela. Aquele sentimento inundava sua alma e, apesar da bagunça em que sua vida mergulhara, ela sentia amor, carinho e ternura, e aqueles sentimentos lhe faziam bem, lhe fortaleciam e iluminavam sua mente com clareza.

– Já em casa?! – surpreendeu-se Lucas.

– Oi, filha. Como se sente?

– Eu estou bem, mamãe. Um pouco cansada, mas estou bem. Veio para me levar ao hospital?

– Sim, filha.

– Pensei que o papai fosse me levar.

– Mas agora que estou aqui, vou com você. – Karen tremia e Lucas, assim que teve oportunidade, indagou:

– Está tudo bem?

– Nada bem. Fui dispensada do laboratório... As minhas coisas estão lá no carro, a minha maldita caixinha de coisas "pessoais".

– Por causa de sua decisão em relação à pesquisa?

– Também. Eles descobriram que fui ver o doutor Niklaus e se apoiaram em eu ter mexido nas coisas da Dhara, em informações confidenciais.

– Você se tornou uma ameaça para eles.

– Acha que pensam assim?

— Com certeza, Karen. Eles escondem a verdade a todo custo, e, a qualquer ameaça ao *status quo*, eles reagem vigorosamente. Acha que vão esperar você tomar atitudes? Eles se antecipam e atacam. Como dizem, é a melhor defesa.

— Mas eu não os ataquei, eu não fiz absolutamente nada.

— Não é a visão deles, Karen. Você se opôs a assinar o relatório e começando daí, já se tornou um empecilho, e eles detestam qualquer oposição.

— Inacreditável. Sinto como se, por todos esses anos, eu estivesse amortecida. Eu sabia que eles transgrediam leis e ética, quando lhes interessava, mas nunca quis saber a fundo, e racionalizava, tentando justificar para mim mesma os atos que imaginava, pelos indícios, serem praticados por eles. Quando um cientista ou funcionário-chave do laboratório era despedido, sempre por incompetência, quebra de contratos, ou ações antiéticas, eu me esforçava por acreditar. E vivia em um torpor. Agora é como se eu estivesse despertando, e o que vejo é muito, muito ruim... Não sei o que fazer, Lucas. Estou com medo.

— Medo do quê, exatamente?

Karen fitou o amigo, a filha, passou o olhar rapidamente pelo apartamento belíssimo e modernamente decorado, e respondeu:

— Medo de perder tudo o que eu construí... Na verdade... estou apavorada... Minha cabeça está explodindo, doendo muito. Acho que preciso tomar um analgésico...

— Johan está chegando para levar Nina ao hospital, não quer descansar um pouco? Ficar sozinha para pensar? Eu vou com eles, e você fica à vontade.

— Acho que é melhor. Vou tomar um tranquilizante...

DÉJÀ VU

– Tente dormir sem nada, para que seu sono seja mais natural. Às vezes, os nossos orientadores espirituais esperam pelo momento de nosso sono para conversar conosco e nos orientar.

– E o remédio atrapalha?

– O natural é sempre melhor. Trouxe um remedinho natural para ajudar a induzir o sono. Quer tentar? Vou pegá-lo lá na minha mala.

Ela balançou a cabeça concordando e, depois de beijar suavemente a filha, disse:

– Vou ficar aqui para descansar e pensar um pouco.

– Não vai mais para o seu trabalho, não é, mamãe?

– Para aquele trabalho não, minha filha. Lucas vai com você e o seu pai. Eu estarei aqui quando vocês voltarem. Não fale nada para ele. Eu mesma quero contar, pode ser?

– Sim.

Karen abraçou a filha com ternura e a beijou com carinho. Depois subiu. Lucas colocou nas mãos dela três cápsulas de um medicamento natural, e ela, olhando desconfiada para elas, indagou:

– É natural mesmo?

– Totalmente. Pode tomar, não vai lhe fazer mal.

– Mas o que é isso? Melatonina?

– Não, chama-se mulungu[13], é um nome complicado, dei-

---

13 Mulungu é uma planta medicinal brasileira, que também é conhecida pelos nomes de canivete, bico-de-papagaio e corticeira. Os frutos, as flores, as sementes e as cascas da planta podem ser utilizadas. As cascas, inclusive, são utilizadas na receita de chá de mulungu. Entre os inúmeros benefícios do chá de mulungu, destaca-se a indicação para caso de insônia ou ansiedade: por possuir propriedades calmantes, o mulungu serve como remédio caseiro para pessoas que sofrem com esses tipos de problemas. Pesquisas realizadas com ratos já mostraram que extratos de mulungu podem colaborar com a diminuição dos níveis de ansiedade.

xe para lá. É bom, ele faz a gente pegar no sono bem lentamente, e naturalmente. É um indutor do sono, mais nada. Não é tranquilizante, nada disso.

– E funciona?

– Experimente. Na maioria das vezes, me ajuda a adormecer. Não sei como isso funciona, mas sei que é bom.

– Você sempre preferiu os medicamentos naturais... – comentou ela sorrindo ao pegar nas mãos as cápsulas. – Muito bem, vou experimentar. Já que minha vida está de pernas para o ar, pior não pode ficar.

Karen entrou em seu quarto, vestiu uma roupa confortável e sentou-se na poltrona, olhando pela janela o verde das árvores. O lugar onde ela vivia ficava a alguns quilômetros do centro de Colônia e era um lugar cercado de natureza. Depois de engolir os remédios que Lucas lhe dera, ela ficou observando o céu, as árvores e sentindo o seu corpo inteiro tremer. Estava assustada e insegura. Sempre fora uma pessoa organizada e planejada, desde a adolescência. Elaborava planos e os seguia à risca. Mas, naquele momento, sentia que perdera totalmente o controle da própria vida. Não gostava da sensação e tinha vontade de desaparecer, de não existir...

Aos poucos o medicamento natural começou agir, e, sob intensa ação de Everton e de sua equipe espiritual, que, em círculo ao redor dela, com os braços estendidos, vibravam com amor intenso, atuando sobre os chacras de Karen, no sentido de limpá-los e equilibrá-los, para que ela pudesse se acalmar, a cientista foi se sentindo sonolenta.

– Não é que esse remedinho funciona mesmo...

Deitou-se na cama e adormeceu profundamente. Seu corpo espiritual se desprendeu do corpo denso, magnetizado e sob a ação do amigo espiritual. Ele a recebeu no plano extrafísico com um largo sorriso.

— Fez bem em experimentar algo novo. Suas resistências, às vezes, são quase, veja bem, quase intransponíveis.

— Quem é você?

— Everton. Seu protetor espiritual.

Ela olhou para o próprio corpo em sono profundo e depois para si mesma outra vez.

— Acho que estou ficando louca ou esse remédio que o Lucas me deu é um tremendo alucinógeno... Ou então...

— A verdade parece tão impossível assim?

Ela fitou Everton sem responder, e ele prosseguiu:

— Chegou o momento da grande mudança, Karen, ou devo dizer James?

— James... Você sabe...

— Não só sei, como ajudamos você para que pudesse se lembrar de seu passado.

— Mas por que agora?

— Porque esse é o momento oportuno para que possa assumir a sua tarefa no planeta.

— Tarefa?

— Alguns chamam de propósito de vida. Não importa. Todos estão no planeta para realizar algo específico, pessoal, para seu próprio avanço e dos demais. É a lei do progresso agindo no universo. Tudo se transforma objetivando o crescimento, o desenvolvimento. Não há nada estagnado, apenas o ser humano, com seu livre-arbítrio, insiste em estacionar e ficar disperso por muitas e muitas encarnações. Até que a dor o visita e então, na busca por atenuá-la, pode reencontrar o caminho de seu crescimento espiritual.

– E o que eu tenho de fazer?

– O que mais ama: pesquisar, descobrir, provar e divulgar ao mundo suas descobertas. Trabalhando para o bem, para a luz. Usando os conhecimentos em favor de todas as pessoas.

– Eu estou com medo, muito medo.

– Eu sei. A mudança assusta, mas ela sempre nos leva a um bom lugar, se soubermos seguir o seu fluxo natural. Precisa se libertar do medo, Karen e reestabelecer a confiança dentro de si. Esse é o primeiro passo.

– Minha filha vai ser curada? Ela deve tomar os remédios que o doutor Niklaus indicou? Ele é confiável?

– Ela deve tomar os remédios, ele é confiável e é muito possível que ela se cure. Entretanto, não tenho certeza.

– Por que não? Por que ninguém tem certeza?

– Vai depender muito dela.

– Como assim? De como o organismo dela vai reagir?

– E de como o espírito de Nina vai lidar com tudo isso. Até aqui ela vem confiante.

– Mas é só uma criança...

– O corpo, Karen, o corpo. O espírito dela é imortal, já viveu muitas vidas e nesta, está colocado em suas mãos, para ajudá-la a progredir. Além do mais, tudo depende de uma programação mais ampla, em última instância, da vontade divina, que age sempre proporcionando o melhor para todos.

Karen ameaçou chorar, mas Everton pediu:

– Não fraqueje mais, Karen. Ela precisa de sua confiança. Estamos intercedendo por ela e por você, para que tenham tempo e oportunidade de trabalhar para o bem. Você precisa crescer espiritual e moralmente, Karen, enfrentar os desafios que são necessários para o seu aprimoramento, resgatar os débitos que contraiu com a lei divina, e estão programados para ser saudados nesta encarnação, e seguir com sua caminhada espiritual. Ficar parada é atrair dor, sofrimento, angústia e pesar para sua alma. É preciso seguir adiante.

– Mas não entendo...

– Precisa estudar muito, Karen. Recomendo que leia as obras de Allan Kardec, depois os livros de André Luiz, psicografados por Chico Xavier. Também precisa estudar filosofia, e física quântica.

– Foi o que o doutor Niklaus me aconselhou.

– Ele indicou bons livros, leia-os. Mas não fique somente na leitura. Aplicando os conhecimentos é que você poderá usufruir dos resultados. Com a experiência, começará a compreender em profundidade. Não somente saberá, mas sentirá.

– Ter fé para mim é tão difícil.

– Não precisa ter fé.

– Como assim? É um espírito de luz ou não?

– Não. Sou apenas um amigo espiritual também trabalhando para crescer. Você não precisa ter fé. Precisamos de fé quando não conhecemos algo e alguém nos fala daquilo. A pessoa nos ajuda a confiar em algo que não conhecemos. Quando você conhecer a Deus, Karen, não precisará ter fé. Você saberá, simples assim.

A cientista fitou o amigo espiritual, que emanava tênue luz. De traços suaves e delicados, mais parecia um anjo. Karen sentiu intensa emoção e vontade de abraçar o enviado divino.

– Você conhece Deus?

– Eu busco experimentá-lo todos os dias. Não é fácil, mas estou aprendendo... E você pode experimentar também. Deixe que a ajudemos nessa busca. Confie em Lucas, confie em você e no Criador, que vai fazer chegar a você tudo o que é bom e necessário para que realize seu propósito na Terra. Um propósito que está dentro da vontade Dele para você, para os seus irmãos de humanidade, para o Planeta. Mas vai precisar confiar para começar a jornada. Depois, à medida que for dando dos passos, o caminho aparecerá.

— O que devo fazer?

— Você saberá. Se aceitar trilhar o caminho, fazer o que veio fazer nesta encarnação, e aceitar crescer, aprender e se desenvolver, tudo chegará a seu tempo em sua vida. E você sentirá qual é a escolha certa.

— Como saberei que é a coisa certa, que é a vontade de Deus?

— Porque a nossa vontade grita, mas a de Deus sussurra em nossa alma. Se aprender a silenciar sua mente e prestar bastante atenção ao que brota suavemente em seu interior, você reconhecerá a voz divina. E não tema os que se levantarem contra você, pois muitos irão se levantar. Fique firme. Estaremos com você sempre, ajudando, trabalhando para que os desígnios de Deus se cumpram em sua vida. Precisa confiar e lançar-se com coragem nessa empreitada. E será vitoriosa, Karen. Não somente nas iniciativas pontuais, mas em sua encarnação como um todo.

Ele fez breve pausa; o brilho em seus olhos se intensificou, e Everton brilhava ainda mais. Fitou Karen com imensa ternura e disse:

— Além do mais, Grace precisa de sua ajuda. Ela ainda a aguarda e somente você poderá resgatá-la. Já tentamos várias vezes, mas ela está tão profundamente magoada, com tamanho ódio, de você principalmente, que não escuta mais nada e ninguém.

— Grace... O que eu fiz a ela...

— O seu egoísmo fez com que a abandonasse um dia, e agora, o seu sacrifício e renúncia a buscar unicamente seus próprios interesses, poderão salvá-la. O que vai escolher, Karen?

— O que eu preciso fazer?

Everton sorriu e, abraçando com ternura aquele ser tão amado, disse:

— Aceitar e confiar. Estudar e agir no bem, e somente no bem, como fez no laboratório. Não pode mais concordar em fazer o que prejudica, o que destrói. Agir no bem, constantemente, mesmo que isso contrarie seus interesses, como você fez. Perdeu o emprego, mas ganhará muito, Karen. Tenha paciência e aceitação. Calma e confiança. Aja no bem, espalhe as boas sementes e verá que encontrará todas as respostas e, a seu tempo, colherá os frutos de sua perseverança.

CAPÍTULO 34

Ao despertar, Karen tinha nítida lembrança do encontro espiritual e de todas as emoções que a conversa com aquele ser iluminado despertara nela. Ela tinha certeza de que não fora apenas um sonho, pois era muito distinto de outros que tivera. Constatou que a dor de cabeça havia desaparecido e se sentia bastante disposta. Sentou-se na cama devagar e sentiu intensa vontade de experimentar o que Everton lhe dissera. Pensou em tudo o que acontecera no laboratório e a forma como tão rapidamente ela havia se transformado de uma cientista respeitada e de sucesso, em uma inimiga daquela indústria. Simplesmente porque decidira fazer uma única vez aquilo em que acreditava de fato. Encostou-se na cabeceira da cama e viu o *livro dos espíritos* que ficava sobre a mesinha. Pegou o livro e o folheou, pousando os olhos no Capítulo I: Deus. Leu o capítulo de uma só vez. Tudo o que lia fazia pleno sentido, e ela abria-se interiormente para o conhecimento da realidade do universo, deixando que os conhecimentos transmitidos a Allan Kardec, entrassem em sua mente. De fato, ela devorou aquele capítulo e já ia passar para o próximo, quando escutou as vozes de Johan, Lucas e Nina. Eles estavam de volta. Depositou o livro de volta na mesinha e pensou que queria ler aquele livro inteiro. Foi direto para o chuveiro e viu que já era noite.

Depois do banho, desceu disposta a preparar o jantar.

— Como foi o tratamento hoje? — indagou o marido, olhando para a filha.

— Foi tudo bem. A melhora é lenta, mas está acontecendo. Vão fazer nova bateria de exames na semana que vem.

— Não aguento mais tomar injeções, mãe...

— Eu sei querida. Vamos ajudar você a melhorar, não é Johan?

— Fala daquele cientista que diz ter a cura da doença?

Karen fitou Lucas, que se manteve em silêncio, consciente da delicadeza da discussão.

— Isso. Quero ir vê-lo amanhã, por favor.

— E o seu trabalho?

Karen fechou o semblante e ficou tensa. Johan insistiu:

— O que foi?

— Eles mandaram a mamãe embora. São uns estúpidos por fazer isso. Você é muito boa no que faz, mamãe. E logo vai achar alguma coisa em que usar seus conhecimentos — Nina falava sob a influência de Everton, que a envolvia em imensa luz.

Johan fitou a filha e depois a esposa.

— É isso mesmo. Fui demitida, Johan.

— Por quê?

— Quer saber o que disseram ou o que de fato aconteceu?

— Quero saber a verdade.

Karen narrou ao marido os fatos em todos os detalhes, sem omitir nada. Ao final, ele disse:

— Não deveria ter pego informações confidenciais, mas, certamente, isso não justifica o que fizeram.

Lucas interveio em defesa da amiga.

– Estão erguendo uma cortina de fumaça em torno da verdade, como sempre fazem essas empresas, comprometidas tão somente com o enriquecimento de seus acionistas. Elas não têm compromisso algum com as pessoas, Johan. Não têm. Tudo o que dizem, defendem e publicam, esconde por detrás seus interesses. E, quando algo ou alguém ousa contrariá-los, é assim que reagem. Tentando destruir a pessoa, do ponto de vista da credibilidade. E não é somente a indústria química que procede assim. Criar informações falsas, pesquisas compradas, ou produzidas por ongs, ou outros órgãos de serviço público que são beneficiados, patrocinados, ou mantidos por interesses da indústria. Basta você pesquisar com isenção de interesses. Pensar, analisar. Se buscar com sinceridade, vai encontrar a verdade. É que as pessoas preferem ficar na falsa inocência, e serem destruídas pelas ações desses gigantes da área química que controlam não somente os medicamentos, mas a indústria de pesticidas e alimentos em geral.

Johan o fitava visivelmente incrédulo.

– Isso tudo me parece fantasia ou teorias de conspiração.

– Pois é, Johan, mas aconteceu debaixo dos seus olhos, com Karen. E aí, você não pode negar a realidade...

O jovem artista pensou por alguns instantes, depois aquiesceu:

– Vamos continuar com o tratamento tradicional também. Não vou abrir mão disso e correr riscos desnecessários.

– Vamos fazer tudo o que for possível para que Nina fique boa... E não refém de uma indústria que, em última instância, se beneficia e muito da doença. E precisamos atuar igualmente na causa da doença dela. E, nesse ponto, o doutor Niklaus certamente poderá contribuir.

— Está certo. Vou confiar em seu bom senso, Karen; como sempre confiei. Pode marcar com o tal médico. Vamos vê-lo o mais depressa possível.

Naquela mesma noite Karen se despedia de Lucas, que estava retornando ao Brasil.

— Fico feliz que Johan tenha concordado com o tratamento alternativo.

— Ainda não concordou.

— Mas ele vai, você sabe disso.

— Agradeço por tudo o que fez por nós, meu amigo.

Em um demorado abraço, Karen tentou transmitir toda a sua gratidão.

A visita ao doutor Niklaus aconteceu alguns dias depois. O médico apresentou ao casal suas pesquisas e seus resultados. Explicou os princípios do medicamento desenvolvido e sua ação sobre o organismo. Esclareceu igualmente as possíveis origens ou razões que desencadearam o problema de Nina e advertiu Karen de que a menina deveria deixar de consumir uma série de alimentos, inclusive optando por uma alimentação com reduzido consumo de carne. E indicou outros alimentos industrializados que deveriam ser completamente eliminados de sua dieta. A visita foi longa e o atendimento ao casal e à menina aconteceu durante dois dias.

Na viagem de volta, Nina adormeceu no banco do passageiro. Karen esticou-se para cobri-la e, ao retornar e acomodar-se em seu banco, indagou:

— Está muito quieto, Johan. Em que está pensando?

– Em tudo, Karen: o que aconteceu com você, e nesse tratamento. Fico muito receoso de que estejamos fazendo algo que possa prejudicar a recuperação dela.

– Você leu a conclusão dos estudos dele. São muito contundentes...

– Eu sei, mas é difícil de aceitar que essa seja a realidade.

– Eu sei. Para mim também é bem duro enxergar, inclusive que eu possa ter sido responsável por prejudicar muitas pessoas.

– Como assim?

– Com as pesquisas que conduzi e autorizei a liberação de tantos medicamentos, que, no fundo, sabia que não seriam realmente bons para as pessoas.

– Sabia?

– No fundo, a gente sabe o que tem de fazer, Johan. Eu vinha me sentindo desconfortável com as políticas que Herman estava adotando, a serviços dos interesses da indústria. Mas era como uma pulga na minha orelha, entende? Atrapalha, mas não muito. Só que agora, depois de tudo o que aconteceu com a Nina e tudo o que eu experimentei em minha viagem à Irlanda do Norte, não posso mais ignorar. A pulga virou um elefante. Não dá para ignorar. A realidade salta aos olhos e vou aprender a lidar com ela.

– E o que vai fazer em relação ao seu trabalho?

– Ainda não sei, mas tenho certeza de que algo aparecerá. Vou cuidar da Nina e me dedicar a estudar esses procedimentos do doutor, e tudo o que puder contribuir para que nossa filha fique livre dessa doença. E quem sabe, ajudar outras crianças com os mesmos problemas?

– Seria fantástico, Karen. Não consigo pensar em você em um trabalho assim humanitário, mas...

– As coisas mudam, Johan...

Nas semanas que se seguiram, Karen se dedicou aos cuidados da filha e à busca dos novos conhecimentos. Com avidez, estudava as questões espirituais. Devorou o *Livro dos Espíritos*, depois passou a leitura da *Gênese* e, em seguida, começou a estudar os livros de André Luiz, psicografados por Francisco Cândido Xavier. Encantou-se com os conhecimentos que o autor espiritual revelava em suas páginas e como estudasse concomitante a física quântica em seus desdobramentos espirituais, como forma de investigação da realidade, encantou-se com a profundidade do que ele desvendava em suas páginas, os princípios da física quântica ali presentes, sem assim chamá-los. Devorou a obra completa de André Luiz. Sentia como se uma venda caísse de seus olhos. Quanto mais estudava, mais ampliava sua compreensão da realidade. Depois, guiada pela intuição, começou a ler o *Evangelho Segundo o Espiritismo*, e muitos livros sobre Jesus e sua passagem pela Terra. Percebeu a beleza dos ensinos do grande mestre nazareno, e começou a compreendê-los com o coração e não apenas com o intelecto.

Ela passou a dedicar todo o seu tempo livre aos estudos e às novas pesquisas que se abriam diante de si. Passava horas, noites adentro, estudando. Com suas habilidades para a investigação, desenvolvidas em várias encarnações, não foi difícil encontrar os pontos comuns que ligavam todos aqueles conhecimentos. E, circundada em seus esforços pela equipe espiritual e seu orientador Everton, ampliava cada vez mais sua consciência. Como não tivesse outra intenção que não fosse a de encontrar a verdade, não fazia resistências e começou a compreender como os interesses pessoais interferem diretamente em nossa capacidade de enxergar a realidade. Ela concluía que se estivesse ainda trabalhando para o laboratório, com medo de perder seu cargo, sua posição e seu dinheiro, com certeza não aceitaria da mesma forma os novos conhecimentos.

Nina seguia fazendo os dois tratamentos, o convencional e o alternativo, com a anuência do seu médico oncologista. A menina melhorava devagar, mas com consistência. E Karen se sentia fortalecida e convencida a continuar.

A cientista passou a divulgar em suas redes sociais, seus desafios e como estava encontrando apoio na medicina alternativa. Seus seguidores cresciam. Mas, em uma tarde, ao abrir uma de suas redes sociais, deu de cara com uma postagem estarrecedora. Documentos expunham uma conduta inapropriada de Karen enquanto cientista, questionando agressivamente suas postagens e suas posturas.

Vários seguidores a deixaram e outros passaram a agredi-la. O trabalho de difamação se estendeu a jornais e outros meios de comunicação, e Karen recebeu a notificação de um processo que a indústria farmacêutica abriu contra ela, por quebra de confidencialidade. Estabeleceu-se uma verdadeira perseguição. O telefone tocava dia e noite, com jornalistas de todos os tipos, atrás de notícias.

Certa noite, após ler uma dessas notícias difamatórias, Karen fechou o computador e quis jogá-lo na parece. Johan a advertiu:

— O que esperava, Karen? Apoio? Você está contra uma das maiores indústrias do planeta, uma das mais lucrativas. O que acha que vão fazer? Aplaudir suas decisões?

— Mas não fiz nada contra eles, ainda.

— Acha que vão ficar quietos, esperando o que vem?

— Eles não perdem tempo, o mal nunca perde tempo...

Karen baixou a cabeça e depois a ergueu com os olhos rasos de lágrimas.

— Estão me fazendo ameaças. Estou com medo até de levar Nina ao hospital.

Johan empalideceu.

— Ameaças? Que tipo de ameaças? Por que não me disse antes?

— Tenho evitado preocupá-lo. Mas acho que é para me colocar medo mesmo. Não creio que façam nada conosco.

— Quero que me conte tudo.

Karen mostrou ao marido as ameaças que recebia, ocasionalmente, pelas redes sociais. Algumas mais veladas, disfarçadas, outras mais diretas. E disse que já recebera várias ligações do mesmo teor.

— Você precisa falar com a Dhara. Quem sabe ela consegue ajudar, conversar com o pessoal do laboratório e tranquilizá-los de que você não vai falar nada que possa prejudicá-los. Não vai fazer nada contra eles.

— Será que posso assegurar isso completamente, Johan?

— Como assim, Karen? É claro que pode. E deve. Não pode colocar sua vida ou de nossa filha em risco.

— Talvez sejam ameaças vazias...

— São esses seus *posts*, compartilhando o tratamento e as melhoras de Nina, só pode ser. Eles se sentem ameaçados e têm medo que você revele outras informações... Tente falar com Dhara. Quem sabe ela ajuda...

— Posso tentar, Johan, mas ela não demonstrou o mínimo interesse em ser solidária. Seu único interesse é com sua carreira dentro da corporação, seus ganhos... seus interesses. Não vejo como ela possa me ajudar.

— O que você sabe que os assusta tanto, Karen? Certamente não é a questão de Nina, pois eles já denegriram o doutor Niklaus o suficiente para desacreditá-lo. O que você sabe?

Karen pensou muito, e por fim disse:

– Minhas últimas pesquisas não têm nada de tão especial ou "ameaçador" para eles. – Ela fez uma breve pausa, buscando na memória informações, depois disse: – Só se for... Meu Deus, Johan! Deve ter sido aquela pesquisa especial que fiz para o Herman, aquele trabalho que ele encomendou e me pagou como consultora, lembra-se?

– Sobre os pesticidas?

– Isso! Lembra que fui bem clara quanto aos perigos da utilização dos produtos? E recomendei que fossem retirados de uso aqui na Alemanha?

Karen e Johan falaram quase ao mesmo tempo:

– O Brasil.

– Por isso me pediram que estudasse o impacto dos produtos em climas tropicais, apenas como um adendo, algo sem muita importância. Mas de fato era a parte mais importante da pesquisa! Eles querem usar em países subdesenvolvidos, cujas leis conseguem corromper para colocar veneno no prato das pessoas... Acho que é disso que eles têm medo, Johan, que eu os denuncie também por essas práticas.

– Que você ligue os pontos e fale aos quatro ventos o que eles fazem, levando as pessoas a questionarem, pensarem... Precisa tomar cuidado, Karen, muito cuidado. Acho que eles não estão brincando.

Os dois se entreolharam, seriamente preocupados e depois mudaram o assunto. Karen seguiu com seus estudos e pesquisas, aprofundando-se agora nos agrotóxicos e seus impactos sobre o ser humano.

Em um sábado à tarde, enquanto se distraía com a filha, escutou um burburinho se formando na entrada de sua casa. Como o lugar fosse muito tranquilo, logo percebeu a movimen-

DÉJÀ VU

tação. Ao aparecer na varanda, para ver o que se passava, quase foi atingida por uma espécie de bomba caseira, um coquetel molotov[14], que passou por sobre a cabeça da cientista, explodindo dentro da sala e colocando fogo no tapete sintético que rapidamente incendiou-se.

Karen correu para tirar a filha do lugar. A menina, assustada, começou a chorar. Outras bombas acertaram o vidro da varanda, fazendo com que os móveis de jardim, feitos de material sintético, logo se incendiassem. O fogo se espalhou pela varanda. E os gritos e ameaças seguiam na entrada da casa. Johan apareceu na sala, descendo dos quartos.

— O que está acontecendo? Vem para cá, filha.

Nina estava escondida no colo de Karen, que a protegia. Estava atrás do balcão da cozinha, quando escutaram o vidro da varanda estilhaçar com o calor das chamas.

— Venham para cá, vamos para o quarto.

— Eles estão atacando lá também – gritou Karen. – Precisa chamar a polícia, depressa, Johan!

---

14 O coquetel molotov é uma arma química incendiária geralmente utilizada em protestos e guerrilhas urbanas. No Brasil, a posse, fabricação ou o uso de tal artefato configura crime de "posse ou porte ilegal de arma de fogo de uso restrito", estando o infrator sujeito à pena de reclusão de, no mínimo, três anos até o máximo de seis anos e multa, conforme disposto na Lei 10.826/03, Art. 16, Inciso 3º. A sua composição inclui uma mistura líquida inflamável e perigosa ao ser transportada, como petróleo, gasolina, entre outros, misturados no interior de uma garrafa de vidro.

CAPÍTULO 35

Os três correram para o quarto, e Johan chamou a polícia. Logo escutaram-se as sirenes dos carros dos policiais e dos bombeiros. Apesar dos estragos feitos pelo fogo em móveis, cortinas e tapetes, os bombeiros conseguiram controlar as chamas sem maiores consequências. Ao final, conversavam com o casal.

– Ainda bem que ninguém se machucou, apesar das perdas materiais, a estrutura da casa está intacta, não sofreu nenhum dano. Nesse sentido, podem ficar tranquilos.

Karen tremia de nervoso e raiva. Não se conformava com aquele ataque.

– A senhora está bem? Não quer que os paramédicos a examinem?

– Eu estou bem. – Virou-se para um dos policiais que perambulava pela sala e indagou: – O senhor já sabe quem são os responsáveis por esse vandalismo?

– Acalme-se, senhora. Estamos investigando. Há muitas informações desencontradas...

– Como assim? Do que está falando?

– Parece que o grupo que a atacou faz parte de uma organização não governamental que defende a proteção dos animais.

— E o que tem a ver isso?

— A senhora conduzia pesquisas com animais?

— Sim, mas...

— Deve ter sido a razão do ataque. Vamos analisar tudo.

— Estão errados. Isso partiu da própria indústria.

— Dos laboratórios Merckle? Deve estar enganada, senhora. Temos evidências que apontam para os ativistas. Depois de realizarmos a perícia completa, entraremos em contato.

Mais tarde, depois que todos saíram, Johan e Karen avaliavam a dimensão dos estragos, verificando o estado em que a sala e a varanda haviam ficado. Os móveis destruídos, algumas pinturas e objetos produzidos por Johan tinham se perdido completamente. O jovem artista estava desolado. Karen pousou as mãos sobre o braço do marido, que continha a emoção, amontoando em um canto da sala o que restara das obras de arte que haviam sido atingidas.

— Sinto muito mesmo, Johan.

— Não estou preocupado com as coisas perdidas. Está tudo no seguro. Não teremos perdas materiais.

— Eu sei. O que preocupa é a ação em si.

— A brutalidade, a violência. Hoje, aqui, deixaram uma mensagem bem clara, sem sombra de dúvida.

— Cale-se ou as consequências serão disso para pior.

— O quê?

— Foi essa a mensagem deixada em meu celular.

— Deixe-me ver. — Johan puxou o aparelho das mãos da esposa e conferiu. — Malditos!

Explodindo em lágrimas, Karen balbuciou:

— O que faremos?

Johan a abraçou e respondeu apenas.

– Não tenho ideia.

Aquela foi uma noite que não passava. Ao escutar o cantar dos primeiros pássaros, Karen remexeu-se de novo na cama e chamou o companheiro, baixinho:

– Está acordado, Johan?

Silêncio. O marido havia conseguido dormir. Mas ela não conseguira. Sentia raiva, amargura, ódio pelo que via acontecer em sua vida. Como era possível que aqueles para quem ela trabalhara por tanto tempo, agissem agora como verdadeiros monstros? Mas, como se ouvisse a voz de Everton sussurrando em seus ouvidos, ela refletiu: *Bem, não é isso que fazem com tantas pessoas através de suas práticas de negócios criminosas? Mentem, enganam, falsificam, manipulam, e não estão nem um pouco preocupados com a vida das pessoas. Só se interessam com uma coisa: obtenção de lucros a qualquer preço e a qualquer custo, nem que para isso tenham de destruir, mentir, devastar... Estou provando do remédio amargo que eu mesma ajudei a produzir...*

Levantou-se, desceu e preparou um café forte. Ficou observando o nascer do sol de sua varanda quase destruída. Lembrou-se de imediato do magnífico pôr do sol que vira em suas lembranças do passado. Sentiu uma enorme melancolia dominar-lhe, uma saudade dolorida de um momento perdido no tempo, onde sentiu-se imensamente feliz. As lágrimas desciam pela sua face, enquanto pensava.

"O que vou fazer agora? Perdi tudo pelo que lutei. Maldita hora em que tive de viajar para a Irlanda do Norte. Malditas lembranças. Isso tudo está me enlouquecendo".

Sentindo-se vitimada pela situação, Karen deixou que o desânimo a dominasse.

"Não tenho forças para lutar. Quero sumir, desaparecer! Detesto me sentir assim frágil. Que raiva! Que ódio disso tudo"!

Olhou com atenção para os raios vibrantes do sol que aqueciam o ar gelado da manhã e pensou.

"Se Deus existe, por que estou passando por tanto sofrimento? Por que me fazer lembrar do passado, da dor que senti? O que você quer comigo? Por que está fazendo tudo isso acontecer"?

Everton e sua equipe envolviam-na em energias amorosas, mas ela não as captava. Estava fechada para aquelas vibrações. O grupo espiritual, entretanto, seguia sem esmorecer em sua tarefa e o amigo espiritual buscava inspirá-la: *Você compreenderá, Karen. Calma, você vai entender tudo.*

Quando Johan desceu, conversaram brevemente, e ela pediu:

— Estou sem condições para levar Nina ao hospital. Não consegui dormir nem um pouco.

— Eu levo, pode deixar.

— Vou acionar o seguro, e tomar as demais providências.

— Confirme se temos de à delegacia hoje para prestar depoimento.

— Vou ligar para eles.

Nas noites seguintes, Karen persistia remoendo os sentimentos de raiva, destilando intensas doses de veneno na corrente sanguínea. E só conseguia dormir com os remédios que ela mesma desenvolvera. Tinha toneladas de amostras em casa. Entorpecida com os medicamentos, Everton tinha dificuldade para conversar com ela, quando estava desprendida do corpo denso, durante o sono.

Em uma noite, quase dez dias depois do ocorrido, um dos auxiliares de Everton comentou:

– Se ela continuar a emanar essas energias deletérias de ódio, rancor, que se espalham e se depositam sobre todos os seus chacras, em camadas de energias negativas, densas, poderá até mesmo comprometer alguns órgãos físicos rapidamente. Observe o fígado dela como está saturado, percebe-se o início de um processo de degeneração por causa do veneno depositado no extrafísico e no corpo material.

– Atuemos, meus irmãos.

Everton pediu o auxílio de espíritos mais elevados, e uma nova equipe adentrou o quarto.

– Recebemos seu pedido de socorro.

– Nossa irmã está se automutilando. Estamos temendo que o fígado, no estado de deterioração que se encontra no campo sutil, sofra consequências no aspecto denso, que se tornem mais sérias. E ela terá de lidar com problemas maiores.

– Os quais ela continua atraindo e construindo com seus pensamentos e sentimentos.

– Compreendo as dificuldades que ela tem de aceitar e lidar com a situação. Ela sente que tudo está saindo do controle.

– Quando, na verdade, está tudo começando a ocupar o lugar adequado. É tudo ao contrário – Comentou outro espírito elevado da equipe de Everton. Mas o espírito amigo, que havia acabado de chegar, aduziu:

– Quando estamos submersos no corpo denso, esquecemos tudo, e começamos a enxergar a realidade exclusivamente pelos olhos da matéria. Enquanto o ser não consegue entender que a matéria é tão somente um estado da energia condensada, e, portanto, tudo na realidade é energia, fica difícil distinguir além do que os olhos físicos veem. A tarefa de nossa irmã justifica nossos esforços. Vamos agir.

DÉJÀ VU

E a equipe de amigos espirituais atuou por vários dias, purgando as energias densas que Karen produzia incessantemente. Aos poucos, bem lentamente, eles conseguiram fazê-la sentir-se ligeiramente melhor. Mas os progressos se perdiam com rapidez.

– Precisamos tirá-la daqui, levá-la para outro lugar, onde ela possa vivenciar os conhecimentos que adquiriu, e encontrar novas forças – observou Everton – Chegou a hora da mudança física.

Dias depois, Karen conversava por telefone com Lucas; ele, que tinha estendido sua viagem à Alemanha para socorrer a amiga, voltara ao Brasil fazia algum tempo. Enquanto conversavam, ele tentava animá-la, mas ela estava muito revoltada.

– Assim você vai complicar sua situação, Karen, tornando as coisas mais difíceis.

– E o que devo fazer, Lucas? Simplesmente aceitar o mal que me fizeram e continuam tentando fazer?

– Por quê? As ameaças continuam?

– Sim, continuam. Eles querem me deixar apavorada. Parei com tudo o que estava fazendo, e não sei mais o que desejam que eu faça. Apaguei várias publicações que eu tinha feito nas redes sociais. Estou com medo, Lucas, por mim e principalmente por Nina.

– E o tratamento alternativo? Foi prejudicado?

– Não. Estou com bastante remédio que o doutor Niklaus me deu na última consulta. Mas tenho até medo de levar Nina para vê-lo. Daqui a alguns dias, terei de levá-la, e não sei o que fazer. Como posso não ter ódio de tudo isso que está acontecendo? Que estão fazendo comigo? É tão injusto...

Lucas ficou em silêncio do outro lado. Também sentia isso e não encontrava o que dizer à amiga. Então, uma indagação brotou de seus lábios quase sem que ele pudesse ter controle ou pensasse no que dizia:

— Por que não vem para o Brasil com Nina?

— Para quê? Ela precisa do tratamento.

— Temos ótimos hospitais de referência no Brasil. Pode seguir com o tratamento aqui. Com os recursos que vocês dispõem, poderão dar prosseguimento aos procedimentos. Você se afasta um pouco e pode levá-la para fazer alguns tratamentos espirituais. Há excelentes casas espíritas no Brasil que atuam em doenças sérias, com resultados inacreditáveis. Veja o caso do Centro Espírita Perseverança. Pesquise por aí. Eles oferecem tratamentos espirituais especializados para os problemas do câncer[15]. Um dia seremos conhecidos como a pátria do Evangelho, Karen.

A cientista emudeceu. Aquela ideia a pegou de surpresa, e ela não sabia o que dizer. Everton atuava intensamente em sua mente, para que aceitasse a sugestão e desse novo rumo à sua vida. Ele transmitia-lhe seus pensamentos:

— "A mudança será boa, Karen. Os movimentos de mudança são positivos. Muitas vezes, estamos tão agarrados aos escombros dos muros que construímos para nos esconder, que, quando a vida os arrebenta, para o nosso bem, ficamos agarrados neles, chorando e sofrendo. Livre-se, Karen. Liberte-se dos escombros. Há muitas coisas boas aguardando por você, mas precisa acreditar. Pare de resistir! Não importa quanto mal nos façam; se confiarmos em Deus, e deixarmos que Ele conduza a

---

15 Para conhecer o Centro Espírita Perseverança: www.perseveranca.org.br

nossa vida, todo o mal que vier em nossa direção, será transformado, ao longo do tempo, em algo bom.

Sem registar conscientemente as palavras do protetor e orientador espiritual, Karen sentiu seus efeitos e respondeu também sem pensar muito.

— Acha que esses tratamentos espirituais são verdadeiros? Acha que eles podem de fato ajudar Nina?

— Dê uma pesquisada e você vai ver depoimentos convincentes. Há muito trabalho sério sendo desenvolvido por pessoas idôneas nos dois planos da vida. Mesmo que não haja uma cura imediata, tenho certeza de que a experiência será ótima para você, para Nina e para Johan.

— Eu vou!

— Vocês vêm então? Mesmo? — Lucas estava incrédulo com a pronta reação da amiga.

— Vamos. O que tenho a perder? Quero sair um pouco daqui, estou me sentindo sufocada. E ao final, se tudo der errado, ao menos vou passear um pouco, ver as praias; a natureza exuberante do Brasil é inspiradora.

— Isso mesmo, Karen! Venha o mais rápido possível. Estou esperando por você. Vai ficar aqui em casa conosco.

— Não, de jeito nenhum. Vou procurar um lugar perto de sua casa, contratar um aluguel temporário, por um, dois meses. Fique tranquilo. Eu prefiro, Lucas, assim fico com minha privacidade. E creio que Johan também pensa como eu.

— Acha que ele vai concordar?

— Com a viagem, tenho certeza; desde que não atrapalhe o tratamento de Nina. Agora, com o tratamento espiritual, eu não sei. Mas se não concordar, acho que também não vai se opor.

– Ótimo. Estou à sua espera.

Ao desligar o telefone, Karen tinha outra aparência. Aquela possibilidade lhe trouxe uma esperança repentina, e a renovada cientista agarrou-se a ela com todas as suas forças.

CAPÍTULO 36

Ao desligar o telefone, Lucas já tinha se arrependido do que acabara de fazer. Seria mesmo adequado Karen vir para o Brasil com o intuito de fazer um tratamento espiritual? E se não funcionasse? Poderia até ser prejudicial ao seu crescimento espiritual.

"Melhor ligar para ela agora mesmo e falar que a sugestão foi uma besteira minha, que seria melhor ela continuar com o tratamento por lá. Quem sabe viajando à Irlanda do Norte para ver a mãe? Isso mesmo".

Lucas pensou e já ia pegando outra vez o telefone para fazer a ligação, quando Luiza apareceu na sala.

– E então? Como Karen está?

Ele fixou nela o olhar sem responder, e ela insistiu:

– Lucas, está tudo bem? Você está com aquele olhar estranho, perdido... Lucas – chamou ela mais alto.

– Acho que fiz uma besteira. Sugeri que ela venha ao Brasil para mudar de ares e que busque um tratamento espiritual enquanto estiver aqui.

– É uma ótima ideia, e quase óbvia.

– Como assim? Não acho. Fiz a sugestão, mas acho que é um erro.

DÉJÀ VU

— Lucas, será ótimo para eles saírem um pouco de lá, Karen deve estar muito angustiada. Nina pode continuar o tratamento aqui, e complementar com um tratamento espiritual em um núcleo espírita sério e tradicional, será de muita ajuda.

— Não sei, não.

— Como não, Lucas?

— E se não der certo? E se Karen se decepcionar com tudo, você sabe como ela é crítica!

— E daí?

-Vai começar a questionar, encontrar problema em tudo... Luiza fixou o olhar no marido e indagou com delicadeza.

— Ela vai fazer isso, ou você vai fazer?

— O quê?

— Qual foi a reação dela à sua sugestão?

— Ela gostou, mas acho que, a esta altura, está aceitando qualquer coisa para fugir da situação.

— Ela precisa sair de lá um pouco, acho que será ótimo. E, se ela gostou, é porque percebeu o quanto a experiência poderá ser boa. Já você, acho que ficou com medo, não da reação de Karen, mas da sua própria.

— Do que está falando? Não é nada disso.

— Lucas, preste atenção no que está dizendo. Não sabe nada o que Karen está pensando ou sentindo. Só pode estar projetando nela suas próprias emoções e receios.

— Você está errada! — ele levantou a voz e largou o telefone.

— Não precisa elevar sua voz. Eu escuto perfeitamente bem.

— É que você me irrita com suas insinuações.

— Estou apenas sugerindo que deixe as coisas acontecerem, e depois analise os resultados. Não precisa ter medo, apenas confie.

– Diz isso porque não conhece o temperamento de Karen como eu. Se as coisas não saírem como ela deseja, vai ficar criticando o Espiritismo por anos.

– Ela está vivendo muitas experiências novas, será que não pode confiar na ação dos amigos espirituais, Lucas, só um pouquinho?

– Agora você está me ofendendo!

– No quê?

– Está me acusando de não ter fé?

– Acho melhor encerrarmos esta conversa. Você vai se atrasar para o seu compromisso no centro. Depois nós conversamos sobre isso.

Ela falou e saiu da sala. Lucas ameaçou de ir atrás dela, desconfortável que se sentia, mas confirmou o horário no celular e viu que não tinha mais tempo. Terminou de se arrumar e saiu, se despedindo da esposa com um seco "até mais". Duas horas mais tarde, voltou mais sereno, depois de receber intensa ajuda espiritual. Naquela noite, Lucas pouco conseguira contribuir para as tarefas na casa espírita. Precisou mesmo é ser socorrido.

Assim que ele adormeceu em sono profundo, foi recebido por seu orientador espiritual, na próxima dimensão. Na realidade, o ambiente estava repleto de espíritos amigos.

– Boa noite, Lucas. Que bom que conseguiu se acalmar. Vamos levar você para participar de uma importante reunião hoje.

Apesar de um pouco atordoado, Lucas mantinha boa noção do que se passava consigo e à sua volta. Balançou a cabeça em sinal de que compreendia, e Mateus esclareceu, apresentando os outros amigos.

– Esse é Everton, o protetor espiritual de Karen e seus auxiliares em tarefa no plano espiritual. Eles promoveram esse encontro para que você possa ser esclarecido em relação aos comportamentos que deve ter em relação à sua amiga.

Lucas ameaçou falar, mas Mateus não permitiu.

– Não precisa dizer nada, Lucas, sabemos o que pensa, e todos os seus temores. Por isso, vamos levá-lo esta noite.

A viagem na próxima dimensão foi rápida e logo o grupo adentrou um grande salão em uma colônia espiritual com grande número de participantes. Ocuparam as primeiras fileiras. Lucas ainda sentia desconfortável torpor. Suas vibrações densas e negativas, repletas de medo, insegurança e conflitos, impediam que ele conseguisse se abrir para as sutis vibrações do ambiente. Assim que se acomodaram, Mateus sugeriu:

– Tente deixar sua mente limpa, Lucas. Olhe para os telões, preste atenção às paisagens gloriosas que estão sendo projetadas neles. São as construções do Criador não somente na Terra, mas as belezas de Deus por todos os multiversos. Deixe-se envolver pelo encanto inebriante dessa natureza e pense em Deus. Esqueça seus próprios sentimentos e pensamentos por algum tempo e foque sua atenção no divino, solte interiormente tudo o que sua mente tentar lhe apresentar para pensar, simplesmente deixe-se levar, suavemente, amorosamente. Sentirá que seu estado vibracional vai melhorar, e esse mal-estar vai passar. Somente assim você poderá aproveitar o melhor desse encontro espiritual precioso.

Mateus sorriu e pousou uma das mãos suavemente no antebraço do amigo.

– Você tem um grande coração, meu irmão, mas suas velhas e antigas crenças arraigadas, seus muitos conceitos o prejudicam. Deixe tudo de lado e experimente algo novo esta noite. Entregue-se ao amor, Lucas, sem reservas, medos ou preconceitos. Apenas deixe a vibração do amor inundar sua alma. Então compreenderá o que sua mente ainda não consegue explicar.

A reunião começou. Um grupo de músicos tocando instrumentos de cordas tomou lugar no centro da sala circular. No centro do enorme salão, era onde tudo acontecia. Os assistentes sentaram-se ao redor, e o piso em aclive, permitia que todos acompanhassem perfeitamente o que se desenrolava.

Os violinos iniciaram com as primeiras notas de uma música harmoniosa. Depois outros instrumentos começaram a execução e a música magistral e elevada envolveu todo o ambiente. Lucas sentiu vontade de chorar, dominado pela emoção. Mas se sentia na obrigação de controlar-se. Mateus sugeriu:

– Deixe fluir, Lucas, é importante.

Então, incentivado pelo protetor espiritual, ele permitiu que as lágrimas descessem pelo seu rosto e começou a chorar, sentindo como se elas lhe lavassem o coração de angústias e conflitos que por vezes o assolavam.

Depois outros conjuntos musicais se apresentaram e, por fim, um pianista exímio tomou lugar e tocou suave melodia, enquanto o orador na noite conduzia o grupo de mais de trezentas pessoas, por sentida oração, onde principalmente, agradecia a oportunidade concedida a todos de se unirem para meditar e aprender juntos.

– Meus queridos irmãos – iniciou ele a preleção. – Não pretendo ensinar nada a vocês. Todo o conhecimento está disponível no universo, para quem desejar captar, mas é preciso aprendermos a deixar nossos preconceitos e dogmas, paradigmas e pensamentos cristalizados. Precisamos aprender a ressignificar nossas crenças.

Estamos atentos ao modo como o Espiritismo atua no Brasil. Essa preciosidade, que é o conjunto das verdades espíritas, é de extrema importância para a Terra, no momento de transição que atravessa. Mas muitos espíritas, bem como outros cristãos genuínos, espalhados em diversas linhas religiosas, estão perdidos e confusos, se sentindo fragilizados diante do mal, sentindo-se acuados, como se não tivessem forças ou recursos interiores para vencer, e estão abatidos, escondidos e, muitos, temerosos.

Jesus, nosso mestre, sabendo o que estaria por vir para a humanidade, pregou, referindo-se ao momento pelo qual atravessa o planeta: *"Se aqueles dias não fossem abreviados, ninguém sobreviveria*[16].

Vencer o mal requer atitude firme e confiante, pois aqueles que fazem oposição à Deus não temem nada e a ninguém, são arrogantes. E por que esse estado de coisas? Por que estamos assim, enfraquecidos? Porque as lutas são ásperas, alguns de vocês diriam. "Estamos cansados", vergando ao peso dessas batalhas." Poderiam dizer outros. Mas que batalhas são essas? São os ataques espirituais? Outros repetirão o mantra espírita "mudar é muito difícil", por isso a transformação individual é lenta...

Não esperem que hoje eu vá passar a mão na cabeça de vocês, meus irmãos, porque eu não vou. Amo cada um de vocês demais para omitir os perigos que uma vida "morna", sem transformação, poderá acarretar a vocês ao deixarem a bendita encarnação que possuem neste momento.

Como espíritas, com o tesouro que representa o Espiritismo, não se admite que vocês ajam e pensem como os demais. Que se posicionem com revolta, reclamação, sem buscar compreender, sem colocar os conhecimentos que possuem, na prática. Jesus espera mais dos que se dizem espíritas. *A quem muito foi*

---

16 Mateus 24, 22

dado, muito será exigido[17]. É necessário, imperioso que busquem a transformação: aprender, compreender, aceitar e mudar.

O problema é que grande parte dos trabalhadores espíritas não aceitam de fato o que aprendem. Estudam, leem, mas não se deixam transformar pelos conhecimentos libertadores. Mas por que não se transformam? Por que ficam agarrados ao velho homem, como bem disse o apóstolo Paulo? Porque trazem em si muitas crenças que tiveram em outras encarnações e mesmo na presente vivência na Terra, em outras religiões. Ao abraçarem a doutrina consoladora, trazem todas as suas velhas crenças dentro de si. E vão tentando aprender o novo, sem soltar do velho. É preciso libertar-se das crenças cristalizadas e rever os comportamentos. Por exemplo, parar de tentar fazer barganha com Deus, como se pratica ainda em outras religiões. A prática da caridade, do amor ao próximo deve ser exercida com esquecimento de si mesmo, com interesse verdadeiro no outro, naquele que está sendo auxiliado. Praticar a caridade não é comprar um lugar no céu. Amar verdadeiramente é que é. Fora da caridade não há salvação, é uma crença preciosa. Ela significa que fora do amor – caridade é amor em movimento – não há proximidade com Deus. E se não estamos conectados com o Criador, como poderemos receber as bênçãos que ele quer nos dar?

Vamos ressignificar velhas e inúteis crenças, que só têm nos trazido sofrimento. Recapitular e expandir nosso entendimento para abraçar de fato o que se aprende. E trazer para a prática, fazendo a transformação individual. Renovando, mudando. Somente assim vamos elevando aos poucos a nossa vibração. Mudando como pensamos e principalmente como sentimos a

---

17 Lucas 12, 48

respeito de nós mesmos, do Criador, e do próximo, deixando fluir amor e compaixão. É a vitória sobre si mesmo.

O palestrante emocionou-se e limpando uma lágrima que lhe descia pela face resplandecente, prosseguiu:

Os servidores de Jesus, com quem Ele conta aqui na Terra, para prosseguir com seu trabalho de amor de resgatar os seres humanos do sofrimento, estão mais preocupados com seus próprios interesses, do que com a vontade de Deus. Precisamos colocar os interesses do Criador, do nosso mestre Jesus e os interesses do Espiritismo acima de nossos próprios interesses, vaidades e melindres. E que são esses interesses, senão levar amor e felicidade aos seres, resgatando-lhes das garras do mal, de um sistema de vida confuso e escravizante, onde os verdadeiros potenciais de cada criatura são desperdiçados e anulados? Colocar Jesus e a verdade acima dos seus interesses pessoais, quer sejam presidentes de casas espíritas, líderes ou trabalhadores. É preciso escutar a voz divina dentro da própria alma e obedecê-la. Silenciar os desejos, críticas, julgamentos e indagar para si mesmo:

Como eu posso ajudar? O que posso eu fazer para que haja transformação? Qual é a minha parte? Qual é a minha tarefa nesta vida? O que vim fazer aqui? O que Deus espera de mim nessa vida?

E aceitar a resposta. Temos medo de fazer essas perguntas porque achamos que o que Deus vai querer para nós é diferente do que nós queremos. Não conhecemos Deus, e guardamos conceitos errôneos sobre o Criador, conceitos que o Espiritismo busca esclarecer logo nos seus princípios fundamentais. Por isso achamos que ele vai nos dar aquilo que não queremos. Pode até ser que ele não nos dê exatamente o que desejamos, mas se aprendermos a aceitar, receberemos muito mais do que podemos imaginar. Deus é pura abundância. Mas precisamos aprender a soltar de tudo aquilo no que nos apegamos e que está atrapalhando o nosso crescimento e desenvolvimento para o Divino, criando obstáculos em nossa evolução.

O palestrante fez breve pausa, visivelmente emocionado. Depois, refazendo-se, finalizou:

– Se pudéssemos compreender o quanto o Criador nos ama, o quanto deseja o nosso bem, o nosso e o de todas as criaturas do universo e dos multiversos, aceitaríamos o seu amor e viveríamos nele, com alegria, felicidade, abundância, realização, saúde e um crescimento que não imaginamos ser possível. Isso é a evolução. É o que nos aguarda, quando finalmente, deixarmos Deus guiar a nossa existência, pela eternidade. Oremos.

"Mestre Jesus, agradecemos por nos permitir fazer parte desse exército do bem, de amor, do seu exército. Apesar de nossas fraquezas e limitações, de nossas imperfeições, você nos aceita como somos e, como pequenos aprendizes, vai nos conduzindo amorosamente, de problema em problema, de dor em dor, de descoberta em descoberta, de aprendizado em aprendizado, pelo caminho que nos leva de volta ao Pai."

Quando o grupo retornou à residência de Lucas, havia silêncio absoluto, nenhum deles ousava dizer nada, como se as palavras pudessem interferir nos elevados sentimentos que acalentavam. Mateus acolheu o amigo em carinhoso abraço e este apenas falou, impregnado por novos sentimentos e intenções:

– Obrigado!

CAPÍTULO 37

Na manhã seguinte, Lucas despertou cheio de energia e ideias renovadas. No café da manhã, Luiza percebeu a diferença e comentou:

– Nossa! O trabalho no centro foi bom ontem! Você está tão esfuziante! Cheio de energia.

– E alegria, Luiza. Vou fazer de tudo para que a vinda de Karen seja uma experiência inesquecível para ela e toda a sua família.

Luiza abriu um largo sorriso e disse, satisfeita:

– Conte comigo, querido.

Nas duas semanas que se seguiram, Lucas não poupou esforços. Confiante, ajudou Karen com consultas médicas a distância e demais preparativos para que Nina pudesse prosseguir com seu tratamento no Brasil, sem prejudicá-la. Alugaram um apartamento próximo à residência de Lucas. Ele contatou a casa espírita, munindo-se de todas as informações para o tratamento espiritual da menina, e organizou uma viagem para dois meses depois da chegada de Karen, para que ela e Johan pudessem usufruir da natureza e descansar das atividades que certamente, seriam intensas. Quando ele detalhou seus planos à amiga, ela se surpreendeu:

— Nossa, Lucas! Você pensou em tudo! Estou muito feliz por sua ajuda, meu amigo. Sinto que muitas coisas boas virão desta minha viagem ao Brasil.

— Com toda a certeza, Karen. Pode estar certa de que tudo o que está acontecendo com vocês, mesmo os fatos, aparentemente negativos, vão acabar por se revelar uma valiosa oportunidade de aprendizado e crescimento. Afinal, se estivermos ligados ao Criador, ele nos conduzirá para o melhor em nossas vidas. Sempre! Concorda?

— Vou aprender, Lucas. Ainda não consigo concordar, mas sua convicção em muito me motiva...

— Precisa aprender, Karen! Ampliar mais sua consciência, minha amiga querida. — E, fortemente inspirado por Everton, ele prosseguiu: — O conhecimento está disponível a todos, é oferecido por meio dos mestres e orientadores que trabalham para o progresso da humanidade a serviço de Jesus, só que cada um recebe o conhecimento de acordo com aquilo que consegue apreender das lições, na medida certa. Quanto mais conhecimento adquirirmos, intelectual e moral, mais conseguimos aprender e mais crescemos, expandindo-nos ao infinito sempre.

— Está falando da evolução?

— E também da velocidade com que evoluímos. Depende de cada um de nós.

— Amanhã, vou me encontrar com o doutor Niklaus. Embarco nesta sexta-feira mesmo.

— Conseguiu convencer Johan?

— Ainda não, mas vou insistir um pouco mais, Lucas. Ele está resistente. Mesmo ao mostrar a ele tudo o que já organizamos para o bem de Nina, ele continua estranhamente resistente.

Johan sempre teve a mente tão aberta... estou desconhecendo esse seu comportamento.

— Não force nada, Karen. Faça a sua parte e deixe que Johan siga conforme sua consciência. Isso é o melhor a fazer.

— O importante é que ele não esteja se opondo à viagem. Ele não quer ir conosco, então tudo bem. Sábado estarei chegando.

— E você vai viver grandes emoções...

— Assim espero, Lucas. Desejo que tudo dê certo!

Ao desligar, uma ponta de receio surgiu em Lucas, pela frase de despedida de Karen, mas ele afirmou para si mesmo: *Tudo será para melhor. Cada dia traz a semente de novas possibilidades. E assim será.* As afirmações trouxeram calma ao seu coração, e ele prosseguiu com seus compromissos.

Duas semanas depois de sua chegada ao Brasil, Karen já se sentia bem e acomodada. O tratamento de Nina começara no Centro Espírita Perseverança. A primeira vez que ela entrou no salão Dr. Bezerra de Menezes, para o tratamento de passes, sentiu um grande estranhamento. Tudo era muito diferente daquilo a que ela estava acostumada a vivenciar. A decoração do lugar, os aromas, a atmosfera. Ia emitir um julgamento negativo, quando Everton sussurrou aos seus ouvidos espirituais: *Preste atenção naquilo que realmente importa, Karen. A energia abundante neste recinto. O ambiente espiritual. É nisso que precisa focar sua atenção, para enxergar aquilo que os olhos não veem.*

Karen serenou seus pensamentos e, durante a prece, entregou-se inteiramente. Saiu revigorada. Certamente, havia algo naquele lugar, além do que seus olhos físicos podiam enxergar.

Nas semanas que se seguiram, ela dividia todo o seu tempo entre o tratamento da filha no hospital brasileiro, as consultas com os especialistas, avaliando o progresso da saúde de Nina, e o tratamento espiritual na casa espírita. À noite, quando Nina adormecia, ela aproveitava para estudar, ler, pesquisar e refletir sobre o Espiritismo e os novos aprendizados. Ela devorava os conhecimentos e passou a enxergar o quanto de espiritualidade, de espiritual mesmo, estava contido nos experimentos científicos relacionados à física quântica. Aprofundou-se neles. Em uma madrugada insone, visitando sites de vários físicos quânticos, deparou-se com um deles, *on line*, e pôde tirar muitas dúvidas. Ficou encantada com a lucidez, e sua honestidade. Assim, leu todos os seus livros.

Com tudo o que vivia e aprendia, Karen transformava-se interiormente. Mas ainda havia muitos questionamentos a fazer.

— Eu queria ter a sua fé, Lucas. Mas sinto ainda muitas dúvidas.

Lucas, Luiza, Nina e Karen faziam um lanche gostoso na lanchonete do centro, antes do início da reunião. A esposa de Lucas sorriu com a afirmação de Karen, mas nada disse.

— O que foi? Eu quero acreditar em tudo o que fazem aqui, mas tenho dificuldades... Acho que sou como São... como é mesmo o nome daquele santo incrédulo que desconfiou da ressurreição de Jesus?

— São Tomé, Karen?

— Isso. Como São Tomé: "Ver para crer". — Ela falava em português, com forte sotaque.

– E quando Nina vai terminar o tratamento aqui?

– Em duas semanas. Estou meio nervosa. Queria muito que ela não precisasse mais de nenhum medicamento. Que ela se curasse!

Luiza pousou a mão sobre as mãos de Karen, e falou:

– Sei que está cansada, Karen. Por mais que haja coisas boas, sei que sua vida se transformou muito radicalmente nos últimos meses.

– Está irreconhecível, Luiza. Mas tudo isso terá valido a pena se Nina for realmente curada.

Lucas ficou sério. E... se ela não fosse curada? E se esse não fosse o plano do Criador para Nina e Karen? Sentiu até certa tontura ao pensar nisso. Depois se refez e indagou:

– E os progressos nos exames com o médico que a está acompanhando? Como vão?

– A situação está controlada. Ele acha que a evolução é mesmo lenta. E que os casos como o dela requerem paciência...

– Mas quais são os prognósticos? Otimistas?

– Não. Evasivos.

– Como sempre são.

– E meio céticos também. Achei.

– Normal, Karen. Assim são muitos médicos. Cientificistas ao extremo.

– Assim é a medicina moderna, meu amigo. Laboratoriais.

Karen ficou séria, meio cética.

– Vai dar certo, Karen. Você vai ver – Luiza procurava fortalecer a fé da amiga.

– Estou tendo aqueles sonhos antigos de novo e com mais frequência, Lucas.

– Com Grace Lynd?

— Com ela, Grace Hill, mas... principalmente, com um fantasma.

— Um fantasma mamãe? — indagou Nina, que voltava de uma atividade para crianças.

— Acho que é, minha filha. Mas é um fantasma bonzinho.

— O fantasma de Dark Hedges! — murmurou Luiza.

Lucas fitou a amiga com atenção. Apesar de seu semblante denunciador de cansaço, seu olhar era firme, de quem estava lutando com confiança, mesmo com as suas olheiras demonstrando visível esgotamento físico.

— Acho que poderíamos antecipar a viagem, Karen. O que acha? Em vez de deixar para o fim do mês, poderíamos ir neste fim de semana. Depois repetimos a viagem ao final do tratamento. Estou achando que um pouco de mar vai fazer bem a você e a Nina também.

— Quero ir para a praia, mamãe! Quero muito!

— Acha que você consegue, Lucas?

— Vou tentar, sim.

— Acho que seria muito bom mesmo.

O grupo terminou o lanche, e todos seguiram para as atividades da noite. Karen queria ter fé e buscava forças em todos os sinais que via. Ela queria muito acreditar de verdade.

CAPÍTULO 38

Caminhando pela beira do mar, Karen sentia a água morna tocar suave em sua pele. Olhava Nina caminhando devagar, meio ofegante, e sentia uma dor insuportável no peito. Desejava que sua filha voltasse a ser a criança saudável que fora outrora brincando sem nenhuma limitação ou restrição, correndo à vontade pela areia. Entretanto, percebia, feliz, o quanto aquela viagem para junto do mar, estava a fazer bem à menina. A pequena criança olhou para a mãe, e seus olhares se encontraram. Como se pudesse saber exatamente o que a mãe sentia naquele momento, ela atrasou o passo, esperando sua progenitora chegar junto de si, e segurou suavemente sua mão.

– Adoro o mar, mamãe. Principalmente este, onde tio Lucas mora. É tão bonito este país...

– Também acho lindo, filha. E você? Como está se sentindo?

– Feliz, mamãe.

As lágrimas brotaram de imediato nos olhos de Karen, que procurou sem muito êxito conter a emoção. As duas caminharam por longo tempo em um silêncio quase sagrado, ritualístico, escutando os sons da natureza: o barulho das ondas quebrando e se desfazendo na areia da praia, os pássaros gorjeando, como uma melodia, ao entardecer. Algumas gaivotas voavam ao longe, em busca de seu alimento.

As duas se encontraram com o casal de amigos, na ponta da praia.

– Este lugar é muito lindo, Lucas. Obrigada por nos proporcionar este alívio momentâneo, meu amigo...

– Vá até ali, nos fundos da casa que dá para a ponta das pedras, e aproveite um pouco mais o pôr do sol, cuja vista é ainda mais magnífica vista de lá. Eu cuido de Nina, do banho, do jantar... deixe tudo comigo – Luiza antecipou-se ao marido, ofertando sua ajuda.

Karen não respondeu, concordando com um meneio e entregando a mãozinha de Nina que vinha segurando, nas mãos da amiga. E, enquanto eles entraram para a confortável casa alugada, a cientista foi para os fundos do quintal espaçoso, que dava para uma encosta de pedras, desembocando no mar. Encontrou um lugar aprazível, esticou a canga que usava e sentou-se sobre ela. E, assim, ficou contemplando o espetáculo do entardecer.

A linha do horizonte, sem nuvens, estava alaranjada. Aos poucos, o sol foi descendo quase como se molhando n'água. O alaranjado ficou intenso, transmutando-se a um colorido irreproduzível mesmo pelos mais hábeis pintores. Um *dégradé* exuberante. O som dos pássaros trazia uma sensação ainda mais relaxante. Era lindo demais, e Karen deixou-se envolver pela beleza do cenário. O vaivém das ondas batendo nas pedras era como um dos muitos instrumentos do Criador, produzindo aquela sinfonia mística do entardecer. A lembrança de Grace Lynd veio à sua mente, e ela sentiu imensa ternura por aquela que havia como que ficado para trás em sua linha evolutiva.

Fechou os olhos, e entregou-se àquelas imagens da jovem morávia que afluíam em sua memória, a linda e jovem Grace Lynd, carregando o jarro d'água e exibindo seu sorriso angelical.

Everton e sua equipe espiritual atuavam com intensidade, ajudando Karen a captar as sutilezas do cenário e a presença de Deus em tudo. Ele sussurrava-lhe ao ouvido, visivelmente comovido: *O Criador está em tudo o que vemos, Karen. Ele é tudo o que vemos. Cada átomo do universo, que compõe cada ser material, veio de Si. Sinta, Karen, sinta o divino, e sua ação.*

Ela estava emocionada e preocupada com a filha. Pensando em Deus, e balbuciou em voz alta, como em uma prece:

– Onde você está? Eu preciso de você! Minha filha precisa muito de você!

E, como um grito que rompesse milênios de negação, ela falou, partindo do fundo d'alma:

– Por favor, Deus! Ajude-me!

E, deixando que as lágrimas descessem por sua face, entregou-se a um pranto sentido, repleto de amor. No entanto, aos poucos, sentiu desaparecer a dor que a consumia, o medo, todos aqueles sentimentos, cessando suas angústias lentamente. E ela começou a perceber em si a voz da consciência, que muito sutil, surgia do fundo de sua alma: *E sempre estive com você.*

A princípio, a mente de Karen não identificou aquela voz; parecia-lhe mais como uma interferência, ruídos em uma ligação de celular. E ela fixava-se nos pensamentos que lhe eram familiares. Mas, então, um sentimento de paz, serenidade e alegria começou a tomar conta de si. E a voz se fez ainda mais clara: *Deus está em tudo o que existe, Deus está em você.*

Karen pensou que estivesse ficando louca, em delírio. Mas aquela sensação de paz e felicidade era algo novo para ela. Então, ela entrou em diálogo com aquela voz, interiormente, em si mesma.

— Quem é você que ora se faz ouvir?

— Eu sou aquele a quem você procura.

— Estou ficando louca, há de ser isso e nada mais.

— Estou aqui e sempre estive. De mil modos diferentes. A natureza fala por mim. Tudo o que existe fala a meu respeito. De meu amor por você. E tudo é obra de minha criação, é a minha marca.

Karen estabelecera conexão direta com o Criador. Elevara de tal modo sua vibração, deixando-se embalar pela beleza da natureza, e, apoiada pelo trabalho de Everton, foi capaz de sentir o divino manifestando-se em si mesma. Mas o momento era fugidio, e a sintonia daquele modo, muito tênue. Logo, a dúvida, os questionamentos racionais, quebrariam a intensidade da experiência.

— Estou aqui, agindo por intermédio daqueles que me amam.

Pela misericórdia divina, pelo amor incondicional por suas criaturas em sofrimento, Karen, pela manifestação da vidência, pôde ver Everton claramente, envolto em intensa e fulgurosa luminosidade. O amigo espiritual, que era capaz de avaliar a bênção e a preciosidade daquela oportunidade, estava imensamente grato ao Criador. E a gratidão permitia que o amor divino fluísse por meio dele. O espírito iluminado brilhava aos olhos espirituais de Karen, de tal modo que ela não conseguia enxergá-lo com precisão. Via somente seu contorno em meio à luz cintilante. O coração da moça acelerou ao extremo. Sabia que via o mundo espiritual.

— Não se assuste, Karen! Deus nos deu a possibilidade desse encontro, pois você tem um trabalho a fazer, e o Criador conta com você. Jesus, conta com você.

Mas Karen estava assustada de fato. O que ela via afinal? Um fantasma? Um anjo? Um demônio? Mas, ao mesmo tempo, sentia uma paz e uma alegria que quase faziam explodir seu coração. Ela não falou nada, e compreendeu tudo. Como se um relâmpago tivesse fulminado o véu da incredulidade ou da incompreensão que ela mantinha em seu interior por décadas de vida... e tudo ficou claro. Todos os conhecimentos que ela vinha adquirindo por intermédio de suas leituras, dos assuntos que estudava, bem como das experiências que vinha vivenciando, as mudanças que haviam acontecido em seu interior, possibilitaram-lhe que compreendesse; não havia mais dúvidas, nem medos, nem questionamentos. Apenas amor. Gratidão. E perdão. E tudo brotava de dentro de si, jorrando para fora. As lições que ela aprendera como que desfilavam diante de si em orações. As frases, as reflexões dos cientistas e pensadores, todo o conteúdo se conectava em seu interior. E uma frase de Jesus surgiu-lhe nítida: *"Quem crer em mim, como diz a Escritura; do seu interior, fluirão rios de água viva[18]".*

E era exatamente o que ela sentia. E tudo se encaixava como em um enorme quebra-cabeça, permitindo que ela enxergasse o quadro completo.

Naquele momento, resgatando conhecimentos e vivências de vidas passadas, integrando-as aos novos aprendizados, Karen experimentou um salto em sua consciência. Ela sentia como se o tempo tivesse estático, como se somente ela existisse, ela e Deus, o Criador do universo. E ambos estavam conectados. Mas tudo acontecia em uma fração de segundos. Então, as ima-

---

18 João 7, 38

gens de Jesus afloraram-lhe à mente, uma após outra; todas que ela já tinha visto, e Everton disse:

— É ao Mestre Jesus que servimos. Ele é o nosso guia num mundo em transição, dominado pelas forças daqueles que se rebelam contra Deus, acreditando que podem fazer oposição a Ele. Estou aqui para convidá-la também a servi-Lo. Ele a espera, Karen. É hora de segui-Lo e servir a Deus *"em espírito e em verdade"*.

Karen não podia mais conter a emoção e chorava incessantemente, não de tristeza, mas de uma emoção nova, nunca antes experimentada. Uma explosão de alegria, de satisfação, de prazer imenso tomou conta de si. Uma sensação de plenitude.

Os raios do sol aos poucos desapareciam, e as estrelas começavam a despontar no fundo azulado-marinho do céu noturno. O entardecer tornava cinza o cenário abobadado. Everton já desaparecera da visão de Karen. Tudo fora muito intenso e rápido, mas, em seu interior, aquele brilho e aquela experiência durariam para sempre.

Ela ficou extasiada saboreando indefinidamente aquele momento, experimentando as alegrias impossíveis de ser descritas, apreciando a paz interior e a serenidade que nascera em sentir aquela conexão com tudo, com os astros, com o universo. Até mesmo aquilo que ela não podia entender, mas, agora, aceitava simplesmente. Deus estava no controle. Ele sempre estivera. Foi tomada de imensa serenidade e calma. E segurança, enfim.

Estava ali observando o firmamento salpicado de estrelas, em absoluta gratidão, quando Lucas se aproximou devagar.

— Que noite linda, minha amiga.

— Especial — foi o que Karen conseguiu responder.

— Cercados por uma natureza assim, nossa fé se alimenta do invisível, não é, Karen?

A cientista fixou os olhos lacrimosos em seu amigo, e declarou:

– Eu não tenho mais fé, Lucas. Agora eu sei. Eu conheço o que os olhos não podem ver...

Lucas fitou Karen, mas sem compreender suas palavras. E, então, a voz de Luiza ecoou pelo jardim, anunciando o jantar:

– Venham! O jantar está pronto!

Lucas estendeu a mão para Karen, que a segurou e se ergueu.

– O que aconteceu com você, Karen? Tudo bem?

– Por quê, Lucas?

– Você está diferente... Não sei explicar direito.

Karen abraçou o amigo e falou suavemente:

– É tudo real, Lucas. Tudo real!

– Tudo o quê, Karen?

– A essência real. O mundo espiritual, Deus, Jesus, os espíritos, a vida além do mundo material. Tudo é real. Mais real e concreto do que podemos imaginar. Agora eu sei... Eu sei!

Lucas não compreendia ao certo, mas ficou imensamente feliz por tal revelação e igualmente tocado pelas vibrações de amor que Karen emanava. Ela havia sido tocada pela Luz, enfim.

CAPÍTULO 39

Em sensação tal qual costumamos descrever como "um estado de graça", como se seus pés não tocassem o solo, flutuando, Karen viveu os dois dias que permaneceram na praia. Buscar interiormente outra vez o contato com aquela energia, com aquele ser que a havia tocado, passou a ser um hábito para ela. Nada se repetia da mesma maneira, mas ela foi experimentando diferentes modos de unir seus pensamentos e sentimentos ao criador, vivendo novas experiências enriquecedoras. Daquele dia em diante, era ali, no silêncio interior, que ela passou a buscar a sabedoria, orientação e luz para sua vida.

Retornaram para São Paulo, e Nina prosseguiu com o tratamento espiritual, que estava quase no final. Na última noite do tratamento, antes que ele finalizasse, uma trabalhadora saiu da sala onde Nina estava sendo tratada e procurou por Karen, que esperava a filha do lado de fora.

– A senhora é a mãe de Nina?

– Sim.

– Pode me acompanhar?

Estranhando o convite, Karen seguiu rápido atrás da trabalhadora.

— Por aqui.

Na sala, o responsável pelo tratamento, falou com voz quase sussurrada.

— Sua filha termina o tratamento hoje. Confie que Deus fará o melhor por ela e por vocês.

Karen sorriu, tocou com carinho as mãos envelhecidas do dedicado trabalhador e respondeu serena:

— Eu confio Nele de todo o meu coração. Sei que Ele pode tudo, mas fará aquilo que for o melhor. Eu tenho certeza disso.

Com terna emoção, o servidor de Jesus abraçou aquela mãe que aprendera a entregar seu coração a Deus.

— Há alguém que você pode ajudar. Eu a vi como que presa em uma névoa densa e escura, angustiada e em profundo sofrimento. Ela chama por você... Sabe quem é?

— Grace...

— Vou encaminhá-la para a responsável pelo tratamento de socorro espiritual. Ela vai orientá-la. Nesse tratamento, é possível contar com trabalhadores do espaço que atuam no resgate daqueles que amamos, mas que, por algum motivo, estão se sentindo perdidos e desamparados.

Karen se emocionou ao lembrar-se de como, quando vivia como James Stuart, tinha abandonado a mulher que ele tanto amara. Aquele ser delicado e tão querido...

— Não se culpe, certamente não compreendia naqueles tempos, o que compreende agora.

— Não — balbuciou Karen.

— O lamento não resolve nada, muito menos a culpa, o remorso. A ação, sim. Aja para o bem a cada momento, e poderá ser útil àqueles a quem feriu, e a tantos outros que precisam de ajuda.

Karen recebeu todas as orientações de como deveria proceder. O início do tratamento seria no dia seguinte.

– Como você está, minha querida? Como se sente? – perguntou à filha ao saírem.

– Sinto-me leve, mamãe. Com vontade de voar...

Karen sorriu. Não sabia o que pensar da frase da filha. Respirou e apertou a mãozinha da menina. Agora precisava aguardar.

Naquela noite a cientista sonhou muito durante toda a madrugada. Via-se em meio a muitos trabalhos novos, pesquisas, produzindo experimentos onde utilizava instrumentos modernos, mas também muitos objetos e livros antigos. Ao final do experimento, via-se produzindo uma cápsula de ouro. Ela pegava aquele pedacinho de ouro e o entregava a Nina. Acordou com um sentimento diferente, como se tivesse a incumbência de realizar algo muito bem definido. Só que ela não sabia do que se tratava. Tentou se lembrar de mais detalhes ao longo do dia, mas os pormenores do sonho foram desaparecendo. Ela pesquisou os objetos que viu com nitidez e descobriu que eram instrumentos utilizados pelos alquimistas, em suas experiências. Ficou intrigada.

Igualmente, ao longo do dia, procurou manter-se em silêncio e oração, conforme a orientação que recebera. Depois de um lanche rápido, ela seguiu para o núcleo espírita onde faria o tratamento.

A tarefa espiritual teve início e logo Karen foi tomada pelas lembranças de sua vida na Irlanda do Norte, e foi sentindo deslocar-se de seu corpo físico. Uma das médiuns disse:

– Vejo alguém gritando por socorro. É uma jovem que está em estado lastimável, com partes de seu corpo bem deteriorados. Meu Deus! Tem piedade! – falou a mulher que, através da faculdade de sua clarividência, enxergava Grace Lynd, no plano espiritual. – Como está angustiada essa pobre jovem...

Everton e sua equipe, auxiliavam na tarefa.

– Vamos levar nossa irmã para auxiliar no socorro. Ela está preparada e será de grande auxilio – explicava o responsável espiritual por aquela tarefa de resgate.

Karen, desprendida de seu corpo denso, se sentia diferente, como se fosse James Stuart. E sob a ação de Everton e sua equipe, seu corpo espiritual sofreu uma transformação, assumindo a aparência que tinha no passado.

Everton tocou com suavidade no ombro da sua protegida, e indagou:

– Pronta para o trabalho?

– Acho que estou.

– Como está seu coração? Livre do peso da culpa?

– Sim.

– E com relação a Nina? Está confiante?

– Sim. Depositei meus medos e anseios nas mãos Daquele que conhece todas as coisas. Estou confiante.

– Então está realmente pronta. Vamos. Em nome de Jesus!

E a uma ordem do pensamento de Everton, o grupo atravessou rapidamente o Oceano Atlântico, e logo estavam em Dark Hedges, adentrando o corredor das misteriosas faias irlandesas. Observaram inúmeros espíritos perdidos a errar por entre as árvores. Muitos lamentos, choros de desespero. A equipe agiu para socorrer aqueles que aceitavam ajuda e se encontravam em condições psíquicas e espirituais para receber o auxílio misericordioso. Muitos rejeitavam a ajuda, reagindo com rebeldia, agressividade e rancor. Uma equipe, que ali estava a serviço das trevas, percebeu logo a presença dos servidores de Jesus de Nazaré, e gritaram, com ódio:

– Afastem-se! Esses aqui são nossos! A Terra nos pertence. Os homens entregaram seus corações ao Mal, eles servem ao Mal. Entregam-se de livre e espontânea vontade, com seu livre-arbítrio. Vocês não podem fazer nada! Vão embora!

Karen fitou Everton e baixou os olhos. Apesar de ter estudado os princípios do livre-arbítrio havia pouco tempo, já compreendia bem como tudo aquilo funcionava. Eles tinham sua razão, mas, como sempre, o Mal se apega a mentiras. Aquela não era a única verdade. Everton confirmou sua percepção.

– As criaturas são responsáveis por se deixar iludir, e por se enredarem nas teias da mentira, levando séculos para se libertar, quando conseguem. Entretanto, o amor de Deus é infinito! Ele nos enviou Jesus Cristo para nos resgatar do Mal, em meio às trevas da ignorância, conduzindo-nos ao encontro do Pai.

– O mestre cujos ensinos são incompreendidos até hoje pelos homens – esbravejou um espírito trevoso, escarnecendo.

– Rejeitados pela ignorância, não propriamente incompreendidos, meu caro –rebateu-lhe o argumento sabiamente o espírito fulgurante.

E, então, de súbito, a atenção de Karen foi atraída para uma jovem que caminhava a esmo, por entre as faias, como uma louca, em extremada e visível perturbação mental. Tinha os cabelos desgrenhados, flagelados pela intempérie de séculos expostos; e aquele pobre espírito desiludido errava em círculos, em farrapos; suas vestes de época rotas e ensanguentadas. O coração de Karen disparou. Era Grace Lynd. Sim! A outrora linda e gloriosa Grace Lynd! Sua Grace! Uma mulher à frente de seu tempo! Sua esposa! Aquela que era a sua maior incen-

DÉJÀ VU

tivadora! Sua companheira! Sem esperar por autorização, por mais nada, aproximou-se da jovem e a chamou:

– Grace!...

A jovem ignorou o chamado tímido. E Karen, agora, com a voz de James Stuart, falou alto e em bom som:

– Grace Lynd, estou aqui! E vim para resgatá-la, meu amor.

Grace parou... Seria possível... ou era mais uma das tantas peças a lhe pregar o impiedoso espírito zombeteiro que vivia a lhe atormentar. Virou-se devagar e, vacilante, indagou:

– James...

– Sim! – E o jovem alquimista andou mais rápido em direção ao espírito adoentado, e amado. – Sou eu, querida. Perdoe--me, Grace! Por favor.

Grace aproximou-se dele e começou a estapeá-lo com toda a sua força. James não reagia, e, a cada golpe que ela desferia, ele emanava mais amor por ela, mais carinho, ternura e extremada compaixão.

– Como pôde fazer isso comigo? Eu nunca o traí.

– Eu sei, Grace, agora eu sei.

– Como pôde fazer isso? Você era o amor da minha vida.

O grupo de socorro os envolvia em energias poderosas de amor, elevando a vibração do entorno, para que a ajuda fosse aceita por aquela alma em sofrimento.

Ela continuou esmurrando e gritando com James, até que suas forças acabassem.

– Por que demorou tanto... Por que me abandonou?

O grupo em oração sustentava James.

– Foi a culpa que me impediu, Grace, o remorso consumiu minha alma por muito tempo. E ainda é uma adaga em meu peito.

– Eu odeio você! Odeio o que fez comigo! Onde estão meus filhos? O que fez a eles?

– Eles estão bem.

Ela se ajoelhou, esmurrando o chão.

– Eu os abandonei... Eu odeio você, James Stuart.

Ele se ajoelhou ao seu lado e a abraçou com indizível ternura, entregando-lhe os melhores sentimentos que trazia em si.

– Tem todo o direito de me odiar, Grace. E eu tenho com você uma dívida que terei de pagar; você só me trouxe o bem, e eu retribuí com desconfiança, orgulho e egoísmo. Não peço nada a você, nem mesmo seu perdão, pois sei que seria pedir muito agora. Mas queria que pudesse encontrar os filhos que tanto ama. Mas, para isso, precisa sair daqui e entregar-se aos cuidados desses irmãos.

Grace ergueu a cabeça e viu que, ao seu redor, havia uma enorme equipe de seres luminosos. Então balbuciou:

– Pai!

Henry saiu da roda e se ajoelhou ao seu lado, abraçando-a com ternura.

– Minha filha, me perdoe por não ter conseguido resgatá-la antes. Há muito que venho tentando, mas o ódio... – Ele a abraçou ainda com mais ternura. – Vamos comigo agora, filha. Chega de sofrer. Seus filhos a esperam e precisam de você.

Ela fitou os olhos amargurados em James, que também estava ajoelhado ao seu lado.

– Por quê?

– Porque eu não conhecia a verdade, não conhecia o amor verdadeiro como conheço agora. – Abraçou a jovem, que agora se deixou abraçar sem resistência, mas também sem qualquer retribuição.

DÉJÀ VU

– Vamos, Grace, você também precisa encontrar o amor verdadeiro – convidou Henry.

Ela encostou a cabeça no ombro do pai e fechou os olhos, em profundo cansaço.

– Isso, minha filha. Durma. Precisa mesmo descansar.

Grace entregou-se por completo. A equipe a colocou em uma maca, e ela não soltava a mão do pai, que ficou ao seu lado. Henry fitou James e falou:

– Ela vai perdoá-lo, a seu tempo.

– Não tenho nenhuma expectativa, Henry, somente que ela encontre a paz e a vida novamente.

– Sabe que você não é o responsável pelo estado dela, por mais que se culpe e que ela o culpe.

– Eu sei. Entregar-se desse modo foi escolha dela.

– Isso. Você tem responsabilidades no que aconteceu, mas não é o culpado. Somos os únicos responsáveis pelas escolhas que fazemos e pelas consequências que sofremos.

– É muito difícil compreendermos essa verdade.

– Sim, é difícil vivermos com consciência..., mas o momento pelo qual a Terra passa é de decisão. Ninguém poderá mais "ficar em cima do muro", como dizem.

– Vamos partir agora – informou o responsável pela equipe de resgate. – Levaremos Grace para um pronto-socorro próximo à crosta e, quando ela estiver em condições, seguirá para a colônia espiritual de onde partiu para a sua última encarnação, para prosseguir com seu progresso espiritual. Quando ela estiver melhor, promoveremos um encontro entre ela e você – o espírito iridescente falava e fitava aquele que fora marido de Grace, que, por sua vez, acenou com a cabeça, concordando e se aproximando da maca onde a jovem estava em visível torpor, beijando-lhe a face.

O grupo de socorro partiu, bem como Everton e Karen, agora já com sua forma da presente encarnação, retornando para a sala onde acontecia a tarefa de desobsessão e doutrinação espiritual. A médium vidente descrevia o ocorrido ao grupo, que logo finalizava aquele atendimento. Ao se despedir da cientista, o responsável pela tarefa explicou:

— Não costumamos fazer a tarefa com o atendido presente, mas, neste caso, recebemos orientação para que assim fosse.

— Muito obrigada — respondeu Karen.

— Você estava consciente durante o resgate?

— Estava. Eu precisava lembrar. — Respirou profundamente, e agradeceu novamente.

— Agradeço muito.

— Não agradeça a mim, minha irmã. Somos todos servidores de Jesus. É a ele a quem devemos dirigir nossa gratidão, trabalhando para que sua luz se derrame sobre a Terra. Servir aos interesses Dele é a melhor forma de expressar nossa gratidão.

Karen abraçou o orientador e se despediu.

Voltava para casa triste, mas em paz. Sabia que tinha uma dívida para com Grace que precisaria ser quitada.

Sirva à humanidade, falava uma voz em sua mente.

Use seus conhecimentos e talentos para o bem de todos.

Karen relembrou o sonho que tivera, entregando uma cápsula de ouro para Nina, semelhante a de remédios. O que significava aquilo?

Foi para casa pensativa e conversou pouco quando chegou. A filha já estava dormindo, e ela despediu-se de Luiza, que ficara com a menina em sua ausência, trocou de roupa e se deitou pertinho da filha, abraçando-a com carinho.

— Está apertado, mamãe — resmungou Nina, acordando.

– Eu quero dormir aqui com você.

– Está com medo?

– Com medo?

– Dos exames de amanhã.

Karen abraçou a filha ainda mais forte se lembrando que, no dia seguinte, elas levariam ao médico os resultados dos exames para avaliar a condição atual da menina.

– Não, filha. Estou é com vontade de dormir pertinho de você.

– Então está bem, mas não me aperte muito...

CAPÍTULO 40

Na manhã seguinte, as duas já estavam prontas para sair, quando Nina lembrou a mãe.

– E o outro remédio, mamãe, o do doutor Niklaus? Hoje vou tomar o último. A última bolinha desse remédio de ouro!

Karen estava entregando a cápsula para a filha, e perguntou:

– O que disse sobre o remédio, Nina?

– Que é uma bolinha de ouro. Ele cura a doença, não é? É um tesouro, mamãe.

Karen fitou a filha. Lembrou-se do sonho, de Grace, das pesquisas que fizera na pregressa encarnação, dos conhecimentos que tinha agora como cientista, e olhou para o pequeno remédio que tinha nas mãos. Aquele era o seu propósito maior. Entregou a cápsula para a filha.

Acomodou a menina no banco de trás e dirigiu para o hospital. Ela sabia exatamente o que deveria fazer de sua vida, dali por diante. Uma certeza, clara e cristalina brotava-lhe n'alma. Não importava o resultado dos exames da filha, não importava o que lhe acontecesse. Ela se dedicaria, dali por diante, a fazer algo bom com sua vida, a contribuir com todos os talentos que possuía, e outros ainda que ela haveria de desenvolver, para produzir algo que ajudasse as pessoas. Ela usaria tudo o que possuía para o bem maior.

Ao embicar o carro no estacionamento, viu o prédio alto do hospital e sentiu a ansiedade pelos resultados se insinuar. Respirou fundo, entrou e estacionou.

Karen levava os exames de sangue da filha, que não tivera coragem ainda de abrir, queria fazer isso junto com o médico que estava cuidando de seu caso.

Depois de analisar cuidadosamente os laudos, ele fitou Nina sério. O coração de Karen acelerou e foi a custo que ela não arrancou os papéis para ver os resultados por si mesma.

— Vou examiná-la.

Karen não ousou interrompê-lo. Depois da demorada avaliação clínica, o médico voltou à sua cadeira e revisou os exames, sem esboçar com clareza nenhuma reação. Por fim, falou:

— Estou intrigado.

Karen quase não conseguia respirar.

— Nina apresenta remissão completa, total.

— Ela está curada?!

— Bem, ainda não podemos dizer isso... Só daqui a dois anos, se a doença não voltar, poderemos afirmar isso.

— Mas ela não tem mais as células cancerígenas?

— Não, nada. Está completamente limpa de qualquer vestígio das células doentes. É impressionante.

Karen fitou a filha e se encostou na cadeira, como se tivessem lhe tirado uma tonelada de sobre os ombros. Nina, que compreendeu perfeitamente o que estava acontecendo, falou, sorrindo.

— Não falei, mamãe? Foi o remédio de ouro.

O médico riu, e comentou:

– Aguardem um momento, por favor. Quero que minha equipe também dê uma olhada nos resultados do tratamento de Nina; eles são incomuns.

Karen se remexia na cadeira. Queria escutar do médico aquela frase que tanto ansiara, mas ele não disse: "Sua filha está curada". Não importava. Karen sabia que sua filha estava curada. Todos haveriam de passar pela experiência da morte, mas como era difícil ter de lidar com essa realidade. Embora Karen já tivesse trabalhado o seu coração para aceitar o que Deus lhe desse, sentia uma gratidão intraduzível. Teria a possibilidade de compartilhar da companhia da filha por mais tempo, e nunca mais perderia essa oportunidade de vista. Queria equilíbrio para sua vida, tempo para tudo o que fosse de real importância.

Depois de esperar por quase uma hora, o médico retornou com os exames.

– Muito bem, Karen. Diante dos resultados inesperadamente satisfatórios, quero ver a Nina daqui a três meses.

– O retorno dela deve ser feito em três meses, então?

– Sim, de três em três no primeiro ano, depois a cada seis meses no segundo. Caso ela apresente qualquer alteração clínica, traga-a imediatamente. Nina vai permanecer em observação, me entendeu, mãe?

– Sim, doutor. – Karen não queria explicar ao médico que nem sabia onde estaria em três meses, se no Brasil, na Alemanha, ou em outra parte. Tão somente concordou.

Ao sair da sala do médico, mãe e filha pulavam de alegria, comemorando com todos a grande conquista que haviam obtido.

– Ela está curada, Jeniffer! Curada! Obrigada pelo apoio. – Ela se dirigiu à chefe das enfermeiras naquele turno.

– Eu já estou sabendo, Karen. Que felicidade!

DÉJÀ VU

Quando entrou no carro, Karen não sabia para quem ligar primeiro e decidiu falar com o marido. Johan mal podia crer.

— Mas é sério mesmo, Karen? Tem certeza? Ele fez todos os exames? Não é um falso negativo?

— Ela fez todos os exames e um pouco mais. Nossa filha está curada.

— Não podemos concluir isso ainda. Ela está em processo de remissão, veja lá o que disse o médico.

— Nossa filha está curada, Johan, repita isso, fale, quero escutar você dizer.

— Que bobagem.

— Fale em voz alta, Johan! Quantas vezes desejar e vai sentir a satisfação que isso vai dar. Fale!

— Nossa filha está curada!

— Ela está curada, Johan.

As lágrimas de felicidade desciam pela face de Karen.

— Estou com fome, mamãe – falou Nina com naturalidade. Tudo para a menina parecia natural. Ela aguardara com confiança o momento em que estivesse livre da doença, consciente, em seu espírito, de que aquele não seria o momento de seu retorno à dimensão espiritual.

— Vamos tomar um suco de frutas, uma vitamina, o que acha?

— Acho ótimo.

Enquanto ela e a filha bebericavam seus copos duplos de frapê com chantili, Karen pensava que agora, mais ainda, ela desejava expressar sua gratidão ao Criador ajudando a todos que ela pudesse. Mas não se dedicaria somente a desenvolver remédios naturais para a cura de doenças, como fizera o doutor Niklaus. Ela queria mais. Queria se dedicar à medicina preventiva, conscientizando as pessoas de todos os recursos que existem para prevenir doenças, pela mudança de hábitos de alimentação, exercícios, e principalmente, sobre a produção mental de toxinas que se espalham pelo corpo denso, partindo dos sentimentos e pensamentos adoentados. Estudaria psicologia, se preciso fosse, se aprofundaria em tudo o que fosse necessário, mas queria levar ao âmago das pessoas, o despertar para o potencial que têm em si, de transformar seu interior para melhor. Ela o experimentara e sabia que era possível.

Ao invés de ir para casa onde estava vivendo com Nina, foi direto para a casa de Lucas. Sabia que ele voltava mais cedo da universidade às sextas-feiras. Ele e Luiza aguardavam, ansiosos, a chegada das duas, com notícias.

Quando bateram na porta, Lucas abriu em segundos. Observou o semblante alegre de ambas e indagou:

– E aí? Como foi?

– Nina está curada, Lucas.

Luiza correu para se juntar ao marido no abraço de alívio e felicidade.

– O médico falou isso?

– Ele disse que ela está em remissão, que precisa continuar fazendo exames de acompanhamentos periodicamente, é o procedimento.

– É que eu tomei o remédio de ouro, tio Lucas.

– Ela está curada. Preciso ir ao centro espírita para compartilhar com eles essa minha alegria.

– Vamos comemorar! Vou preparar um jantar especial – sugeriu Luiza, sem esperar pela resposta.

– Agradeço aos dois, mas hoje eu vou ao centro. Amanhã celebramos, pode ser? Eles precisam saber o bem que nos fizeram. Todas aquelas pessoas que trabalham como voluntários, sem ganhar nada, se esforçando e vencendo muitos impedimentos para estar ali, todos os dias, se doando pelo bem do próximo. – Karen ficou com a voz embargada pela emoção. Quando conseguiu se controlar, continuou: – Quero que eles saibam o bem que fazem, as vidas que são tocadas pelo seu trabalho. Vou ser grata para sempre pelo bem que nos fizeram.

– Eles são apenas instrumentos, Karen.

– Eu sei, Luiza, mas não haveria música, se não fossem os instrumentos.

Ninguém mais contestou Karen, ao contrário, juntaram-se a ela para celebrar, junto aos servidores do núcleo espírita, a alegria por aquela vitória.

Na manhã seguinte, Karen pulou cedo da cama. Não queria dormir, queria viver. Tinha tantos planos em mente, tantas coisas que desejava realizar. Precisava pensar, planejar. Registrou várias ideias em seu computador, e percebeu que tinha clareza do que deveria ser feito.

Assim que terminou de tomar o café da manhã, ligou para o doutor Niklaus, compartilhando com ele as novidades. Ele ficou satisfeito. Era a maior recompensa que ele desejava, pelo trabalho que realizava. Depois foi a vez de ela ligar para Irene, que também vibrou intensamente.

– Que felicidade, minha filha! Meu Deus, não consigo me conter!

As duas seguiram conversando um pouco, depois Karen compartilhou seus planos com a mãe.

– Então pretende continuar no Brasil? Acha que é o melhor lugar para dar andamento em seu trabalho?

– Acho que as resistências aqui são grandes, mas menores do que as que poderei encontrar na Alemanha, ou nos

Estados Unidos. Vou atrás de recursos para fazer minhas pesquisas. Vou usar parte dos meus próprios recursos para sobreviver, mas precisarei de dinheiro para que os resultados apareçam, e eu possa ajudar muitas pessoas. Vou precisar de patrocínio e vou sair em busca dele. Tenho certeza de que vou encontrar quem me apoie. Sei também que vou enfrentar todo o tipo de dificuldades, mãe, mas estou pronta para superá-las. Sinto-me pronta.

— Eu não tenho a menor dúvida de que está, minha filha. E Johan? Já sabe de seus planos?

— Vou falar com ele ainda hoje, por telefone mesmo. Obrigada por seu apoio, mãe. E me desculpe...

— Não há o que desculpar, filha.

— Eu agi mal com você...

— Estávamos todos muito machucados pelo que enfrentávamos naquele momento. Não tínhamos recursos internos para lidar com os problemas. Mas isso ficou no passado e hoje é o que importa. — Irene fez uma longa pausa, depois disse com toda a sua energia: — Estou orgulhosa de você, Karen. Eu sempre soube que um dia você haveria de encontrar o que despertasse o melhor em você. Que Deus a abençoe, minha filha.

Karen, envolvida em doce e terna emoção, ligou para o marido e contou-lhe, sem pormenores, a síntese de seus planos.

— Não, Karen, de jeito nenhum! Você não pode morar no Brasil. Isso é loucura.

— Eu posso ficar uns tempos aqui, outros tempos aí.

— E Nina? Ela precisa de tranquilidade para desenvolver sua vida, seus estudos.

— Será bom para ela conhecer diferentes culturas, vai fazer dela uma pessoa mais aberta, mais compreensiva.

– Não, de jeito nenhum.

– Por uns tempos, Johan, até estar tudo estabelecido. Isso é algo que eu preciso fazer, você precisa compreender.

– Eu compreendo que tenha de fazer isso, mas não vai arrastar a mim e a Nina para essa loucura. Não. De modo algum. Precisa voltar, Karen.

Enquanto sentia a enorme resistência de Johan, lembrou-se do que acabara de falar para a mãe. Estava começando. Ela respirou fundo e disse, sem devolver a emoção negativa que recebia.

– Tudo bem, Johan. Acho que o assunto pede que conversemos pessoalmente. É muita mudança mesmo. Voltamos para Colônia na próxima semana e então conversaremos com calma.

CAPÍTULO 41

Johan, no aeroporto, aguardava, impaciente, a chegada da esposa e da filha. Seus sentimentos eram contraditórios. Sentia saudade de ambas, mas... também estava contrariado com as novas ideias de Karen. Para ele, a esposa queria trabalhar contra tudo o que ela mesma pregara anteriormente, e ele não se sentia bem sobre essa mudança repentina. Aliás, muitas questões o incomodavam nos planos de Karen. Ele refletira muito em tudo por o que ela havia passado e entendia que estivesse um tanto perdida naquele momento. Mas, agora, que a vida esboçava a volta à normalidade, ela tinha de colocar a cabeça no devido lugar, e ele faria de tudo para que isso acontecesse. Estava determinado a isso.

Ao vê-la aparecer sorrindo, empurrando o carrinho de bagagem, surpreendeu-se em como ela estava bonita, mais linda do que nunca. Definitivamente, a viagem ao Brasil lhe fizera muito bem.

Karen abraçou e beijou o marido com carinho. Johan segurou a filha com força e a jogou para o alto, radiante.

— Que saudade, filhinha!

— Estou curada, papai.

— Estou vendo. Você está ótima, minha vida.

DÉJÀ VU

— Foi o remedinho de ouro do doutor Niklaus e o tratamento espiritual que me curaram.

— E o tratamento do hospital também.

— É, esse também ajudou...

— Eu não falei nada — explicou-se Karen. — Isso tudo é ideia dela.

— Deve ter escutado você e o Lucas conversando.

— Não, Johan, ela veio com a história do remédio dourado, muito antes de saber que estava curada.

— Em remissão, Karen — corrigiu o marido.

— Em remissão.

Voltaram para casa animados, e Karen não tocou mais no assunto de seus planos com Johan.

Duas semanas se passaram e Karen dava andamento aos seus planos. Foi visitar o cientista suíço, para compartilhar suas ideias e seus ideais.

— Vamos nos juntar, doutor, e vamos fazer esse trabalho para espalhar cada vez mais suas descobertas, colocando-as ao alcance de mais pessoas. O mundo precisa saber o que você faz.

— É muito perigoso, Karen. Você experimentou o poder deles...

— Pensei muito sobre isso e acho que podemos nos proteger fazendo um documentário para divulgar o seu trabalho, e outras questões importantes, como uma forma de denúncia e resguardo. O que acha? Não podemos nos calar.

— Mesmo assim, pode haver consequências.

— Eu sei, mas não posso mais me calar. Eu tenho de enfrentar o que vier, pelo bem daqueles que ainda estão completamente alienados da verdade.

O médico fitou-a e sorriu.

— Como você mudou, Karen.

— Você acha?

— Está inspiradora, e muito convincente. Vamos fazer o que sugere. Vou me organizar para passar algum tempo no Brasil, com você, montando o laboratório. Posso passar parte do meu tempo lá e cá. Para mim não há problema. E quanto a você?

— Estou resolvendo isso. Então temos um acordo?

— Sim, nós temos.

— Ótimo. Já estou procurando um patrocinador para o documentário sobre a medicina preventiva. Há muito trabalho a fazer. E há outro documentário que quero produzir

— Sobre o quê?

— Deixe para lá, doutor. Vamos focar nossa atenção em estruturar esse primeiro trabalho. Um passo de cada vez.

Naquele fim de semana, Karen planejou um jantar a dois com Johan. Eles precisavam conversar. Foram para um restaurante à beira de um lago, onde a lua e as estrelas refletiam em seu espelho a beleza da noite. As pequenas mesas em um deque de madeira, próximo ao lago, todas iluminadas por pequenas velas e castiçais, conferiam uma atmosfera romântica ao lugar.

Johan e Karen se sentaram, e ela sugeriu que brindassem com champanhe.

— Temos muito para celebrar esta noite, não é, Johan?

Conversaram longamente sobre vários temas. Karen compartilhou em detalhes sua experiência com o tratamento no Brasil, e adentrou à experiência no centro espírita, sem tocar em seus planos para o futuro. Johan a escutava falar, fascinado. Havia nela... algo novo, diferente e mágico, que ele não conseguia identificar, nem explicar.

— Você está diferente, Karen.

— Por que todo mundo está me dizendo isso? Eu estou feliz, Johan, e não é sem motivo!

— É mais do que isso. Há algo em você que não consigo explicar. Seus olhos têm um brilho intenso, especial; você está brilhando, Karen.

— Estou plena, completa e verdadeiramente feliz, Johan, como jamais estive antes. Eu encontrei sentido profundo para minha vida, que vai muito além da sobrevivência, ou das conquistas materiais ou profissionais. É mais do que tudo isso. Eu estou em paz e poderia morrer agora, neste minuto, que seguiria sem resistência.

Johan a fitou longamente, pensando em tudo o que ela dissera, e por fim pediu:

— Vamos conversar sobre os seus planos. Quero entender melhor.

Karen compartilhou com o marido o que desejava fazer, como queria colocar seus conhecimentos científicos para servir a propósitos superiores. Queria contribuir. Depois de explicar com detalhes, ela finalizou:

— É isso, Johan. Depois de tudo pelo que passei, de tudo o que eu aprendi e experimentei, preciso agir de acordo com minha nova visão de mundo.

Ela parou e sorriu.

— O que foi? — Johan perguntou.

— Não podemos nos calar diante de tão maravilhosa evidência da verdade além do material.

Seguiram conversando noite a dentro. Karen comparti-lhava sua visão e Johan queria saber em detalhes como ela pretendia resolver os impedimentos naturais. Ao final, ele sorriu e falou:

– Pelo visto já pensou em tudo... O que posso dizer? Você venceu!

Karen sorriu satisfeita. Sua vibração de amor e confiança derrubou a resistência de Johan.

Seis meses depois, Karen contava com o espaço estruturado e iniciando as pesquisas para embasar melhor os medicamentos que iriam começar a produzir. O primeiro documentário estava sendo produzido. Ela conseguira financiamento de um grande empresário norte-americano que perdera um filho em decorrência de Leucemia Linfoide Aguda. E Karen queria mais, muito mais.

Doutor Niklaus entrou em sua sala e ela estava ao telefone, com uma empresa inglesa. Falavam sobre um assunto que ele não compreendia direito. Ela parecia muito feliz e, ao desligar, compartilhou, radiante:

– Consegui! Vamos fazer mais um documentário.

– Sobre *déjà vu*?

– Isso mesmo. Finalmente vou realizar minha pesquisa sobre esse misterioso fenômeno que pode ser de origem cerebral, mas igualmente pode ser uma lembrança de vidas passadas. Vou detalhar minha história, doutor, minha própria experiência, para que as pessoas conheçam a verdade.

– Sabe que será atacada ainda mais por conta de expor essa sua experiência.

– Já sou atacada constantemente, doutor. Aliás, nós dois. Não há um dia em que não apareça nas redes sociais uma informação falsa a nosso respeito, mantenho-me bem informada. Não tem problema. Vamos dar nossa contribuição. Aqueles que quiserem, que estiverem prontos, saberão aproveitar! Esse é o nosso trabalho. Essa é minha missão nesta vida.

Um ano depois, era lançado o documentário *Déjà vu, um olhar pelas fendas do tempo*, expondo não somente os resultados de pesquisas feitas em laboratório, a experiência de Karen, mas também centenas de depoimentos ao redor do mundo, de pessoas que viveram a experiência de entrar em contato com lembranças de vidas passadas.

Incansável, Karen seguia suas intuições para superar os obstáculos do caminho e fazendo seu trabalho em favor da humanidade, sendo uma testemunha viva do poder divino se manifestando por meio daqueles que aceitam o convite de Jesus:

"Mas receberão poder quando o Espírito Santo descer sobre vocês, e serão minhas testemunhas em Jerusalém, em toda a Judeia e Samária, e até os confins da Terra" [19].

Fim

---

19 Atos dos apóstolos: 1, 8

POSFÁCIO

"*O progresso material de um planeta acompanha o progresso moral de seus habitantes. Ora, sendo incessante, como é a criação dos mundos e dos espíritos e progredindo estes mais ou menos rapidamente, conforme o uso que façam do livre-arbítrio, segue-se que há mundos mais ou menos antigos, em graus diversos de adiantamento físico e moral, onde é mais ou menos material a encarnação e onde, por conseguinte, o trabalho, para os espíritos, é mais ou menos rude. Deste ponto de vista, a terra é um dos menos adiantados. Povoada de espíritos relativamente inferiores, a vida corpórea é aí mais penosa do que noutros orbes, havendo-os também mais atrasados, onde a existência é ainda mais penosa do que na Terra e em confronto com os quais esta seria, relativamente, um mundo ditoso.*

Quando, em um mundo, os espíritos hão realizado a soma de progresso que o estado desse mundo comporta, deixam-no para encarnar em outro mais adiantado, onde adquiram novos conhecimentos e assim por diante, até que, não lhes sendo mais de proveito algum a encarnação em corpos materiais, passam a viver exclusivamente da vida espiritual, na qual continuam a progredir, mas noutro sentido e por outros meios. Chegados ao ponto culminante do progresso, gozam da suprema felicidade. Admitidos nos conselhos do Onipotente, conhecem-lhe o pensamento e se tornam seus mensageiros, seus ministros diretos no governo dos mundos, tendo sob suas ordens os espíritos de todos os graus de adiantamento"

ALLAN KARDEC (Livro A Gênese, Capítulo XI, itens 27 e 28 – FEB)

A vida é movimento proporcionado pela atuação divina. Deus trabalha sem descanso criando mundos, expandindo o universo sem cessar. Amor é ação! Aqueles que estão conectados a Ele, agem no bem, o tempo todo. É impossível ser diferente.

É preciso espalhar as sementes das boas obras, aguardando que o Criador faça o que for melhor para todas as suas criaturas. É libertador aprender a agir sem a preocupação angustiosa com os resultados. Precisamos fazer a nossa parte.

Trava-se na Terra uma verdadeira batalha para a libertação da humanidade, que, por rejeitar os ensinos de Jesus, permanece em profundo torpor coletivo. A transição planetária, agenda de Deus para o progresso humano, está em andamento, fustigando a todos, promovendo mudanças, permitindo que a dor se alastre, como remédio amargo para levar à cura. O livre-arbítrio será sempre respeitado, mas cada um recebe segundo as suas obras. Cada escolha, cada ação, uma reação proporcional, uma consequência correspondente. É imperioso conhecer as leis divinas que regem o universo e aceitá-las, para entrar em harmonia com elas, e começar a progredir pelo amor, e não mais pela dor.

O mal se alastra porque o bem é tímido, contido, assustado. Este é o desafio individual: despertar, sair do torpor criado pelas ilusões humanas. Buscar a felicidade real que está na verdade. Buscar e encontrar seu propósito e viver de acordo com ele. Vencer a si mesmo, os medos, limitações e permitir que os objetivos de Deus se realizem em sua própria vida, comprometendo-se com Jesus, alcançando uma encarnação Vitoriosa.

LUCIUS

CONTATO AUTORA

Para tirar dúvidas ou compartilhar suas experiências na leitura dessa obra, entre em contato comigo:

Email: Sandra_carneiro@uol.com.br
Facebook: Sandra_carneiro_oficial
Instagram: sandra.carneiro.7902

BELÉM, A CASA DO PÃO
XXXI

O Grupo Cristão Assistencial Casa do Pão 31, entidade sem fins lucrativos situada no bairro do Maracanã (região carente da periferia da cidade de Atibaia) é o braço de assistência social da Casa Cristã da Prece – núcleo espírita kardecista.

Fundada em 1998, tem como missão influenciar na base da formação da criança e adolescente, ajudando-os a descobrir e desenvolver seu potencial. Para isso busca auxiliar as crianças e suas famílias através das seguintes ações: distribuição gratuita de alimentação (café da manhã, sopa, lanches e cestas básicas), roupas, atendimento odontológico e nutricional; reforço escolar, 2 oficinas sócio educativas para as crianças, e 1 voltada para as mães.

Venha fazer parte desta família. Trabalhemos, que o céu nos ajudará! Unamo-nos e nada poderá suplantar a nossa força! E amemo-nos para que Jesus possa se expressar através de nós. Somente assim estaremos realmente cooperando para que a caridade suavemente caminhe estabelecendo o amor na face da Terra.

Seja um apoiador da Casa do Pão ou torne-se um voluntário. Venha nos visitar.
Rua Alberto de Almeida Brandão, 185
Tel. 11 4415-1500 – Caixa Postal 263
Site: www.casadopao.org.br

"Faze por um dia ou por semana um horário de serviço gratuito em auxílio aos companheiros da Humanidade"
Emmanuel

CENTRO DE RECUPERAÇÃO SOCIAL RENASCER EM ORAÇÃO SOCIEDADE ESPÍRITA

O CRSROSE, fundado em 8 de julho de 1999, é uma casa espírita localizada na cidade de Atibaia, que oferece atendimento espiritual e psicológico calcado nos princípios da Doutrina Espírita. O tratamento é efetuado por uma equipe formada no plano material por médiuns e trabalhadores liderados por Rose Esquillaro e na dimensão espiritual há uma equipe coesa de espíritos formados, entre outros, por médicos de diferentes especialidades. Ergue-se, assim, no plano etéreo um grande hospital para o socorro de todos aqueles que buscam esta casa de oração, sendo acolhidas pessoas de todas as classes sociais e de diferentes credos.

Acreditamos que fazemos parte de um mundo onde todos, por mais que sejam aparentemente diferentes, têm em comum a necessidade de segurança, realizações, amor e paz. Para que isso seja alcançado, é preciso desenvolver e manter a confiança em si e em Deus. No tratamento oferecido pelo CRSROSE, somos confrontados conosco mesmos e percebemos melhor o que trazemos em nossa alma. Ao falar de nossas angústias, decepções, medos, raivas, remorsos e tudo que há dentro de nós, dividide-se o peso; percebe-se necessidades; compreende-se motivos, abrindo espaço para enxergar que existem oportunidades para todos aqueles que desejam trilhar novos caminhos. Cada um compreende que olhar para uma situação e valorizá-la é sua escolha. Muitas vezes se esquece que um pouco acima dos espinhos estão as rosas, e nós, do CRSROSE, ajudamos a percebê-las. Ao descobrir igualmente suas potencialidades, as pessoas criam coragem para o enfrentamento necessário. Encarando os obstáculos sem fugir e aceitando a realidade, planeja as mudanças que as impulsiona para novas realizações. O tratamento especializado fortalece o ser, dissolve as resistências, oferecendo ferramentas para que seja vitorioso em seus desafios nesta encarnação.

Abrimos para tratamentos espirituais todas as terças e sábados a partir das 13:30 horas e as quartas e quintas a partir das 19:30 horas. Oferecemos cursos sobre a Doutrina Espírita, além de disponibilizar como complemento, quando necessário, suporte psicológico, orientação jurídica e terapia de Florais. Em 2018 iniciaremos tratamentos curativos em maca.

Convidamos você a ser um apoiador do CRSROSE ou tornar-se um voluntário. Aguardamos sua visita.

CRSROSE
Estrada da Fazenda Soberana, 478
Jardim Nirvana – Atibaia – São Paulo – CEP: 12941-195
Site: www.crsrose.com.br
Facebook: CrsRose/ Instagram: CRSROSE

Contribuímos para construir um mundo melhor, trabalhando pelo aprimoramento interior de cada indivíduo.

Vivaluz.
Sempre uma boa leitura espírita.
Uma história de compromisso
com a publicação de obras voltadas
a difusão do espiritismo.

*Vivencie experiências únicas.
Seja tocado por vibrações elevadas.
É isso o que a Vivaluz
quer lhe oferecer.*

Na companhia de uma boa leitura espírita, temos a oportunidade de vivenciar experiências únicas. Somos tocados por vibrações elevadas, e Jesus nos fala amorosamente. Nestes momentos de raro silêncio, nos abrimos à luz de ensinamentos preciosos e nossos corações são envolvidos pelos sentimentos sublimes que permeiam cada fragmento de vida retratado, cada história contada. Então fechamos os olhos por alguns instantes, fazendo breve pausa na leitura, e podemos enxergar as luzes depositadas carinhosamente pela espiritualidade no livro que se encontra em nossas mãos. De repente ampliamos o entendimento sobre a nossa própria existência e nos sentimos fortalecidos no amor. É quando percebemos que Deus nos abraça. Boa leitura.

Conheça outras obras de Sandra Carneiro

TODAS AS FLORES QUE EU GANHEI
Quando a paixão vira amor, atravessa todas as dimensões da vida e deixa seu perfume pela eternidade.

Psicografia de Sandra Carneiro pelo espírito Lucius

Nesta história real que conta três vidas de Sofia ao longo dos séculos, o autor desenvolve sua consagrada e envolvente narrativa com início em 1730, Áustria, passando pela Índia, chegando aos dias atuais no Brasil.

- 384 páginas
- Formato 16x23 cm
- ISBN 978-85-89202-48-0

SALOMÉ
O encanto das mulheres que surgem do céu
Psicografia de Sandra Carneiro pelo espírito Lucius

Com uma narrativa intensa e contagiante, Salomé entrelaça a história de vários personagens em uma trama que se desdobra a partir do encontro casual entre Laila – uma adolescente do Afeganistão – e Rafaela – uma bem-sucedida jornalista brasileira. Nasce entre elas uma amizade que modificara muitas vidas. Com o mundo novo, uma nova humanidade. Surge uma mulher que encanta pelamaneira como transforma a realidade. Uma força que deixa rastros de suavidade e ternura. São chegados os tempos de regeneração da Terra. Entre o velho e o novo mundo, surge uma mulher diferente.

- 576 páginas
- Formato 16x23cm
- ISBN 978-85-89202-38-1

Jornada dos Anjos
A história se constrói diante de nossos olhos.

Psicografia de Sandra Carneiro pelo espírito Lucius

Depois de Exilados por Amor, a Jornada continua... Acompanhando a trajetória de Constantino, Fausta, Jan Huss, Jerônimo de Praga, Ernesto, Elvira, entre outros personagens, iremos conhecer os bastidores espirituais de momentos cruciais que marcaram a história. Jornada dos Anjos alcança os dias atuais, no turbilhão dos acontecimentos que envolvem este período de transição da Terra, que passa de um mundo de provas e expiações para um mundo de regeneração.

- 576 páginas
- Formato 16x23 cm
- ISBN 978-85-89202-10-7

Exilados por Amor
Psicografia de Sandra Carneiro pelo espírito Lucius

Um convite a uma emocionante viagem no tempo e no espaço, acompanhando a trajetória de Ernesto, habitante de um orbe do sistema de Capela, que é exilado de seu mundo e enviado para a Terra. Este romance é um alerta quanto à urgência de despertarmos nossa consciência para as verdades eternas, sobretudo para o amor, única maneira de conseguirmos aproveitar as oportunidades da presente encarnação – que, para muitos, pode ser a última em nosso planeta.

- 352 páginas
- Formato 14x21cm
- ISBN 978-85-89202-05-3

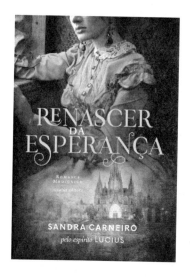

Renascer da Esperança
Psicografia de Sandra Carneiro pelo espírito Lucius

A esperança é uma das mais extraordinárias forças que vibram no interior do homem. É ela que confere ânimo e faz brotar no ser humano a coragem para avançar em seu caminho de evolução. Lucius nos conduz a testemunhar a experiência de homens e mulheres que enfrentaram seu destino e viram a esperança renascer em seus corações, vivendo o momento histórico em que novo alento chegava à Terra: a revelação espírita acontecia por todo o mundo.

- 392 páginas
- Formato 16x23 cm
- ISBN 978-85-89202-03-8

Cinzas do Passado
Sandra Carneiro pelo espírito Lucius

Neste romance, Lucius nos leva a compreender melhor os bastidores espirituais das relações familiares difíceis e os caminhos para superar esses conflitos. Somente o perdão e o amor podem nos libertar das cinzas do passado, trazendo-nos paz e renovação.

- 352 páginas
- Formato 14x21cm
- ISBN 85-89202-01-1

TRILOGIA da LUZ

Sandra Carneiro e Bento José apresentam a *Trilogia da Luz*. *Rebeldes*, *Iniciação* e *Abismo*, são os três primeiros livros da nova coleção *Exploradores da Luz*. Aventure-se nesta jornada e descubra a trilha da luz. Surpreendente, instigante e reveladora. Uma coleção dedicada especialmente aos jovens e a todos aqueles que jamais desistem de seus sonhos, de seus ideais, e que acreditam que suas escolhas podem mudar o mundo.

Muitas vezes a realidade que não enxergamos é mais incrível do que a ficção.

VIVALUZ editora   TRILOGIA da LUZ

Outras Obras da Vivaluz Editora

Foi tudo por amor
O encontro de almas em busca da felicidade

Psicografia de Berenice Germano pelo espírito Frei Humberto de Aquino

Rafael e Louise vivem na linda Paris de 1850. Um contato bastou para que os dois se apaixonassem. Para viver esse romance, eles terão de superar intrigas, ambição e maldade, construindo pontes sobre o charco das imperfeições humanas, algo que somente o verdadeiro amor tornará possível.

- 336 páginas
- Formato 16x23 cm
- ISBN 978-85-89202-50-3

Quando você chegou
Às vezes o amor pode estar onde menos se espera

Psicografia de Rita Ramos pelo espírito Juvenal

Neste delicado romance mediúnico, lições evangélicas esclarecedoras transbordam de energias benfazejas a fim de nutrirem o espírito e a mente. E como bem ensinou jesus a marta: é preciso aprender a escolher a melhor parte, porque, no final, é o amor que cultiva o verdadeiro e real valor espiritual.

- 288 páginas
- Formato 16x23 cm
- ISBN 978-85-89202-49-7

Madame Kardec
A história que quase o tempo apagou

Livro de Adriano Calsone

Na inquieta Paris de 1830, uma professora de artes e poetiza que alcançava destaque pela publicação de vários livros, atraiu a atenção do influente educador francês Hippolyte Léon Denizard Rivail que, anos mais tarde sob o pseudônimo de Allan Kardec, se tornaria conhecido como o codificador dos princípios espíritas.

- 288 páginas
- Formato 14x21 cm
- ISBN 978-85-89202-45-9

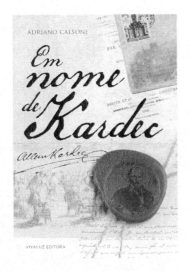

Em nome de Kardec
Livro de Adriano Calsone

Com esta obra, compreendemos melhor o período histórico seguinte ao desencarne de Allan Kardec. Os erros e acertos cometidos em nome do Codificador. Os movimentos que levaram à derrocada e ao desaparecimento do espiritismo na França. A incansável luta dos pioneiros Amélie Boudet, Berthe Fropo e Gabriel Delanne. A Filosofia Espírita emerge de suas páginas ainda mais bela, forte e cristalina, tocando as fibras mais sensíveis do coração?

- 288 páginas
- Formato 16x23 cm
- ISBN 978-85-89202-43-5

ACESSE:

www.vivaluz.com.br
e cadastre-se para receber informações
sobre nossos lançamentos.

Twitter.com/@VivaluzEditora
Facebook.com/VivaluzEditora
Instagram.com/Vivaluzeditora
Youtube.com/vivaluzeditora

Este livro foi composto em
Baskerville 13,5 pt e impresso no papel
Lux Cream 70g/m2 pela Lis Gráfica.